통일아리랑 上

통일아리랑 ㊤

초판 1쇄 인쇄 | 2016.8.01
초판 1쇄 발행 | 2016.8.10
지은이 | 하정열
발행인 | 황인욱
발행처 | 도서출판 오래

주소 | 서울특별시 용산구 한강대로 38 가길 7-18(한강로 2가, 은풍빌딩 1층)
이메일 | orebook@naver.com
전화 | (02)797-8786~7, 070-4109-9966
팩스 | (02)797-9911
홈페이지 | www.orebook.com
출판신고번호 | 제302-2010-000029호

ISBN 979-11-5829-019-1 04810
ISBN 979-11-5829-018-4 (세트)

'평화통일된 일류국가' 도약의 길

통일아리랑 上

하 정 열 장편소설

통일은 숙명적으로 다가오고 있다.
두려운 자여! 눈을 뜨고, 통일을 준비하자!

圖書出版 오래

작가의 말

우리 세대는 '우리의 소원은 통일'이라고 노래 부르며 자랐다. 통일은 우리의 꿈과 희망이요, 역사적인 소명이었다.

언제부터인가 통일은 부담되고, 두렵고, 귀찮은 주제가 되었다. 통일이라는 용어는 보수와 진보를 갈라놓는 경계선 역할을 했다. 오늘 우리가 해결해야 할 당면과제가 아니라, 후손들에게 물려주고 싶은 귀찮은 문제아가 되었다.

지금은, 구호만 요란할 뿐, 통일을 향해 앞으로 나가지 못하고 있다. 북한의 변화를 도모하는 전략적인 접근보다는 북한의 급변사태나 꿈꾸며 요행수를 바라고 있다. 깜깜한 어둠속에 갇혀 있는 모습이다.

그러나, 통일은 어두운 터널 속에서도 한 걸음씩 다가오고 있다. 여명이 다가오는 새벽이 가장 어두운 법이다. 줄기는 둘이지만 뿌리가 하나면, 언젠가는 합쳐지게 되어 있다. 두 차례의 삼국 통일과 독일의 통일은 이를 잘 대변하고 있다.

　나는 통일을 꿈꾸며, 이를 구현하기 위해 노력한다. 시력은 조금씩 나빠지고 있지만, 눈은 통일의 열쇠를 찾고 있다. 심장은 약해지지만, 몸은 통일의 문을 열어보려고 동분서주하고 있다. 그동안 북한학을 공부하고, 통일을 주제로 많은 전문서적과 논문 및 시를 썼다. 통일기금을 모으고, 강의하고, 세미나를 주최하는 등 통일을 위한 다양한 활동에도 불구하고, 결정적인 역할을 못해 우리 민족과 자랑스러운 조국에 늘 부족함과 죄스러움을 느낀다.

　이 책은 이런 죄스러움을 조금이라도 덜어보려는 소박한 마음이 담겨 있다. 이 소설이 통일을 열망하는 독자들에게 힘을 주고, 통일의 디딤돌이 되었으면 한다. 평화통일의 해답을 찾는 독자는 이 소설에서 '오아시스'를 만날 수 있을 것이다. 조국의 미래에서 통일을 설계하는 독자에게는 시원한 한줄기 바람이 될 것이다. 감히 일독을 권하는 이유이다.

용기 있는 자는 새로운 역사를 만든다. 두려운 자여! 통일의 열차가 다가올 때 기회를 휘어잡을 수 있도록 눈을 크게 뜨고, 미래를 준비하자.

2016년 여름
통일 하 정 열

차 례

희망과 행복의 향연

　평양의 10월 하늘은 푸르고 곱다. 통일 10주년을 맞는 대동강 물은 오케스트라 선율에 따라 춤추며 흐른다. 강 기자에게 10월 3일은 감회가 새롭다. 그는 통일의 주역 역할을 한 죽마고우 친구들과 가족들을 집으로 초청하여 자축행사를 갖기로 했다.
　"우리가 평양으로 옮긴 것은 잘한 일이야."
　강 기자는 늘푸른 대동강을 바라보며 중얼거렸다.
　"당신이 그동안 한 일 중에서 제일 잘한 일 중 하나예요."
　손님맞이 음식준비를 다 마친 그의 아내가 행복한 미소를 지었다.

강 기자는 그동안 주름살이 늘어난 아내 조영숙의 얼굴을 바라보며 거칠어진 손을 꼭 잡아주었다. 결혼생활 40여 년 동안 많은 고생을 시켰다는 미안함이 갑자기 몰려들었다. 정읍 촌놈으로 동국대 국문과를 다니던 그는 조영숙을 서클 선후배로 만났다. 그녀는 이화여대 사회학과를 다니며 인권운동 등에 관심을 가진 정의감이 넘치는 여성이었다. 맑고 큰 눈을 가진 예쁜 그녀를 보고 그는 첫눈에 반해버렸다. MT 등 모든 모임에서 그녀의 곁에는 항상 그가 있었고, 그는 흑기사를 자처했다.

"애야, 혹시 도울 일이 없냐?"

어머니 황선영의 목소리에 그들은 손을 슬그머니 놓았다. 며칠 전부터 서성이던 어머님이 아흔을 넘긴 나이에도 곱게 차려 입으셨다. 아직 1시간이 남았지만 벌써 대문 밖으로 시선을 던지신다. 오늘 전 가족이 참여하는 큰 모임도 친구들을 자식처럼 사랑하는 황선영의 배려로 이루어졌다.

"예, 이제 마무리 되었어요."

"할머니, 저희도 다 준비 되었어요."

정원 잔디밭에서 식탁보를 깔고 그릴 준비를 마무리하고 있는 강민국 부부가 함께 대답했다. 오늘 따라 잔디밭을 더욱 신나게 뛰어노는 손자와 손녀의 깔깔대는 웃음소리가 뭉게구름 되어 집안을 흘렀다.

　강 기자의 집은 평양 외곽의 대동강 가에 있다. 대지 100평에 건평 60평이 되는 2층 벽돌집이다. 통일 후 2년이 지난 시점에서 친척들이 사는 평양으로 옮기고 싶어하시는 어머님과 통일의 현장을 보다 밀도 깊게 취재하고 싶은 강 기자와 북한 주민들의 인권개선을 위해 일하고 싶은 부인 조영숙이 의기투합하여 산 집이다. 여기에는 평양에서 사업을 해보고 싶어 하는 큰아들 강민국 부부와 평양 미국영사관에서 근무하게 된 딸 강선화 부부도 함께 힘을 보탰다. 어머니의 옛 고향 집을 되찾기 위한 노력이 정부정책으로 어려워진 후, 서울의 아파트와 모든 재산을 팔아 평양 외곽의 대동강 가에 위치한 이 집을 구입한 것이었다.

　이 집에는 친손자 둘과 외손자 하나를 포함해 4대 10명이 함께 살고 있었다. 서울에 있었으면 꿈도 꾸기 어려운 일이었다. 집은 거실에 6개의 방이 딸려 있어 방 하나는 어머니 황선영이, 그 옆방은 강 기자 부부가, 방 두 개는 큰 아들네가, 방 하나는 딸 부부와 2살 난 손녀가 자리를 잡았다. 그리고 방 하나는 먼 길에서 손님이 오거나 국경경비대에서 근무하는 막내아들 강한석이 외박을 나오면 자고 갈 수 있도록 비워두고 있었다.

오후 5시 정각이 되자 군대생활에서 시간 개념이 몸에 밴 박겨레 부부가 온 가족과 함께 제일 먼저 도착했다.

　　"어머님 잘 지내셨어요?"

　　박겨레 장군이 어머님께 다가가 반갑게 인사드렸다.

　　"아이구! 우리 박 장군과 애기 엄마도 건강해 보이네."

　　"오늘 같이 좋은 날 초청해 주셔서 감사합니다."

　　박겨레 장군 가족이 정답게 어머님 손을 잡으며 고마움을 표했다.

　　"아니야, 당연하지. 오늘은 특별하게 축하할 날이잖아!"

　　"어머님이 건강하셔서, 우리 모두가 즐겁습니다."

　　박겨레가 황선영에게 다가가 어깨를 살갑게 주물렀다.

　　"야! 어서와! 우리 함께 놀자."

　　"그래, 잘 있었냐?"

　　두 달여 만에 만난 아이들이 벌써 서로 손을 잡고 잔디밭을 뛰어 다녔다.

　　이대한, 황만주, 그리고 김상웅이 뒤이어 가족과 함께 도착하니 마당이 꽉 찬듯했다. 오전에 능라도 체육관에서는 통일 10주년 기념행사가 있었다. 정읍 오총사는 함께 초청되어 감회 깊은 행사를 즐겼다. 이제 산뜻한 복장으로 온 가족이 다시 만나니 대동강 가에 핀 우정은 내장산 단풍처럼 설레게 물들었다.

"무얼 그리 잔뜩 싸 가지고 왔어?"

어머니는 김상웅 회장 가족에게 감사하며 말을 건넸다.

"어머님 조금밖에 준비를 못했어요. 저희 집에서 모셨어야 하는데 죄송해요."

김상웅 회장 가족은 몹시 미안해하며 황선영의 손을 꼭 잡았다.

해마다 통일기념일이 되면, 강 기자 집에 친구들이 모여 축제를 열어왔다. 김상웅 회장이 친구들 중 마지막으로 평양으로 이사 온 이후 시작했다. 벌써 여섯 번째 정기 모임이었다. 오늘은 통일 10주년과 강 기자의 70회 생일이 겹쳐 손자들을 포함하여 온 가족들이 다 모인 가든파티가 된 것이었다.

강 기자의 형편은 친구들 중 제일 빠듯했다. 그러나 중학교 다닐 때부터 대장 노릇을 해온 탓도 있지만, 그 때부터도 항상 강 기자 집에 모여 어머님의 묵인 아래 모사를 해온 것이 오늘까지도 이어지는 것이었다. 그것을 제일 미안해 생각하는 것은 사업을 크게 하며 능라도에 200여 평의 정원이 딸린 단독주택을 가진 김회장과 그 가족이었다. 그래서 모임 때만 되면 고기와 음료수를 먼저 보내왔다.

"아! 맛있는 냄새!"

항상 식욕이 제일 좋은 이대한이 장관까지 역임한 외교관 출신답지 않게 코를 벌렁거리며 말했다.

"그래 평양으로 오길 잘 했지?"

강 기자가 주변을 둘러보며 이대한의 어깨를 툭 쳤다.

"아무렴 잘 하고말고."

밥보다 술을 먼저 챙기는 황만주가 벌써 맥주 한 캔을 손에 들고 말했다. 그는 국가정보원에서 40여 년을 근무하고 국정원 차장까지 한 국정원 맨이었다.

"그 때 내가 대한이 설득하느라 힘 좀 썼었지."

"대한이 가족은 내가 설득했잖아."

김상웅이 거들었다.

"맞아! 나 혼자 서울에 남았으면 오늘은 너희들 그리워서 북쪽 바라보느라 목이 석자쯤은 빠졌을 거야."

이대한이 호탕하게 말을 하자 모두가 한바탕 웃음을 터트렸다.

10월의 석양에 물든 대동강은 한 폭의 수채화처럼 아름다웠다. 가족들은 불판 가까이 모여 서로 오순도순 노닥거리며 삼겹살과 소시지를 구웠다. 며느리들은 식탁을 정리하고 손자와 손녀 녀석들은 모처럼 만난 것이 그렇게 좋은지 깔깔대며 손에 손을 잡고 뛰어 놀았다. 이들 오총사는 독일 통일 직후인 1991년 독일의 베를린에 모여 독일 통일을 연구하며, 가끔 소시지파티를 열곤 했었다. 그 후로 이들의 모임에는 항상 소시지구이가 빠지면 안 되는 기호식품이 되었다.

벌써 물들어 가는 잔디밭을 쓰다듬는 노을빛은 모두의 마음을 열고, 솔바람은 모닥불의 불꽃을 일으켰다.

"자, 이제 시작해도 될 것 같아요."

주인마님의 제의에 모두가 접시를 챙겨들고 기호에 따라 음식을 담고, 평소처럼 편하게 그룹지어 자리를 잡았다.

"소시지는 독일 소시지, 술은 들쭉주가 최고야."

벌써 맥주에서 들쭉주로 방향을 잡은 황만주가 '크!' 소리를 내며 품평을 했다.

강 기자가 모두 자리에 앉은 것을 확인하고 일어섰다.

"오늘은 우리 조국이 자유민주주의 시장경제체제로 통일된 지 10주년이 되는 날입니다. 여기 있는 우리 모두는 불가능하다고 여겨졌던 평화통일의 역사적인 여정을 손을 잡고 함께 했습니다. 각자의 위치에서 큰 기여를 했습니다. 우리의 소중한 친구들과 가족이 모두 함께 하여 오늘의 이 축하모임은 더 큰 의미가 있습니다. 그러한 의미를 모두 담아 제가 축배를 제의하겠습니다."

강 기자의 말에 모두가 고개를 끄덕이며 잔을 높이 들었다.

"자! 평화통일된 우리 조국 한반도의 무궁한 발전을 위하여!"

강 기자가 평소처럼 제일 먼저 축배를 선창했다.

"무궁한 발전을, 위하여! 위하여! 위하여!"

모두가 잔을 높이 들고 목청이 터져라 축배를 했다. 손자들도 이제는 익숙해진 탓인지 물 잔을 높이 들고 함께 소리치는 모습이 무척 귀엽기만 했다.

"요즈음 평양시민들의 옷차림이 너무 좋아졌어요. 이게 다 김 회장 덕분 아니오?"

옷에 대한 빼어난 감각을 갖고 있는 이대한이 김상웅을 바라보며 말했다.

"아! 내 덕이 아니고, 다 강민국 사장과 김지혜 사장이 노력한 덕분이지."

김 회장이 발을 빼며 평양과 황금평에서 섬유공장을 운영하는 강 기자 아들 내외를 치켜세웠다.

"아버님! 감사합니다! 북한 주민들의 입는 문제를 해결한 것은 아버님의 노력이 제일 크시지요."

강민국이 일어나 존경의 눈빛으로 김 회장을 바라보며 서슴없이 말했다. 오 총사의 자녀들은 누구나 오 총사를 향해 아버님으로 호칭했다.

북한주민들은 통일 이듬해부터 '쌀밥에 고깃국'을 먹기 시작했다. 김일성왕국 3대 80여 년의 숙원이 통일로 이루어진 것이었다. 통일 3년차부터 입는 문제를 남한주민과 같은 수준으로 해결할 수 있었다. '남남북녀'라 했던가! 곱게 차려 입은 북한여성들은 눈부시게 아름다워졌다. 바로 그 문제를 지금 이야기 하고 있는 것이었다.

잔디밭 한 가운데 모닥불은 무르익은 대화에 온몸을 태우고 평양의 가을밤은 모닥불에 홍조가 되어 대동강 물결을 따라 춤추었다.

"강 부위는 오늘도 못 나왔나 봐요."

강한석 부위를 어릴 때부터 유난히 예뻐하던 신소녀 대표가 섭섭한 듯 한마디 한다.

"오빠들! 오늘 방송에서 보니 중국과의 국경 일대가 무척 소란스러운가 봐요. 특별한 해법이 없을까요?"

오빠들을 따라 평양으로 올라와 평양역 근처에서 정읍식당을 운영하는 신소녀 대표가 강 부위가 몹시 걱정스럽다는 듯 물었다.

진퇴양난

"달밤."

조용했다.

"달밤."

김 상등병은 다시 한 번 암구호를 외쳤다. 10월초의 두만강은 수심은 얕지만 30분을 버티기 힘들 정도로 차가웠다. 물살을 가르며 물체는 분명히 우리 쪽으로 움직이고 있는데, 암구호 답은 없었다.

"누구냐?"

국경경비대 병사들과 함께 경계호에 들어가 있던 강한석 부위는 다급히 물었다. 다가서는 물체는 뚜렷해지는데, 조용했다. 이미 격발자세를 취하고 있는 김 상등병의 어깨를 가만히 억누른다. 응당 사격을 해야 하나, 사격명령을 잠시 미루고 다시 한 번 외쳤다.

"누구냐?"

"우리! 조선인들이요."

체념한 듯 나직한 대답이 들려왔다.

'돌아가시오' 라고 응답해야 하나, 입이 떨어지지 않았다.

벌써 낌새를 차렸는지, 중국 쪽 초소에서도 웅성거리는 소리가 들렸다.

"쉿! 이쪽으로 오세요."

방향을 지시하는 강한석 부위의 목소리가 떨렸다.

조용하고 기민하게 안내해서 보니 할아버지, 할머니와 열 살 남직한 어린애를 포함해서 일가족 다섯 명이었다.

"쉿! 조용히 저를 따르세요."

통일조국과 중국 간 체결된 국경조약의 합의위반인 줄 알면서도, 그들을 돌려보내지 못하고 안내해야 하는 강 부위의 마음은 오늘 따라 더욱 혼란스럽기만 했다.

"오늘도 벌써 두 번째 가족이 넘어오는구먼."

작전참모 이만주 준장의 보고를 받은 북부지역사령관 박진출 대장이 상념에 가득 찬 목소리로 혼잣말 하듯이 말했다.

박진출 대장은 그의 전문성이 인정되어 3년 전 중책인 북부지역사령관으로 부임했다. 그는 육군사관학교를 졸업하고, 소령 때 독일참모대학에 유학하는 기간에 독일통일과정을 경험했다. 그후 독일의 군사통합과정을 연구하여 군사통합전문가로 성장하였으며, 통일과정에서 박겨레 장군 아래에서 군사실무회담대표로 참여했다. 그 후 제2대 군사통합 추진단장을 역임하고, 지금은 제3대 북부지역사령부 사령관으로 3년째 근무 중에 있었다. 그가 부임한 이래 통일한국과 중국의 국경 사이에는 도강해오는 조선족 문제로 끊임없이 갈등이 고조되어 왔다. 부임 초에는 국경경비대 고유의 임무였으나, 그동안 많은 문제가 발생하여 국경경비대를 북부지역사령부가 작전통제하면서 박 대장의 고민이 더욱 늘어나게 되었다.

"외교교섭이 빨리 마무리 되어야 하는데 걱정입니다."

주무참모로서 뚜렷한 해결책을 제시하지 못하고 있는 이만주 장군이 너무 송구스러운 듯 머리를 긁적이며 조용히 말했다.

"우리가 할 수 있는 최선의 방책은 무엇인가?"

사령관은 벌써 수없이 물었던 질문을 다시 한 번 스스로에게 반문하듯이 물었다.

중국에 거주하던 조선족 동포들은 통일 후 북한지역의 경제가 급속도로 발전하고 중국 3성보다 살기 좋아졌다는 소문이 돌면서 최근 3년 동안 수천 명이 고향을 찾아 압록강과 두만강을 넘어왔다.

금년 1월에는 길림성에 거주하던 조선족 동포 여섯 가족 30명이 한꺼번에 얼어붙은 압록강을 넘어 귀화를 신청한 적이 있었다. 바로 중국과의 외교문제로 비화되었다. 중국 측은 탈중국 도강자들이 더 이상 발생하지 못하도록 국경지역에서 사살하거나 중국 측으로 돌려보내야 한다고 항의했다.

금년 3월에는 도강하는 일가족 3명을 수하하는 과정에서 국경경비대가 사격하는 바람에 국민들로부터 많은 비난을 받았다. 진퇴양난의 상황에서도 동북3성의 조선족 동포들은 어둠을 이용하여 계속 강을 넘어오고 있었다.

답답한 마음에 박진출 대장은 상황전화기를 들었다.
"충성! 국경경비대 사령관입니다."
국경경비대 사령관 정용한 부장도 지금 상황실에 있는 듯 바로 상황전화기로 절도 있게 대답했다.

통일한국은 통일 직후 군사통합과정에서 중국과 러시아와의 국경지역을 경비할 조직으로 국경경비대를 창설했다. 국군에게 경비를 맡기지 않고 따로 국경경비대를 창설한 것은 전담조직을 만들어 국경경비의 효율성을 높이고, 국경지역에서의 중국 및 러시아군과 충돌 시 바로 분쟁이나 전쟁으로 비화하지 않도록 완충역할을 하며, 국군은 훈련과 전투준비에 매진토록 하기 위함이었다. 그리고 국경경비대의 계급체계를 군의 계급체계와 경찰의 계급체계 등 여러 가지 방안을 검토한 결과, 과거 광복군의 계급체계를 사용하도록 했다. 지금 국경경비대 사령관은 육군의 중장급인 '부장'이 담당하고 있었다.

"북부지역사령관이요. 지금 그 곳 상황은 어떻소?"

"두만강 지역의 국경상황이 심상치 않습니다."

상대 쪽에서도 긴장된 목소리로 대답했다.

'법과 규범에 의해 조치하시오'라는 말 대신 '수고하시오'라는 말만 하고 전화기를 내려놓는 박진출 대장의 가슴이 저려왔다.

통일 후 6년이 지날 때까지도 상황이 이렇게 심각하게 돌아가리라고는 누구도 예측하지 못했다. 이제 통일조국에서 살아보고자 압록강과 두만강을 넘어오는 조선동포의 문제는 한국과 중국 간의 문제일 뿐만 아니라, 국제사회에서도 뜨거운 감자가 되었다.

빵과 자유

김지혜는 오늘도 거의 뜬 눈으로 밤을 새웠다.

개성공단 근로자들의 수군거리는 소리가 꿈속에서도 들려와 벌써 며칠째 잠을 설치고 있었다.

"어제는 신의주 지역 경협공단에서 주민들이 생존권과 자유를 요구하며 시위를 했고, 일부는 압록강을 도강하여 단둥지역으로 탈주를 시도했데요."

작업반에서 제법 똑똑한 김순애가 속삭이듯 한 말이 귓가를 계속 맴돌았다.

북한 지역에는 지난 4년 동안 이어진 지독한 가뭄으로 식량난이 가속화되고 아사자가 속출하고 있었다. 그나마 중국과 국제사회에서 지원했던 식량지원도 북한 핵과 인권문제로 그 규모가 축소되어, 1990년대 중반의 고난의 행군과 같은 상황이 연출되고 있었다. 남한 정부는 인도적인 지원차원에서 식량을 지원하고 있었으나, 부족량을 메우기에는 가뭄은 너무 오랫동안 가혹하게 지속되었다.

　김지혜는 남북한 간의 합의에 따라 개성공단이 확장되는 국면에 김일성대학을 막 졸업하고 아버지의 지원 덕으로 수백 명의 경쟁자를 물리치고 섬유관련 업체 감찰반장으로 부임하여 3년째 근무하고 있었다. 개성공단은 확장을 지속하며, 지금은 500만 평에 1000여 개의 남한 기업체가 입주하여 가동되고 있었다. 북한 근로인원도 6만 명에서 지금은 약 15만 명으로 늘어났다.

　개성지역의 인력부족으로 자강도와 양강도 등 북한 각지에서 약 8만여 명이 근로자로 취업했다. 남한 기업들은 기숙사를 지었다. 몇 년 전부터는 라진·선봉지구에 이어 신의주와 황금평 지역이 새로운 남북한 경협지구로 선정되었다. 이 공단에도 북한 근로자들이 취업하여 일하고 있었다. 그들은 먹는 문제에 걱정이 없었다. 외출을 나갈 때면 얼굴이 뽀얀 사람들은 대부분 경협지구의 종사자들이었다. 경협지구에 종사자 한 명이 있으면 집안이 굶어 죽지는 않는다는 소문이 퍼지기 시작하자, 취업희망자가 폭증하여 어지간한 배경이 아니면 취업할 수 없었다.

북한 당국은 아사자가 급증한 작년부터 그들이 간식으로 지급받는 라면과 초코파이 등의 절반을 강제로 수거하고 있었다. 수거하는 임무도 바로 감찰반장들의 몫이었다.

"지금 우리는 정권유지와 체제생존을 위해 싸우고 있다."

노동당 창건일을 즈음하여 휴가로 일 년 만에 집에 온 딸에게 아버지가 조심스럽게 입을 열었다. 김진성 대장은 김정은 위원장의 먼 친척으로 오랫동안 남북한 군사회담 전문가로 일해 오다가, 김정은 위원장의 백두산 혈통의 직계 경영방침에 따라 승승장구하여 북한군 총참모장으로 근무하고 있었다. 북한에서 당 서열 10위 안에 드는 실세 중의 실세로 행세하고 있는 것이었다. 평소 호방한 성격에 자신만만한 모습을 보이던 아버지가 의기소침해 있는 모습이 석연치 않아 김지혜는 걱정하는 눈빛으로 아버지를 바라보았다.

"금년 작황도 그렇게 안 좋은가요?"

개성공단에서는 라면과 초코파이 등 먹을 것이 풍족한 상황이라, 궁금증이 더해 지혜는 되물었다.

"그나마 유지되던 시장기능도 약화되어 평양지역 주민들까지도 굶주리는 실정이야. 그러니 주민들의 불안감이 확산되어 이 평양 지역에도 소규모 시위가 생기고 있다."

최근 몇 년 사이에 팍 늙으신 아버지는 딸에게 부끄러운 듯 깊은 시름에 빠진 목소리로 조용히 말했다.

'그 당당하시던 모습은 다 어디로 간 것일까? 이것이 인민군을 호령하는 호탕한 성격의 총참모장의 모습인가?

아버지를 바라보며 김지혜는 의구심이 생기기 시작했다.

김지혜는 유년시절부터 수령의 친족임을 자랑스럽게 생각하며 당과 수령에 충성을 다하도록 교육을 받아왔다. 김일성대학에 다닐 때는 모든 남학생들의 선망의 대상이었다. 김일성대학에 메이퀸 제도가 있었다면 당연히 그녀가 뽑힐 거라고 주변에서 수군거릴 만큼 170센티미터의 키에 비너스를 닮은 몸매로 미모가 출중했다. 그러나 그녀는 그들의 시선은 아랑곳하지 않고 공부에만 열중했다. 졸업논문은 '주체사상과 선군사상과의 관계 연구' 라는 제목으로 졸업 식장에서 전체수석과 최우수논문상을 수상했다.

"졸업하면 중앙당 조직지도부에서 일하라우."

항상 외동딸을 자랑스러워하는 그녀의 아버지는 중앙당 근무를 강조하고 있었다.

"저는 남북경협현장에서 일하겠습네다."

"뭐라고?"

그녀가 처음 이런 이야기를 꺼낼 때 아버지는 도저히 믿기지 않은 듯 놀라서 되물었다.

"남들이 그렇게 선호하는 중앙당 조직지도부를 팽개치다니! …. 말이 되갔서."

김진성은 눈을 부라리며 말도 안 되는 일이라고 강조하고 있었다.

그러던 김진성이 한풀 꺾인 것은 김정은 위원장의 '대학 우수 졸업자들은 우선적으로 남북경협전선에 배치하라!' 는 지시 덕분이었다.

"지금 신의주 경협지역 근로자들의 동태도 어수선하단다. 그저께는 30여 명이 집단으로 단둥으로 탈출하는 사고가 있어 감찰반장이 처벌되었다. 돌아가거든 특히 몸조심해라."

아버지는 벽을 바라보며 한숨을 쉬었다.

"네! 아버지. 너무 걱정하지 마세요."

김지혜가 평양을 떠나올 때도 항상 공화국의 안위만을 강조해온 아버지는 무엇이 염려스러운지 '몸조심하라' 는 말을 수차례 반복했다.

평양시내와 개성으로 복귀하는 열차 속에서 김지혜는 굶주림에 몰골이 반송장에 가까운 사람들을 많이 보았다. 차창 밖에 비친 시골마을의 주민들도 명태처럼 바짝 말라 있었다. 10월초는 천고마비의 계절인데도 시골마을의 을씨년스러운 풍경은 김지혜의 마음을 어지럽게 했다.

'아! 우리 공화국은 왜 먹는 문제 하나를 해결하지 못하는 걸까?' 최근에 맴돌던 의문이 다시 눈앞에서 어른거렸다.

" '주체' 와 '선군' 은 자본주의 '쫑깐나새끼' 들을 무찌를 수 있는 공화국의 유일한 사상이다."

그녀는 졸업논문에서 강조한 대목을 떠올리며 실소를 머금었다.

김지혜가 개성역에 도착하자 강민국이 환한 얼굴로 기다리고 있었다. 185센티미터가 넘는 큰 키에 호남형의 강민국은 먼발치에서도 금방 눈에 띄었다. 반가우면서도 주위를 의식해서 서로 손을 들어 인사를 했다.

남한정부의 지원으로 옛 모습을 되찾은 개성역은 휴가 복귀자들로 북적이고 있었다. 이 열차는 봉동역과 도라산역을 지나 서울로 이어지지만 대부분의 승객들은 여기서 하차했다. 지혜가 하차할 때 올라탄 국가안전보위부 요원들이 신분증을 조사하는 모습이 눈에 들어왔다. 본래는 열차 검색은 인민보안부 업무였으나, 최근 남쪽으로 탈주한 인원이 생기면서 국가안전보위부로 임무가 전환되며 검색이 강화되었다.

"아유! 감찰반장님도 휴가를 다녀오시네요…."

김지혜를 알아보는 사람들이 지나치며 인사를 했다. 감찰반장에게 잘 보이기 위한 겉치레 인사지만 김지혜는 정중하게 이를 받아주었다.

"보고 싶어 죽는 줄 알았네."

강민국은 차에 타자마자 김지혜의 손을 꼭 잡았다.

"민국동무는…."

지혜는 깜짝 놀라며 남이 볼 새라 재빨리 손을 뺐다.

김지혜도 휴가 기간 내내 강민국의 얼굴이 떠올라 혼자 피시식 웃고는 했었다.

"휴가는 즐거웠어요?"

강민국이 일부러 어깨를 부딪치며 물었다.

"평양시내가 소란스러워 집에만 있다 왔어요."

"우리 신문에는 평양에도 아사자가 생기고 시위도 발생했다던데…."

강민국이 걱정되는 목소리로 말한다.

"그래요. 상당히 어려운 상황인가 봐요. 이곳은 어때요?"

김지혜는 최무룡을 닮은 강민국의 옆얼굴을 바라보며 조심스레 말을 이어간다.

"이곳도 조금은 소란스러워요. 지혜나리! 내일 자세히 이야기 해요."

강민국은 살짝 윙크하면서, 남이 볼세라 김지혜를 기숙사 입구에서 약 100미터 떨어진 지점에 내려주었다. 재빨리 차를 몰고 돌아오는 중에도 그의 가슴은 설레었다.

김지혜가 기숙사에 들어서니, 기숙사의 분위기는 한눈에도 휴가 전보다 훨씬 혼란스러워 보였다.

"사감동무! 휴가 간 가시나이들은 다 복귀했나요?"

김지혜는 예순이 다 되어가는 기숙사 사감에게 다정하게 인사하며 물어보았다.

"미복귀자가 증가하고 있어 걱정입네다."

사감은 송구스런 눈빛과 죄송한 몸짓을 지었다.

김지혜는 섬유업 종사자들이 거주하는 기숙사의 감찰업무도 담당하고 있었다. 최근 휴가차 떠난 종사자들이 복귀하지 않는 숫자가 증가하고 있었다. 수개 월 전만 해도 전혀 없던 현상이었다. 그들이 신의주와 평양지역의 시위에 참여하는 일도 발생했다. 김지혜는 휴가 전 개성공단 북측 총책임비서에게서 사상교육을 똑바로 시키라는 경고성 발언을 들은 적이 있었다. '내가 총참모장의 딸이 아니라면 벌써 자아비판을 하라는 지시를 받았을 거다'

라고 생각하면서 김지혜는 오금이 저렸었다.

"빨리 돌아오라는 명령은 전달했나요?"

비너스 얼굴을 닮은 김지혜가 눈꼬리를 치켜 올렸다.

"예! 필요한 조치는 다 하고 있습네다."

"…."

"손전화기로도 연락하고 있는데 받지도 않고 있습네다."

사감은 자기 책임을 다하고 있다는 듯이 더욱 송구스러운 목소리로 대답했다.

북한의 손전화기는 김정은 정권이 등장한 이후에 급속도로 늘어 이제는 성인 중 대부분이 소지하는 애호품이 되었다. 노동당에서는 몇 차례 이를 통제하려 했으나 번번이 주민들의 저항에 부딪쳐 성공하지 못했다. 그것은 장마당으로 불리는 시장을 통제하려다 실패한 사례와 같이 강력한 북한정권이 할 수 없는 몇 개의 불가사의 중 하나였다. 단지 남한의 핸드폰과 통화할 수 없도록 보안조치를 한 것을 큰 위안으로 삼고 있었다.

"민국동무! 어제는 고마웠어요."

강민국의 방에 들어서며 김지혜는 서글서글한 눈인사와 함께 고마움을 표했다.

"지혜나리! 오늘 따라 가슴이 엄청 뛰고 있네요."

원단을 생산하여 해외수출을 전담하는 P실업의 과장으로 개성공단 공장장으로 일하고 있는 강민국은 은밀한 눈빛으로 인사하며, 기다리던 김지혜의 방문을 무척 반겼다.

"동무! 특별한 어려움은 없나요?"

김지혜는 극히 사무적인 태도로 주변을 둘러보았다.

"지혜나리가 있는데 어려움이라니요…."

강민국은 코맹맹이 소리를 섞어 대답했다.

김지혜의 주요 일과는 섬유공장과 업체들을 돌아보며, 근로자들의 동태도 감시하고, 업무실적도 점검하는 것이었다. 매일 관련업체들을 한 번씩은 순시하지만, P실업은 담당업체 중 제일 크고 북한근로자가 2000여 명으로 제일 많다는 이유로 하루에 두 번 이상을 방문하고 있었다. 첫눈에 호감이 간 '강민국의 모습이 그녀를 끄는 자석'이라고 생각하면서도 마음 한 편에서는 '임무에 충실한 나의 태도 때문'이라고 강하게 주장하고 있었다.

"지혜 나리 차 한 잔 하시지요."

강민국은 보성녹차를 찻잔에 부으며 눈길로 앉으라는 신호를 보내고 있었다.

강민국은 '김지혜 동무'로 불러주길 원하는 김지혜의 희망사항을 무시하고, 언제부터인가 둘이 있을 때면 그녀를 '지혜 나리'로 부르고 있었다. 김지혜는 어느 곳에서도 다른 호칭을 허용하지 않았지만, 강민국의 그런 모습이 도리어 애교 있어 보여 싫지 않았다.

"오늘도 신의주 지역과 라진·선봉지구 근로자들이 중국과 러시아 쪽으로 탈주한 것으로 보도되었어요."

차를 마시며 강민국은 김지혜의 눈치를 살피며 은근히 걱정하는 투로 말을 꺼냈다.

"우리도 걱정하고 있어요. 이곳은 이상 없을까요?"

평소에는 눈길 한 번 주지 않던 강민국의 책상 위에 놓인 남쪽 신문을 곁눈질하며 이러한 질문을 하는 김지혜의 눈빛은 심히 흔들리고 있었다.

"그렇지 않아도 남한 언론은 사태가 악화되면 북한 당국에서 남북한 철도와 도로를 차단하지 않을까 우려하고 있네요."

이 말을 하면서 강민국은 너무 걱정하지 말라며, 옆에 앉는 김지혜의 어깨를 꼭 잡아주었다.

김지혜는 평상 시 같으면 '민국동무 이러지 말라우' 하고 뿌리칠 터이지만, 오늘은 웬일인지 그럴 엄두가 나지 않았다.

둘은 비상사태가 있으면 서로 연락하기로 하고 헤어졌다. 강민국은 멀어져가는 김지혜의 뒷모습을 보며 어떤 불안감이 스쳐 지나가는 것을 느꼈다.

'어디서 오는 불안감일까?' 근원은 확실하지 않지만, 오후 내내 불안감이 지워지지 않았다.

　휴가를 다녀온 북한 근로자들이 소문을 물고 올수록 기숙사와 공장 곳곳에서는 삼삼오오 모여 수군거리는 무리들이 늘어났다. 일주일이 지나자 휴가가 통제되었다. 그 후 다시 일주일이 더 지나자 기숙사 거주 인원에 대한 외출이 통제되었다. 개성공단에도 국가안전보위부 인원들이 두 배로 증원되었다.

　신의주와 라진·선봉지역 근로자의 국경탈주가 늘어나고 있었다. 벌써 신의주공단의 감찰책임자가 추가로 해임되었다느니, 라진·선봉지구의 국가안전보위부 책임자가 처벌되었다느니 소문이 파다했다. 소문이 춤을 출수록 김지혜가 국가안전보위부 요원들과 회의하는 빈도도 잦아졌다. 근로자에 대한 신분 구분이 더욱 세밀화되고, 유사시 후방지역으로 차출할 인원이 선정되었으며, 탈주를 막기 위한 세부계획을 검토했다.

　"김지혜동무! 섬유 관련 업체들의 근로자 상황은 어떻습네까?"

　국가안전보위부 책임자는 회의 때마다 이러한 질문을 반복하곤 했다.

　"이상 없습네다."

　이러한 답변을 자동반사적으로 매일 반복하면서 지혜는 조금씩 불안해지는 자신을 발견하곤 깜짝 놀라곤 했다. '정말 이상이 없는 걸까?' 저희들끼리 수군거리다가 지혜가 나타나면 인사도 없이 흩어지는 무리들이 증가하는 것을 보면, 뭔가 문제가 있는 것만은 느낄 수 있었다. 김지혜가 휴가를 다녀오기 전까지만 해도 그들의 관찰기록부를 쓰고 특별관리자로 구분하여 상부에 보고하는 김지혜에게 잘 보이려고 멀리서도 뽀르르 달려들곤 하던 그들이 아니었던가?

답답하고 초조해질수록 김지혜가 강민국의 사무실을 찾는 횟수도 늘어났다. 명목은 근로자의 동태파악이지만, 이곳에 와서 녹차 한 잔을 나누며 위로를 받을 때마다 '세상사는 맛이 바로 이 훈훈한 정 때문이 아닐까?' 라고 생각되었다.

사건은 엉뚱한 곳에서 터졌다. 선잠에 뒤척이던 김지혜는 새벽 4시에 걸려온 전화벨 소리에 잠이 깼다. 불길한 생각에 전화기를 드니 국가안전보위부 개성지구 김 과장이 급한 목소리로 비상상황을 알렸다. 5시까지 개성시 지부 사무실로 출두하라는 것이었다. 불안한 마음으로 세면을 하는 둥 마는 둥 옷을 걸치고 뛰쳐나가니 벌써 5명의 감찰책임자가 밖에 나와 차를 기다리고 있었다.

"무슨 일입네까?"

"저희도 잘 모르겠습네다. 개성시내에서 비상상황이 발생했나 봅네다."

김지혜의 질문에 50대의 감찰관이 기어들어가는 목소리로 대답을 했다.

북측 중앙특구개발지도총국의 보안담당관과 김지혜 일행이 새벽 4시 50분경에 국가안전보위부 개성시 지부 상황실에 서둘러 들어서니 전화기란 전화기는 모두가 울리고 있었다. 개성시 지부장은 벌게진 얼굴로 전화기를 붙잡고 상부와 통화하고 있었다.

"그러니까 몇 명이 넘어갔다는 거요?"

"아직은 정확히 모르겠으나, 사상검열을 받던 세 가족이 없어진 것으로 파악되고 있습네다."

"바보같이 아직 상황도 파악하지 못하고 있단 말입네까? 동무, 확실히 파악해서 빨리 보고하시라요."

"예! 곧 보고 드리갔습네다."

전화기를 내려놓은 시지부장은 그때서야 꾸어다놓은 보릿자루 마냥 서있는 공단지부장과 감찰책임자를 휙 둘러보았다.

"근무를 똑바로 해야 돼. 알간나!"

누구에겐지 모르지만 소리를 질렀다. 그리고는 다시 한 번 소리쳤다.

"빨리 돌아가서 확실히 인원파악해서 보고하고, 장악 잘 하라우."

무슨 일인지도 모른 채 중앙특구개발지도총국의 보안담당관과 공단 관계자들은 조심스럽게 상황실을 나와 회의실에 5시 30분까지 속절없이 기다리다가 공단으로 복귀했다.

김지혜가 복귀하여 기숙사 인원을 확인하니 휴가 미복귀자를 제외하고는 이상이 없었다. 가슴을 쓸어내리면서도 왠지 발이 후들거림을 느꼈다.

오후 세 시에 다시 비상대책회의가 소집되었다. 중앙특구개발지도총국의 보안담당관을 포함한 전 참석자가 담당인원에 대한 이상 유무를 다시 보고했다. 약 2년 동안 함께 해 온 개성시 지부장은 보이지 않았다. 인상이 더럽게 날카로운 낯선 인물이 얼굴을 잔뜩 찌푸린 채로 시지부장 책상에 앉아 있었다.

"오늘 본부의 긴급명령으로 새로 부임한 국가안전보위부 시지부장 김성재입네다. 전 시부장 동무는 오늘 사건의 책임을 물어 12시경에 본부에 소환되었습네다. 상황실장 동무! 오늘 발생한 사건의 상황개요와 향후 재발방지 대책에 대해 보고하시라요."

상황실장이 30여 분 동안 보고한 오늘 사건의 개요와 대책은 다음과 같았다.

"개성 시내에는 반동으로 관리되어 온 20여 가족이 살고 있었다. 항상 차별과 감시를 받고 살던 그들이 불순한 행위를 모의하는 징후가 포착되어, 최근 들어 국가안전보위부의 조사를 받아왔다. 그런데 그 중 3가족 11명이 어제 밤 10시 이후에 행방불명이 되었고, 철길을 이용하여 남한 쪽 철책을 통과한 것으로 확인되었다. 북한 정권은 통일전선부 명의로 즉각 반혁명분자들을 넘겨줄 것을 요구하고 있지만, 남한 정부는 아직 정확한 입장을 발표하고 있지 않았다. 앞으로 이러한 사건이 재발될 경우에는 담당자는 당의 엄중한 문책을 받을 것이다. 인원관리 세부대책을 수립해서 보고하라. 위험한 인물들은 별도로 구분하여 관리를 강화하라. 특히 탈주나 시위를 주동할 위험이 있는 인물들은 즉각적으로 국가보위부에 보고하라. 아침과 저녁으로 사상교육을 강화하라. '친구 따라 강남 간다' 는 속담을 절대 쓰지 못하게 하라. 필요시 공개적인 장소에서 자아비판을 통해 공포감을 조장하라."

김지혜가 돌아오면서 생각하니, 아무래도 돌아가는 상황이 보통 심각한 게 아니었다. 김지혜는 약 만 명의 근로자를 감찰하고 있었다. 물론 그 밑에 공장별로 별도의 작업반장이 임명되어 보좌를 하고 있었으나, 최종적인 책임은 김지혜가 져야 했다. 위험인물을 어떻게 색출할 것인지도 모호했지만, 몇 년 전 없어진 자아비판을 다시 강화할 엄두도 나지 않았다.

"지혜나리 어서 와요."

기다리고 있었다는 듯 강민국은 민낯의 김지혜의 손을 반갑게 잡고 사무실로 이끌었다.

"너무 걱정이 되어서 점심도 못 먹었네."

강민국은 김지혜의 피곤한 얼굴을 쳐다보며, 전기포트를 켰다. 집에서 가끔 간식으로 먹으라며 보내준 공주떡을 펼치고, 컵라면을 빠르게 준비했다. 정신이 나간 듯 멍하니 앉아 있던 김지혜는 컵라면의 냄새에 고개를 들었다.

죽느냐, 죽이느냐

　평양 시내 최고사령부 건물은 아침부터 매우 부산했다. 오전 열 시부터 김정은 최고사령관이 주관하는 최고사령부 전략회의가 열리기 때문이었다. 모든 사령부급의 부대기가 게양되었다. 군단 장급 이상의 군 지휘관, 비서급 이상의 노동당 간부와 국무위원회 위원급 이상이 참석하는 대대적인 회의를 열기로 이틀 전에 결정된 것이었다.

　작년까지만 해도 김정은 최고사령관이 직접 참석하는 최고사령부회의는 1년에 한 번 형식적으로 개최되었었다. 그 자리에서 김정은은 최고사령부의 노선을 직접 설명한 후, 각 사령관들의 노고를 치하하고 표창장과 포상품을 하달하는 의례적인 행사였다.

그런데 금년에는 벌써 다섯 번째 열리는 회의가 준비되고 있는 것이었다. 지난 10월 10일은 북한의 국경일인 '노동당 창건일'로서 가장 성대한 행사가 열려야 됨에도 아사자의 증가와 시위의 확대, 탈주자의 급증 등으로 실내에서 한 시간 동안의 약식 행사만을 한 후 바로 최고사령부 전략회의를 실시했다.

이제 2주일도 채 안 지난 시점에서 다시 최고사령부회의가 열리는 터라 모두가 심각한 표정으로 입장하고 있었다. 비서실장 격인 김여정 비서가 들어서고, 이어 일흔 살을 넘긴 최철해가 입장했다. 김정은 최고사령관이 생각에 깊게 잠긴 몸짓으로 천천히 입장하여 좌정했다. 호위사령관이 그의 뒤를 따라와 바로 뒤에 앉았다. 오늘 따라 권총을 찬 그의 모습이 더욱 엄숙해 보였다.

"오늘 최고사령부 전략회의는 최고사령관 동지의 지시에 의해 개최되었습네다. 지금부터 회의를 시작하겠습네다."

총참모장 김진성 대장의 개회 설명은 짧고 무거웠다.

이어 황칠서 총정치국장의 안건보고가 이어졌다.

"지금 공화국 내부의 상황은 매우 엄숙합네다. 잘 아시다시피 곳곳에 아사자가 발생하고 있습네다. 신의주 지역에서 발생한 탈

공화국 행렬이 라진·선봉지역에 이어 어제는 개성지역에서도 발생하였습네다. 또한 지방에서 시작된 소규모 시위가 이제는 평양지역까지 확대되고 있습네다. 오늘 전략회의 안건은 첫째, 우리 공화국 인민의 국경 이탈 통제대책이고, 둘째, 공화국 내부의 시위 방지대책이며, 셋째, 공화국 군에 최고 수준의 전투태세를 발령하는 건이고, 넷째, 공화국 전반에 비상계엄을 선포하는 건이며, 다섯째, 유사시 핵사용에 관한 안건입네다."

황칠서 총정치국장이 안건보고를 마치고 자리에 앉자, 회의실은 숨 쉬는 소리 하나 들리지 않는 정적이 흘렀다.

"발언할 동무들은 발언 시작하시라요."

김정은 최고사령관이 좌중을 한 번 돌아본 후, 큰 소리로 말문을 열었다.

누구도 먼저 발언하지 않으려는 듯 쥐 죽은 듯한 침묵이 다시 이어졌다.

"아! 동무들 발언을 해보라니깐."

김정은이 다시 한 번 신경질적인 반응을 보이며 보다 큰소리로 말했다.

"총정치국장이 보고를 드리겠습네다."

안건보고를 마치고 고개를 푹 박고 있던 황칠서 총정치국장이 다소곳이 일어서며 먼저 말문을 열었다.

"우리 자랑스런 '조선민주주의인민공화국 사회주의헌법' 제12조에서는 '국가는 계급로선을 견지하며 인민민주주의독재를 강화하여 내외적대분자들의 파괴책동으로부터 인민주권과 사회주의제도를 굳건히 보위한다' 라고 명시되어 있습네다. 그런데 지금 내외의 적대분자들의 책동으로 공화국 내부의 혼란이 심각하고 사회주의 제도가 크게 흔들리고 있습네다. 안건을 처리하기 전에 먼저 국가안전보위부장에게 공화국 헌법 수호 임무를 소홀히 한 책임을 물어야 한다고 생각합네다."

'오늘은 내가 죽느냐 상대를 죽이느냐의 싸움이다. 김정은 최고사령관의 책임을 벗겨주기 위해서는 누군가 현 사태에 책임을 져야 한다. 직책상 총정치국장과 국가안전보위부장의 책임이 가장 크다. 그러니 선공이 최적의 방어이다' 라고 생각한 총정치국장은 헌법을 인용하여 발언을 마치고 평소의 절친인 국가안전보위부장의 얼굴을 바라보지도 못한 채 자리에 풀썩 주저 않았다.

국가안전보위부장의 얼굴이 금방 백지장처럼 변했다. 최근에 발생한 일련의 사건으로 한 달 동안 잠도 제대로 자지 못한 그의 몸무게는 이미 10킬로그램 이상이나 빠져 있어 제복이 헐렁이가 되었고, 푹 들어간 눈 주변에는 푸르스름한 검버섯이 잔뜩 피어 있었다.

'상황이 여기까지 진척되기 전에 건강상의 이유로 사직을 했어야 하는데…' 라는 때늦은 후회가 머리를 스치고 지나갔다.

"국가안전보위부장 자아비판을 해보라우."

김정은 최고사령관이 침묵을 다시 깨며 '발언해보라우'라는 말 대신에 '자아비판'이라는 용어를 쓰며 독촉을 했다.

"국가안전보위부장 자아비판 하겠습네다."

자아비판이라는 말에 조금 전보다 더 사색으로 변한 얼굴을 천천히 들며 국가안전보위부장이 일어섰다. 이미 체념한 모습이었다.

"국가안전보위부는 공화국 주민들에 대한 사찰을 맡는 기관으로, 정치범수용소 관리, 반국가 행위자 및 대간첩수사, 공항과 항만 등의 출입통제 및 수출입품 검사와 밀수 단속, 해외정보의 수집과 공작, 국무위원장을 비롯한 고위간부들의 호위 등의 임무를 맡고 있습네다. 요즈음 임무의 소홀로 반국가행위자가 늘어나고 시위가 확대되며, 국경을 이탈하는 반동자들이 증가하는 등 책임을 다하지 못한 저의 책임을 통감합네다."

더 이상의 변명은 바로 죽음이라는 사실을 누구보다도 잘 알고 있는 그는 원론적인 자기책임론을 제기하며 앉지도 못하고 그 자리에 우두커니 서있었다. 그의 눈앞에는 이미 저승사자가 어른거리고 있었다.

"호위사령관! 저자를 모든 직위에서 해제합네다. 바로 체포

구금하고, 명령 대기하시라요."

김정은 최고사령관의 지시가 떨어지자마자, 기다렸다는 듯 총을 찬 호위사령부 간부 4명이 회의실에 들어와 앉지도 못하고 정신이 빠져 송장처럼 서있는 그를 압송해나갔다.

2013년 12월 9일, 당시 북한의 2인자이며 김정은의 고모부였던 장성택이 분파적 행동으로 군복을 입은 2명에게 체포되는 모습이 바로 오늘 최고사령부회의에서 재현된 것이다. 당시와 다른 점이 있다면 장성택이 북한의 '노동당 정치국 확대회의' 에서 인민보안원에게 공개적으로 체포되었다면, 국가안전보위부장은 최고사령부 전략회의에서 호위사령부 요원에게 비공개적으로 체포된 것이다.

국가안전보위부장이 체포되어 나간 후 회의는 일사천리로 진행되었다. 바로 '내일 00시부터 공화국 계엄을 평양지역에 우선적으로 실시한다. 군에는 전투태세를 격상시킨다. 시위책임자는 즉결재판을 통해 현지에서 사형을 집행할 수 있다. 국경은 봉쇄하지는 않되, 통제를 철저히 강화한다. 핵무기는 안전을 최대한 유지하며, 유사시에 대비하여 투입할 태세를 강화한다' 는 내용으로 결정되었다.

회의 상정 안건과 조금 다른 점은 공화국 전국계엄을 염두에 두면서, 우선은 평양지역의 지역단위 계엄을 먼저 선포하자는 김정은 최고사령관의 제안을 만장일치로 합의한 것이었다.

그 다음날 조선중앙 TV는 아침 정규방송부터 "국가혼란의 책임을 물어 국가안전보위부장을 체포하고, 국가비상사태를 선포하며, 평양지역에 계엄을 실시한다"는 내용을 대대적으로 보도했다.

안도하는 사람, 떠나는 마음

회의를 마치고 걸어 나오는 김진성 총참모장의 뒷목은 뻣뻣해졌다. 평소 고혈압이 있는 그는 금방 쓰러질지 모른다는 생각이 들었다. 목을 쓰다듬어 본다. '언제 날아갈지 모르는 목이다. 조심해야지'라는 생각이 들자 내가 공화국의 총참모장이 맞나 하는 생각이 들어 실소를 머금었다.

'오늘 오후 8시까지는 전투태세 격상 명령을 하달해야 한다. 물론 관련자들을 소집하라는 준비명령은 내려놓은 상태지만 관련 후속조치 등을 추가적으로 검토하려면 시간이 없다.' 발걸음을 재촉해보지만 발은 무겁기만 하다.

총참모부 상황실에 도착하니 벌써 관련자들이 모여 부참모장의 지휘 아래 관련된 내용을 검토하고 있었다.

'전군 전투태세 격상명령 하달에 공화국 군은 일사분란하게 움직일 것인가? 남조선 군부는 어떻게 대응할 것인가? 주한미군도 전투태세를 강화할 것인가? 이번 전투태세 격상으로 한반도의 군사상황은 전쟁일보 직전으로 치닫는 것은 아닐까? 위기 시 과연 남조선군은 선제타격을 실시할 것인가? 전쟁비축물자는 충분한가?' 등 온갖 질문들이 머리를 스쳐 지나갔다.

지난 40년 이상을 절친으로 지냈던 국가안전보위부장이 체포당하는 모습을 지켜보던 황칠서 총정치국장의 마음은 한편으로는 안도가, 다른 한편으로는 불안이 교차하는 형국이었다. 특히 그 주역을 본인이 담당했다는 사실이 무척 가슴 아팠다. 어제 최철해를 만났을 때, 그는 김정은 최고사령관이 '이번 사건의 책임으로 총정치국장을 내칠 것인가? 혹은 국가안전보위부장에게 짐을 지울 것인가?'를 고민하고 있다는 것을 넌지시 비추었다.

"제가 나서서 이번 사태의 책임문제를 거론하여 국가안전보위부장을 비판하겠습네다."

"진정 그렇게 할 수 있갔소?"

40년 지기인 두 사람의 관계를 잘 아는 최철해는 과연 총정치국장이 총대를 멜 수 있을 것인가 의구심을 갖고 있었다. 총정치국장을 조용히 부른 것도 의중을 떠보기 위함이었다.

"예! 진정으로 충성을 다하겠습네다!"

총정치국장의 대답은 단호했다.

최철해는 만남의 결과를 김정은 최고사령관에게 어제 밤 보고하고, 각본대로 오늘 일을 추진한 것이었다.

어제의 일과 오늘 발생한 상황을 되돌아보며, 황칠서 총정치국장은 '휴' 하고 긴 숨을 몰아쉬며 가슴을 쓸어 내렸다. 6개월 전까지만 해도 황칠서 총정치국장은 최철해 책임비서보다 당 서열이 높았었다. 그런데 김정은의 제2인자 '힘 빼기 전략'에 의해 최철해에게 2인자 자리를 물려주고, 이제 다시 3인자로 내려앉은 터였다. 벌써 이런 자리바꿈이 다섯 번 이상 계속되고 있었다. 그러니 두 사람 모두 언젠가는 과거 장성택처럼 팽 당하는 것은 아닌가 하고 불안해하고 있었다. 오늘 회의를 잘 넘겼다는 안도감과 불확실한 미래에 대한 불안감이 함께 엄습했다.

'친구의 가족만이라도 보호해줄 수 있을까? 국가안전보위부가 복수를 하기 위해 집요하게 따라붙을 텐데 어떻게 견제할 수 있을까? 앞으로 상황이 더욱 악화되면 그 희생양이 필요할 텐데 누굴까? 최철해를 어떻게 제거할 수 있을까?'

꼬리에 꼬리를 무는 질문들로 마음 한 편에서는 무어라 형언할 수 없는 불안감이 모락모락 피어나고 있었다.

　오늘 회의에 참석해 졸지에 직속상관인 부장이 총정치국장의 비판으로 전략회의 현장에서 호위사령부에 체포되는 모습을 지켜본 국가안전보위부 제1부부장은 본인도 현장에서 바로 체포되는 것이 아닌가 하고 오금이 저렸다. 그러나 이렇다 저렇다 하는 지시가 없어 콩알만 한 심장으로 회의장을 빠져 나오는 제1부부장의 마음은 몹시 어두웠다. 당분간 임무를 대행하라는 김정은 최고사령관의 말은 있었지만, 혹시 장성택의 숙청과정처럼 국가안전보위부장 계열에 대한 대대적인 숙청이 진행되는 것은 아닌지 몹시 불안했다.

　회의에서 돌아오니 국가안전보위부는 초상집과 같았다. 계엄상황에서 언제 호위사령부나 계엄사령부 군인들이 들이닥칠지 모른다고 생각하니 신세가 처량했다. 사무실에 들어와서도 책상에 앉지를 못하고 한 시간 넘게 똥마려운 강아지처럼 끙끙대며 사무실을 돌아다녔다. 분명 회의를 소집하고 지시할 사항이 많은 것 같은 데 도무지 아무 생각이 나지 않았다. 그러나 한 가지 분명한 것은 살아만 남는다면, 총정치국장의 배신에 대한 보복을 해야 한다는 생각이 굳어졌다.

평양지역의 계엄선포로 갑자기 지역계엄사령관이 된 평양방어사령관은 복귀하는 차 속에서 만감이 교차했다. 우선 호위사령관의 직접적인 지시와 총참모장의 간섭을 받지 않아도 된다는 홀가분함이 어깨를 가볍게 했다. 그러나 '난생 처음 해보는 지역계엄사령관을 잘 할 수 있을까?' 하는 걱정이 앞섰다. 계엄만으로 아사자를 구제할 수는 없다는 것은 '불 보듯 뻔한 일'이고, 식량과 자유를 요구하는 평양시민의 욕구를 쉽게 잠재울 수 없다는 것도 충분히 예견할 수 있는 일이었다. 그렇다면 시위를 사전에 차단하거나 봉쇄해야 하는데 그 대책이 쉽게 떠오르지 않았다. 갑자기 임무수행 부실로 현장에서 체포되어 가는 국가안전보위부장의 처량한 모습이 눈앞에서 아른거렸다.

오늘 국가안전보위부장을 체포하는 데 주역의 역할을 담당한 호위사령관은 회의 후에도 영 기분이 석연치 않았다. 어제 저녁 최철해는 특별히 논의할 일이 있다며, 사무실로 찾아왔다. 호위사령관은 내일 있을 최고사령부 전략회의 건에 대한 논의라고 생각했다.

"내일 있을 최고사령부 전략회의에서 그동안의 임무소홀로 국가안전보위부장을 탄핵해야겠습네다."

전략회의 진행사항을 이야기하던 최철해는 갑자기 국가안전보위부장의 탄핵 건을 주장했다.

"왜, 이 중요한 시기에 그동안 공화국에 충성을 다해온 국가안전보위부장을 탄핵해야 한다는 말입네까?"

호위사령관의 찻잔을 든 손은 부르르 떨렸다.

"누군가 이 사태에 책임을 져야 하는데, 잘못하면 김정은 최고사령관께 공격이 오게 되어 있습네다. 따라서 선수를 쳐야 합네다."

최철해는 입가에 비열한 웃음을 지으며 말했다.

"그렇다면야…. 할 수 없지요."

호위사령관은 '이게 바로 토사구팽이구나' 라고 생각하며 자신이 모시는 김정은 최고사령관의 면책과 관련된 사항이므로 동의할 수밖에 없었다.

"그런데 말입네다, 국가안전보위부장을 현장에서 체포해야겠습네다. 그리고 그 역할을 호위사령부가 해주어야 하겠습네다."

최철해가 다시 한 번 능글능글한 웃음을 지으며 말을 이어 갔다.

"아니 그렇게 충직한 사람을 탄핵해서 해임하면 되지, 체포까지 할 필요가 있습니까? 체포하는 일은 호위사령부의 임무가 아니므로 장성택의 경우처럼 인민보안성에서 수행하는 것이 바람직합네다."

그 의도를 모르겠다는 듯 호위사령관은 혀를 찼다.

"이번 일은 최고사령부 전략회의 석상에서 일어나는 일이니까 특별한 경우에요. 위의 뜻이니까 어김없이 처리해주어야 합네다."

최철해는 엄지손가락을 치켜 올리며 김정은의 뜻임을 강조했다.

"그렇다면 할 수 없지요."

호위사령관은 대답은 하면서도 기분은 영 시원치 않았다.

회의 후 가만히 생각해 보니 무언가 잘못되어도 한참을 잘못되었다는 생각이 들었다. 그러나 그것이 무엇인지 확실히 손에 잡히지 않았다. 호위사령부의 역할은 김정은 최고사령관의 신변보호이다. 즉 신변과 경호에 이상이 있을 때 행동에 나서야 하는 조직이다. 그런데 임무수행이 부족했다는 책임만으로 국가안전보위부장의 체포에 호위사령부가 앞장 선 모양세가 된 것은 아닐까?

'이미 엎질러진 물이 되었다고 스스로 위안을 해보지만, 한편에서는 혹시 내가 최철해의 계략에 놀아난 것은 아닐까?' 하는 생각이 자꾸만 들었다. 눈앞에 그동안 호형호재하며 지낸 국가안전보위부장의 가족들의 얼굴이 스쳐지나갔다.

회의를 마친 최철해는 오늘 따라 자신이 대견해보였다. 현재의 어려운 상황을 국가안전보위부장 한 사람의 책임으로 전가하면서 오늘 전략회의를 잘 마친 것에 대해 마음이 뿌듯했다. 거기다 총정치국장과 호위사령관을 활용하여 오랫동안의 정적인 국가안전보위부장을 일거에 제거한 것에 대해서도 신통방통하다는 생각이 들었다.

어제 총정치국장을 불러 '이이제이(以夷制夷)' 전법을 쓴 것이 적중한 거라고 생각하며 '너는 장자방을 닮은 책사' 라고 스스로를 칭찬했다.

그러나 오늘 회의 내용에 대해 '잘 했다' 거나, '고맙다' 는 말한마디 없는 김정은을 생각하니 어느새 부아가 치밀었다. 요즈음 2인자인 그를 경계하는 김정은의 눈빛을 수차례 확인한지라 더 조심해야겠다고 생각하면서도 김정은을 위해 헌신적으로 노력하는 그의 업적을 시기하고 질투하는 모습은 이해가 되지 않았다. 특히 요즈음 김정은의 순시 수행자 명단에서 자꾸 빠지는 이유가 궁금해 얼마 전 김여정에게 확인했었다. 그 때 그녀는 최고사령관의 뜻이라며 이상야릇한 표정을 지었다. 느긋하게 마시는 찻잔의 녹차물 위에 갑자기 김여정의 그 때 그 표정이 비춰 지나갔다.

김여정은 오랫동안 김정은의 비서실장 임무를 수행하며 수많은 회의에 참석해 보았지만, 오늘처럼 긴장된 회의는 처음이었다. 먼저 제1단계로 최철해를 통해 이번 사태를 국가안전보위부장의 책임으로 덮어씌우는 것을 모색했었다. 그 가운데서도 김정은의 정책실패로 공격이 이어질 때를 대비하여 모종의 역공을 준비해 두었었다.

김여정은 위기 시 공포감을 조성하기 위해 최근에는 국무위원회 회의나 정책회의 대신 최고사령부 전략회의를 선호하고 있었다. 이번 회의는 다행히 제1단계 조치로 김정은 최고사령관에게 불똥이 튀는 것은 막을 수 있었다. 그렇다고 사태해결을 위한 근본적인 처방이 강구된 것도 아니었다는 데 문제가 있었다. 회의 참가자들이 목숨을 걸고 근원적인 처방을 요구했더라면 회의는 훨씬 험악한 분위기로 전개되었을 것이었다.

요즈음은 김정은의 신변위협 때문에 순시도 대폭 줄이고, 호위 요원들도 두 배로 늘렸지만, 마음 놓을 상황이 아니었다. 오늘 국가안전보위부장의 체포 시 회의 참석자들의 공포와 두려움의 눈빛과 증오의 눈빛이 교차되는 것을 주시하면서 김여정은 주요 인사에 대한 감시와 최고사령관의 신변경호를 더욱 강화해야겠다고 생각했다.

회의 후 최고사령관 집무실로 돌아온 김정은은 우선 담배 한

대를 피워 물었다. 그동안 답답했던 마음을 달래려 한 모금을 깊이 빨고는 '휴' 하고 끝까지 내뱉었다. 막힌 속이 조금은 편해지는 것 같았다. 그는 '군기를 다잡아야 한다'는 최철해의 건의에 의해 당분간 최고사령관 집무실을 쓰기로 결정하였으나, 평소 사용하던 국무위원장 집무실에 비해 협소하고 불편했다.

'이번 어려운 상황을 해결하기 위해 국가안전보위부장을 희생양으로 삼아야 한다'는 최철해와 김여정의 건의에 의해 국가안전보위부장의 체포지시를 내렸지만, 마음 한 쪽은 영 허전하고 찜찜했다. '국가안전보위부장은 지난 10년 이상을 나만 바라보며 충성을 다 한 충직한 부하가 아니던가? 주변의 모든 사람들이 그의 충성스러움을 알고 있는데, 그런 그를 단칼에 쳐내는 것이 옳다는 말인가?' 오늘 체포되어가던 그의 애절하면서도 증오에 찬 눈빛이 담배연기 속으로 떠올랐다. '오늘 국가안전보위부장이 체포되어 가는 모습을 바라보던 회의참석자들의 공포에 찬 눈빛은 무엇을 의미하는가? 그들이 앞으로 충성을 다 바칠 것인가?'

김정은은 나쁜 생각을 떨쳐버리려고 다시 한 번 담배를 깊이 빨고 천천히 내뱉었다. 이 시점에서 북한이 보유한 핵에 대해 곰곰이 생각해보았다.

아버지인 김정일 국무위원장은 북한이 핵만 보유하면 강성대국이 될 것이라고 장담했었다. 미국을 포함한 주변 강대국들이 감히 넘보지 못하리라 생각했었다. 남한을 마음먹은 대로 주무를 수 있으리라 기대하였다. 따라서 수십억 달라 이상의 예산을 투입하여 핵을 개발하였다. 그 결과 북한은 약 10년 전부터 핵을 보유하게 되었다. 그러나 변한 것은 없었다. 핵은 도리어 북한의 고립만을 자초하였다.

'지금 이 시점에서 핵이 나에게 무슨 도움이 된다는 말인가. 도리어 남북관계와 국제관계 개선에 걸림돌이지 않은가? 핵을 어디에 쓸 것인가? 핵을 껴안고 무너져야 하는가?'

김정은은 아버지가 잘못 판단했다고 생각하며, 답답한 마음을 달래기 위해 담배를 한 모금 깊이 들이켰다.

'평양지역에 시범적으로 계엄을 선포했지만 이것으로 시위는 잠재워질 것인가? 내가 집권 후 평양을 집중개발하기 위해서 얼마나 노력했던가? 평양인민만은 흰밥에 고깃국을 먹이기 위해 노력하지 않았던가? 그래서 한 때는 인민들 사이에서 '병아리도 평양이 그리워 피양피양한다'는 속담도 유행하지 않았던가? 그런 평양에서 아사자가 생기고 시위가 발생한다니 말이 되는가?'

김정은이 아무리 자르려고 해도 꼬리에 꼬리를 물고 부정적인 생각이 떠올랐다.

"여기 위스키 좀 가져오라우."

오늘은 취해서 푹 쉬고 싶다는 생각이 들어 비서에게 위스키를 시켰다. 군의 전투태세가 격상되고, 평양에 계엄령이 선포되는 시점에 술에 취한 그는 잠자리에 들었다.

워게임과 기선제압

    강 기자는 새벽 5시에 울려대는 휴대폰 전화소리에 잠이 깨었다. 요즈음 북한 사태 악화로 매일 기사거리가 넘쳐 오늘도 새벽 2시에야 잠자리에 들었으니 채 3시간도 잠을 못 잔 것이었다.

    "선배! 오늘 오전 9시부터 판문점에서 남북 장성급 군사회담이 열린다는데 빨리 나와야겠어요…."

    강 기자가 어제 기사를 탈고해 놓고 새벽 한 시에 퇴근한 것을 아는 상황근무자는 본인도 미안한지 얼버무렸다.

    "아니 오늘 새벽 한시까지도 아무 이야기가 없더니, 이게 무슨 난리야? 그것이 사실이냐?"

"선배! 이제 막 그렇게 정했데요…."

강 기자는 기자생활 30여 년의 본능적인 감각으로 '이거 매우 중요한 건이구나!' 라고 생각하며 후다닥 옷을 입기 시작했다.

"여보! 당신 요즈음 잠이 너무 부족한데 건강 조심해요."

강 기자의 부인 조영숙이 눈을 비비고 재빨리 일어나 부엌으로 가며 한마디 했다.

"여보! 준비 다 되었어요."

조영숙은 강 기자가 세면하는 사이에 달걀프라이와 야채 주스를 준비해서 식탁 위에 올려놓으며 강 기자를 불렀다. 지금까지 기자 생활을 하는 동안 새벽이던 한밤중이던 단 한 끼도 거르지 않고 뒷바라지 해오던 조영숙만의 독특한 상차림이었다.

"오늘은 또 무슨 일이래요?"

보통 사건은 큰 관심을 보이지 않았는데, 요즈음 북한 관련 사항은 무척 궁금해 하는 조영숙이었다.

"판문점에서 군사회담이 열리나봐…."

강 기자는 달걀프라이를 오물거리며 간단히 대답했다.

"북한의 식량난이 그렇게 심각해요?"

"평양지역에도 아사자가 발생하는 것을 보면 무척 어려운가 봐…."

"우리가 좀 더 도와주면 안 되나요?"

인권운동가로 평생을 살아온 조영숙이 애가 타는 모양이었다.

"미국 등 국제적인 압력이 워낙 심해서…. 정부로서도 쉽지 않은가봐."

"건강 조심하세요."

급히 집을 나서는 남편의 등에 대고 조영숙은 다시 한 번 걱정스럽게 외쳤다.

'아! 오늘도 못했네.'

지금까지 30여 년의 결혼생활에서 한 번도 고맙다는 말을 해본 적이 없는 강 기자인지라 새벽밥을 챙겨줄 땐 그 말을 꼭 해야겠다고 다짐을 했는데, 오늘도 아내에게 '고맙다'는 말을 못한 것이 못내 아쉬웠다.

정부 서울청사 6층에 있는 통일부 기자회견실에 도착하니 벌써 많은 기자들이 나와 진을 치고 있었다. 어제 퇴근도 안 한 기자들이 있었나 보다고 생각하며, 강 기자는 예의 정해진 앞 줄 중앙의 최고참 자리에 가서 앉았다. 통일부 전문기자로 30여 년을 지내다보니 후배 기자들이 예우를 해줘서 항상 그 자리는 강 기자의 자리로 인식되고 있었다. 얼마 있으니 외신기자들도 눈을 비비며 몰려들었다.

"선배! 오늘 회담 주제가 뭐죠? 잘 될 것 같아요?"

D일보의 이 기자가 바로 옆자리에 앉으며 물어온다. 이 기자는 깡패기질이 다분한 여성기자로 평생소원이 평양지국장을 해보는 일이라고 항상 떠들고 다녔다. 20년 동안 외교안보분야 기자로 생활하면서 폭탄주 제조의 달인이 되어 통일부를 휘저었다.

"그제 개성 쪽에서 넘어온 가족들의 소환문제 아닐까? 저 쪽이 급해서 제기한 것을 보니, 강하게 요구하겠지…."

강 기자는 아무렇지 않은 듯 말했다. 어차피 특종을 쓸 시간은 아니고, 곧 대변인 브리핑이 있을 거라고 판단했기 때문이었다.

사실 강 기자는 택시로 이 곳에 오는 동안 국방부의 군비통제관의 직책으로 장성급 군사회담 대표로 있는 박겨레 소장과 국정원의 대북담당관인 황만주 정책관에게 전화를 걸어 똑같은 질문을 했다. 그들은 '보안사항이고 지금 시간이 없다' 면서도 친구의 의리로 몇 마디를 던져주었다.

박겨레 소장은 어제 밤 10시에 북측의 전화통지문을 받고 퇴근도 못한 채 밤새워 회담준비를 했다. 그는 국방부 군비통제관의 임무를 수행하며, 금년 들어 남북한 장성급 군사회담의 한국 측 대표로 활동하고 있었다. 북측이 제안한 회담안건은 개성지역에서 탈주한 북한인민들의 즉각 복귀조치와 서부지역의 철도와 도로 봉쇄에 관한 것이었다. 그는 회담 상대인 북한의 김영철 중장의 얼굴을 떠올리며 다양한 상황에 대처하기 위한 사전 위게임을 실시했다.

북한군 총참모장 김진성 대장은 개성지역에서 탈북자 가족들이 발생한 직후 급히 김영철 중장을 호출했다.

"오늘 새벽 개성지역에서 일어나서는 안 되는 일이 발생했다. 김 중장! 상황파악은 하고 있나?"

김 대장은 보통 때 같으면 심복을 맞아 차도 한 잔 주면서 안부도 묻고 할 터이지만, 오늘은 김 중장이 집무실에 들어서자마자 앉으라는 말도 없이 다짜고짜로 업무적인 이야기부터 꺼냈다.

"예! 파악하고 왔습네다."

김영철은 특유의 악센트가 강한 어조로 짧고 단호하게 답변했다.

"우선 남측에 보낼 전통문을 보게."

김 대장은 이미 준비된 전통문을 내밀었다.

"예, 이대로 보내면 될 것 같습네다."

"전통문에서 강조한 대로 이번 탈북자는 꼭 복귀시켜야 하네. 만약 복귀시키지 못한다면 제2, 제3의 탈북 행렬이 이어질 수 있네."

"예! 임무를 완수하겠습네다."

"남쪽을 압박할 최후의 카드는 철도와 도로의 봉쇄일세."

김 대장은 의미심장한 미소를 띠며 부하의 등을 두드렸다.

"동무! 우리 회담의 기본원칙을 잘 알지. 첫째, 먼저 기선을 제압하게. 상대의 기를 제압해야 하네. 둘째, 주도권을 잡게. 주동적으로 해야 하네. 셋째, 상대를 흔들게. 혼란전술을 사용해야 하네. 넷째, 위기 시는 휴식을 요청하게, 계략을 다시 수립해야 하네. 다섯째, 임무를 완수 할 때까지 물고 늘어지게. 집념과 끈기로 상대를 굴복시켜야 하네."

김 대장은 아버지가 아들에게 말하는 투로 하나씩 짚어가며 말을 이어갔다.

"예! 그리 하갔습네다."

김영철 중장은 벌써 수 십 번을 들어 암기하고 있는 내용인데도 구두 뒤축을 힘차게 부딪치며 복명을 한다.

"그럼 가서 잘 준비하게."

"잘 준비해서 임무완수 하갔습네다."

김영철 중장은 개성으로 돌아오는 차안에서 모처럼 만난 부하에게 자리에 앉으라는 말 한마디 없이 임무만을 부여하고 서둘러 돌려보내는 총참모장의 입장을 곰곰이 생각해보았다. 인간적으로 섭섭했지만, 그만큼 시급하고 중요하니 잘 준비해서 꼭 임무완

수 하라는 무언의 압력이라고 생각했다.

　박겨레 소장은 공식 수행원 4명, 비공식 수행원 5명과 함께 8시 50분에 군사분계선을 넘어 9시 정각에 상호 교체방식에 따라 회담이 열리기로 합의된 북측 판문각에 도착했다. 김영철 중장이 살얼음 같은 표정을 지으며 회의장 입구에서 기다리고 있었다. 눈에 살기를 머금은 김영철 중장은 손에 잔뜩 힘을 주고 박겨레 소장을 째려보며 악수를 나누었다. 그러나 박 소장은 얼굴에 넉넉한 미소를 머금고 김 중장을 포함해 북측 회담수행원들에게 덕담을 하며 악수를 나누었다.

　"박 동무! 어제 남쪽으로 넘어간 북측 반동분자들을 반드시 넘겨주어야 하겠습네다."

　통상 덕담을 나누고 회담을 시작하는 것이 관례이나, 김영철 중장은 자리에 앉자마자 목소리를 높여 불도그처럼 용건을 말했다.

　"박 동무라는 호칭보다는 박 대표로 불러주셨으면 합니다. 그리고 오늘은 하루 종일 시간이 있어요. 차 한 잔 먼저 하시죠."

　박 소장은 느긋한 표정을 지으며 상대 회담대표들을 쭉 둘러보았다. 회담은 서두르는 사람이 지는 법이다. 오늘은 밤을 샐 각오를 하고, 새벽에 목욕을 한 후 오는 차안에서 꿀잠을 잠깐 자니

몸이 상쾌했다.

"오늘 점심과 차는 우리가 잘 준비해 놓았시요. 빨리 의제를 끝내고 식사합세다."

김 중장은 조금이라도 빨리 성과를 보고하고 싶은지 다시 한 번 몰아세웠다.

"김 단장님! 우리가 그들을 돌려보내야 할 필요성에 대해서 먼저 설명해 주시겠습니까?"

"그들은 공화국에서 죄를 지은 범법자입네다. 그리고 사상범으로 수사 중에 불법으로 탈출한 범인입네다. 또한 남북한 간에 체결한 국경관리법을 위반했습네다. 그들은 남조선에서도 아무 쓸모가 없는 인간쓰레기입네다. 보호할 가치가 전혀 없는 인간 말종들이야요. 그들은 응당 공화국 법에 따라 처벌을 받아야 합네다. 내일까지는 돌려주어야 합네다."

말을 마친 그는 당연한 것 아니냐는 듯이 박 소장의 눈을 뚫어지게 응시했다.

"김 단장님! 말씀 잘 들었습니다. 먼저 우리 대한민국은 조선민주주의인민공화국의 입장을 항상 생각하고 배려하기 위해 노력하고 있다는 것을 말씀드리고 싶습니다."

박 소장은 뜸을 조금 들인 후 조용하고 부드러운 톤으로 말을 이어갔다.

"우리는 어제 그들 개개인을 상대로 조사를 했습니다. 모두가 자유의지를 존중 받는 가운데 발언을 하였지요. 그들 중 강요에 의해 억지로 탈북한 사람이 있다면 당연히 복귀시켜야지요. 그래서 복귀할 의사를 타진했었습니다."

박 소장은 이 대목에서 말을 끊고 북측 대표단들을 쭉 둘러보았다.

"김 단장님! 그들의 반응이 어떠했겠습니까?"

박 소장은 다시 한 번 말을 끊고 김 중장을 바라보며 대답을 기다렸다. 그는 궁색한 듯 얼굴이 붉어지며, 눈만 껌뻑껌뻑 할 뿐 별다른 대답이 없었다.

"김 단장님! 단 한 명도 다시 공화국 품으로 돌아가겠다는 분이 없었습니다."

"범죄자 가족들이니까, 처벌이 두려워서 그러지 않았소."

김 중장이 신경질적인 반응을 보였다.

"남조선 수사관 아새끼들이 강요했갔디!"

이어 그는 더욱 격앙된 목소리로 말했다.

"처음에 말씀드렸듯이 우리는 북측 공화국의 입장을 이해하고 배려하려 노력하고 있습니다. 그들을 강요할 명분도, 필요도 없지요. 그러면 김 단장님께서 그들을 복귀시켜야 할 명분을 이야기 하셨으니, 저는 복귀시킬 수 없는 이유를 말씀드리겠습니다."

박 소장은 한 템포를 쉬면서 테이블 반대편에 쥐 죽은 듯이 앉아 있는 상대들을 둘러보았다.

"첫째, 김 단장님은 그들이 공화국 국내에서 죄를 지은 범법자라고 말씀하셨는데, 그들이 도둑질을 했거나 형사상의 어떤 나쁜 행위를 한 것이 아니고, 말씀하신 대로 단지 보다 많은 삶의 자유를 요구한 사상범 즉 정치적 망명자입니다. 둘째, 남북한 간에 체결한 국경관리법을 위반했다고 말씀하셨는데, 국경관리법 어느 조항에도 정치적인 망명자를 통제할 조항이 없습니다. 셋째, 그들은 남조선에서도 아무 쓸모가 없는 인간쓰레기이고, 보호할 가치가 전혀 없는 인간 말종이라 말씀하셨는데, 그들은 어디서나 자유를 누리고 살 수 있는 소중한 인격체이고 보호받아야 할 우리의 민족입니다. 넷째, 그들은 응당 공화국 법에 따라 처벌을 받아야 한다고 말씀하셨는데, 그들은 대한민국의 법에 보호를 받아야 할 자유인입니다. 다섯째, 국제법적으로 정치적 망명이란 본국에서 현재 정치적 박해를 받고 있는 개인 또는 정치적 박해를 받을 위기에 직면한 개인이 다른 국가에 비호를 요구한 것으로 명시되어 있습니다. 그들은 자유를 찾아 대한민국의 품에 안긴 정치적 망명자들입니다."

박 소장이 말을 하면서 상대를 관찰하니 그들은 조금씩 동요하고 있었다.

"박 동무네 헛소리 그만하고, 잠깐 휴식하고 합세다."

코너에 몰린 김 중장이 얼굴이 벌겋게 되어 소리쳤다. 그들이 입장을 다시 정리하거나 상부의 지침을 다시 받을 필요를 느끼고 있는 게 분명했다.

"힘드시니, 그러시지요."

박 소장은 일부러 '힘드시다' 는 표현을 강조하며 응대했다.

휴식 중 남쪽 대표단은 북측의 도청을 고려해, 심리전 차원에서 날씨 등 일상적인 소재로 이야기를 하는 과정에서 간간이 북한 인권문제에 대한 국제사회의 관심이 높아지고 있다느니, 대한민국은 쌀이 남아 처분이 어렵다는 것을 섞어서 이야기했다.

속개된 회담에서 김 중장은 다른 논리를 들고 나왔다.

"박동무가 '정치적 망명' 이라 얘기했는데, 남북한은 특수한 관계이니 정치적 망명이 허용되지 않습네다. 그리고 이 번 탈북 범죄자들을 돌려보내지 않는다면 남북한 간의 철도와 도로를 막고 국경을 원천 봉쇄하갔습네다."

그는 강한 어조로 '국경 봉쇄' 를 강조하면서 득의양양한 표정으로 주변을 둘러보았다.

"김 단장님이 말씀하신 대로 남북한의 관계는 특수관계인 것이 맞습니다. 그러나 국가 간의 관계이자 특수관계이지요. 즉 양국은 국제법적으로는 UN에 동시 가입한 국가 간의 관계입니다. 그러나 인정법 및 관습법상 같은 민족과 언어를 그리고 관습을 우선 고려하는 특수관계이지요. 우리 대한민국은 특수관계를 매우 중시해왔습니다. 그래서 지금도 인도적인 지원을 강화하고 경제 협력을 하는 것이지요. 그러나 북한은 그동안 국가 간의 관계임을 강조하면서 핵위협과 '서울 불바다' 론으로 우리를 위협하고 있었지요. 그렇지 않습니까?"

여기까지 이야기한 박 소장은 물을 한 모금 천천히 마시며 상대를 살펴보았다. 모두가 긴장한 모습이 역력했다.

"철도와 도로를 막고 국경을 봉쇄하겠다고 말씀하시는데, 지난 번 개성공단을 확장할 때 다시는 그런 일이 없을 것이라고 합의문에 명시하셨지요. 그리고 금년부터 쌀과 비료 등 모든 물품지원 시 철도와 도로를 이용하기로 합의했지 않습니까? 철도와 도로가 막히면 당장 11월과 12월에 지원할 쌀 20만 톤은 지원이 불가합니다. 그리고 내년에도 모든 식량, 비료와 의약품 등 하나도 지원할 수 없지요."

박 소장이 여기까지 이야기 하자, 그들은 몹시 당황했다.

그 후 그들은 똑같은 주장을 반복하거나, 또 다른 궤변을 늘어놓으며 회의를 다음 날 새벽까지 끌고 갔다. 체력전을 펼친 것이었다. 그러나 주장에 논리성이 없는데다, 식량지원이 필요한만큼

결국 우리 측의 입장대로 의제가 정리되고 동트는 아침에야 회담은 종료되었다.

강 기자는 헤드라인을 "우리 회담대표단 완승, 탈북자 봇물 터질 듯!" 이라고 정리했다. 그리고 평상시 상대를 배려하는 여유와 사건의 본질을 꿰뚫어보는 혜안의 지혜를 가진 박겨레 장군이야말로 협상의 대가라고 보도했다.

불여튼튼

11월이 되자 상황은 걷잡을 수 없이 악화되고 있었다. 북한의 내부불안은 더욱 증폭되고, 탈북난민은 계속 늘어나고 있었다. 심지어 이들을 통제하는 국경수비 군인들과 국가안전보위부 요원들도 탈북에 가담하는 상황이 발생했다. 또한 평양지역의 계엄령으로 평양지역은 조금 잠잠해졌으나, 시위는 다른 지역으로 점차 확산되고 있었다. 주민봉기 가능성이 증가되고 있었다.

김정은은 최고사령부 전략회의에 이어 당 정치국 확대회의와 당 중앙군사위원회 확대회의를 열어 핵을 전면 배치하고, 미사일을 발사하기 위한 준비를 지시했다. 그것은 북한 내부의 불만을 밖으로 돌리기 위한 전략이기도 하였지만, 통일대전 완성이라는 목표를 달성할 수 있다는 희망을 담은 마지막 조치이기도 했다. 한반도에 전쟁의 그림자가 얼씬대기 시작하고 있었다.

　11월 중순 국가안보정책조정회의가 청와대에서 한우리 국가 안보실장 주재로 열렸다. 그는 통일부에서 40년 동안 근무하면서 실무자 때는 독일통일 현장을 연수했다. 북한과 협상대표로 활동할 당시에는 178cm의 키, 77kg의 건장한 체력과 유창한 화술로 상대를 압도했다. 통일부 정책실장과 통일부 차관, 통일부 장관을 역임했다. 통일 업무를 중시한 이조국 대통령이 작년 초에 국가안보실장으로 발탁했다. 이조국 정부에서 2년차 근무 중인 그는 북한과 주변국의 상황을 예의 주시하면서 사려 깊은 판단을 통해 상황을 관리하고 있었다.

　참석자는 청와대 외교안보수석과 NSC사무차장, 통일부 통일정책실장, 국방부 정책실차장 겸 군비통제관 박겨레 소장, 국정원 황만주 대북정책담당관, 외교부 이대한 정책기획관 등이었다. 요즈음은 북한의 상황 변화에 따라 수시로 회의가 열리기 때문에 한우리 국가안보실장은 가능한 각 부처의 북한담당 전문가들이 회의에 참석하도록 지시했다. 때문에 박겨레 소장, 황만주 대북정책담당관과 이대한 정책기획관 등은 일주일에 두 세 번씩 만나게 되었다.

"오늘의 회의의제는 이미 통보된 대로 현실화되고 있는 북한의 급변사태 가능성과 대책, 그리고 한반도 위기 대책과 관련한 문제입니다."

외교안보수석이 북한상황을 요약하여 보고한 후, 한우리 국가안보실장이 말문을 열었다.

"통일 전후의 국가안보의 가장 중요한 과제는, 이번 북한의 위기를 효율적으로 관리하여 국가이익과 국가목표를 추구하면서 평화통일로 연결하는 것이라 생각합니다. 이것은 '우리 정부가 이번 위기 시 어떠한 기능과 역할을 수행해야 하는가?' 하는 질문과 연결되어 있다고 볼 수 있지요. 서로 기탄없이 이야기하고, NSC 사무차장은 내일 대통령님께 보고드릴 수 있도록 회의 내용을 정리하시오."

" '국가위기(National Crisis)'란 정치, 경제, 사회체계 등 국가의 핵심요소와 가치에 중대한 위해가 가해질 가능성이 있거나 가해지고 있는 상태를 의미합니다. 이번 위기의 특성은 북한에서 발생한 안보위기로서 이를 잘 관리하지 못하면 전쟁으로까지 확산될 수 있다는 데 큰 의미가 있습니다. 또한 이번 국가위기는 현 사태와 같이 '단기경고' 또는 '무경고하에 발생'할 가능성이 많기 때문에 신속한 판단과 결심이 요구됩니다. 그리고 적시에 효율적으로 관리하지 못할 경우에는 위기가 확대되고, 새로운 위기를 초래할 수 있습니다. 따라서 외교안보수석실과 위기관리 상황실을 잘 관리하면서 신속하고 정확한 대응을 할 수 있도록 노력하겠습니다."

먼저 외교안보수석이 위기의 특성과 청와대 차원의 관리방안에 대해서 발언했다.

"참 좋은 말씀입니다. 지금 우리가 잘못하면 북한의 현 상황을 활용하지 못하고, 도리어 위기를 확산시킬 수 있어요. 우리 함께 최선을 다해야지요."

한우리 국가안보실장이 외교안보수석의 발언을 두둔했다.

"위기관리 대상은 안보분야, 재난분야, 국가핵심기반분야로 분류할 수 있습니다. 이번 북한 발 안보분야의 위기는 북한 내부의 급변사태 발생, 북한의 군사력 사용 위협, 침투 및 국지도발, 비군사적 위협과 핵 등 대량살상무기 관리 등이 있을 수 있다고 판단됩니다. 먼저 국가위기관리 기본지침에 따라 통합, 조정된 노력이 필요하다고 생각됩니다. 지금 전면전의 발발 가능성이 높아지고 있는데, 국가차원에서 충무계획과 국가전시지도지침에 따라

우리 국방부에서는 '작계 5027'과 국방전시정책서를 적용하여 만반의 준비를 갖추겠습니다. 국방부는 북한이 도발을 정책의 한 수단으로 선택하지 못하도록 완벽한 총력안보태세를 확립하겠습니다. 도발에는 상응하는 응징보복이 있을 것이라는 인식을 북한의 지도자들에게 주지시킬 수 있도록 전투태세를 강화하겠습니다. 그리고 이번 위기를 최소화하는 예방억제전략을 보다 적극적으로 시행하고, 북한의 급변사태 시는 즉응 대비전략으로, 북한이 국지 도발 시는 응징보복전략으로, 전면전 도발 시는 거부 및 결전전략으로 구분하여 대응하겠습니다."

국방부 박겨레 소장은 국방부 입장에서 준비상황과 위기관리 대책을 보고했다.

"그래요. 국방부는 특히 북한의 도발을 억제할 수 있도록 연합사와 협조를 강화해주세요."

한우리 국가안보실장은 필요한 협조사항을 바로 지시했다.

"방금 박 장군님께서 북한의 급변사태 시 '즉응대비전략'을 말씀하셨는데 추가해서 말씀드리겠습니다."

NSC 사무차장이 자신이 관련된 업무라는 듯 발언을 이어받았다.

"여러분도 아시다시피, 북한의 급변사태란 '북한 정권이나 체제의 붕괴로 이어질 수 있는 극도의 혼란사태'로 우리 정부가 비상조치를 강구할 필요성이 있는 상황을 의미합니다. 쿠데타, 내전, 대량 탈북난민 발생, 대량살상무기의 통제 불능 사태 등을 상정할 수 있겠습니다.

급변사태에 따른 북한의 붕괴시나리오는 북한 내부에서 충돌이 발생함으로써 붕괴되거나, 북한이 안으로부터 무너지면서 자진해서 권력을 남한에 헌납하는 것과, 우리와의 무력충돌을 통해 붕괴하는 경우 등 세 가지를 상정할 수 있을 것입니다. 우리는 이 세 가지 모두를 상정하면서 위기관리 대책을 수립해야 한다고 생각합니다.

이를 위해 북한 위기사태와 관련한 조기경보체계를 구축하고, 범정부 차원의 즉응태세를 확립하며, 우리의 안보역량을 총동원하여 북한의 무력도발을 억제함으로써 한반도의 평화를 유지해야 합니다. 이를 위해 미국 등 관련 국가와의 긴밀한 공조체제를 구축하고, 외부세력의 부당한 개입을 차단하는 것이 매우 중요하다고 판단합니다."

"그래요. 사무차장의 말씀이 옳아요. 모든 상황을 상정하면서 계획을 세워야 한다는 데 전적으로 동의합니다. 그리고 주변국의 도움은 받되, 부당한 개입은 당연히 차단해야 하지요."

한우리 국가안보실장은 NSC사무차장의 말에 크게 만족감을 표시했다.

"사무차장님의 말씀에 동의하면서, 북한의 급변사태와 관련해서 이런 말씀을 드리고 싶습니다."

국정원의 황만주 대북정책담당관이 말을 이어받았다.

"북한의 급변사태에 대응하기 위해 우리는 '개념계획 5029'라는 군의 운용계획을 갖고 있습니다. 한미연합사령부는 북한 급변사태의 유형을 핵과 미사일을 비롯한 대량살상무기(WMD) 유출, 북한정권 교체, 쿠데타 등에 의한 내전 상황 발생, 북한 내 한국인 인질사태, 대규모 탈북사태 그리고 대규모 자연재해 등 6가지 유형으로 분류하고 행동계획을 마련하고 있는 것으로 알고 있습니다.

이러한 급변사태가 발생하는 요인은 배경요인과 촉발요인으로 구분해 볼 수 있습니다.

우선 이번 위기의 배경요인으로는, 김정은의 리더십과 카리스마의 약화, 주체사상의 체제 통합 기능 상실, 지도층의 부패와 무능으로 인한 민심 이반, 권력 엘리트간의 정책 갈등 및 파벌화, 강압 통치기구의 주민 통제기능 약화 등을 상정할 수 있습니다. 여기에 추가하여 식량과 경제난 악화, 암시장 확산 등 자본주의적 요소 확대, 북한 주민의 반체제의식 확산 및 조직화, 국제사회의 대북제재 강화 및 국제적 고립 심화 등 다수의 요인이 복합적으로 작용하고 있다고 판단됩니다.

이번 사태의 직접적인 촉발요인으로는, 김정은의 통치능력 상실, 주민소요 및 민중봉기, 탈북자의 급속한 증가와 주요 인사의 탈출 및 해외망명 증가, 가뭄 등 대규모 자연재해 발생 등의 요인이 작용하고 있습니다.

급변사태의 해결을 위한 기본개념은 다음과 같이 정립할 수 있을 것입니다. 북한 급변사태와 관련한 조기경보체계를 구축하고, 범정부 차원의 대비태세를 확립해야 합니다. 우리의 안보역량을 총동원하여 북한의 무력도발을 억제함으로써 한반도의 평화와 안정을 유지해야 합니다. 그러나 지금처럼 급변사태 초기단계에는 직접개입을 가급적 자제하는 것이 바람직할 것으로 판단합니다. 우선 국내정치와 경제, 사회 등 모든 분야의 안정을 유지하고 법질서를 확립하여 국민의 불안감을 해소시켜야 합니다.

우리는 북한 내 민주개혁세력이 부상할 수 있도록 유도하고, 북한 주민의 통일 지향 의식을 확산시켜야 한다고 생각합니다. 북한주민들이 남쪽을 바라볼 수 있도록 해야 합니다. 대남 적대의식을 약화시키고, 통일 지지기반을 강화할 수 있도록 저희 기관에서는 역할을 더욱 강화하겠습니다."

"훌륭한 제안입니다. 그러한 주도적인 노력이 필요하지요."

한우리 국가안보실장은 흡족한 표정으로 국정원의 황만주 대북정책담당관을 바라보았다.

　"이번 위기관리 과정에서 한반도 문제는 동북아질서의 태풍의 눈으로 등장할 수 있는 상황입니다. 그동안 우리 정부는 위기관리 시 미국 정부에 지나치게 의존함으로써 초기에 독자적인 결정보다는 미국의 결정을 기다리는 소극적인 대응을 해왔다고 생각합니다. 이것은 사태의 확대로 인해 전쟁 발발의 위험성 배제라는 측면이 우선 고려된 것입니다. 그리고 군사 및 정보능력의 제한, 응징보복 능력의 한계와 전시작전권의 위임으로 인해 무력응징 시 미국의 협조가 필요한데서 기인하고 있습니다. 아쉽게도 이번 북한발 위기 시에도 그 발생원인이 어디에 있는지, 북한의 의도는 무엇인지, 어떠한 위협이 발생할 수　있는지에 대한 정보판단이 부족한 실정이라고 생각합니다. 따라서 원만한 해결을 위한 조치가 나오기는 제한되어 있습니다. 국내의 위기관리 부서 간 또는 한미 간의 정보교류는 현 단계에서 가장 중요하므로, 외교부에서는 주변국과의 정보교류를 활성화하고, 북한의 급변사태에 대비한 협력을 강화할 수 있도록 하겠습니다. 그리고 NSC차장님 말씀대로, 주변국과의 긴밀한 공조체제를 구축하면서도 미국과 중국 등 외부세력의 부당한 개입을 차단할 수 있도록 최선을 다하겠습니다."

외교부 이대한 정책기획관이 외교무가 역할을 다할 것을 다짐하며 발언했다.

"지금 상황에서 미국과 중국을 포함하여 국제적인 협력은 가장 중요하다고 판단됩니다. 특히 중국이 보다 적극적으로 나서서 북한의 위험한 행동을 자제할 수 있도록 협조해주세요."

한우리 국가안보실장은 외교부의 보다 적극적인 노력을 촉구했다.

"한반도 위기가 고조되고 있는 이 때 저는 대화의 중요성을 다시 한 번 강조하고자 합니다."

통일부 통일정책실장이 말을 이어받았다.

"저는 위기가 고조되고 있는 현 시점이야말로 남북한 간 대화가 가장 중요하다고 생각합니다. 조금 전 북한의 의도파악이 중요하고 북한에 영향력을 행사할 수 있어야 한다고 말씀하셨습니다. 이에 전적으로 동감합니다. 그리고 이를 위해서는 대화가 가장 좋은 수단이라고 생각합니다. 따라서 남북한 당국자간 직접적인 대화통로를 유지하기 위한 끈질긴 노력이 긴요하다고 봅니다. 이미 합의된 것을 현실화하기 위해서 남북 간 대화통로를 확대하기 위한 적극적인 평화 이니셔티브가 요구됩니다. 지금 우리 측의 제안에 대해서 북측의 반응이 없다고 할지라도, 끊임없이 반복되는 제안을 통해서 최소한 심리적 공세의 효과를 거둘 수 있다는 확신을 가질 필요가 있습니다. 정치심리전의 핵심은 우리의 강점을 가지고 상대의 약점을 파고드는 것이라 생각합니다. 통일부는 필요한 분야에서 접촉을 강화하여 북한이 대화의 장으로 나오도록 노력하겠습니다."

"참 좋은 생각입니다. 우리는 최악의 경우를 상정하면서 준비를 해야 하지만, 그러한 일이 발생하지 않도록 노력하는 것이 보다 중요하지요. 북한을 대화의 틀로 끌어들일 수 있도록 보다 적극적으로 노력합시다."

한우리 국가안보실장이 통일부 정책실장의 말에 전적으로 동의하며, 대화를 통해 문제를 해결하는 데 함께 노력하자고 제의했다.

"실장님 저도 한 말씀 드려도 될까요?"

회의에 실무자로 배석한 국방부 정책과장이 조심스럽게 손을 들었다.

"그래 자유토론이니까 이야기해보시오."

국가안보실장이 웃으며 발언권을 주었다.

"말씀하시는 것을 듣고 저는 참 많은 것을 배웠습니다. 한 가지 염려스러운 것은 북한이 참 예측하기 어려운 집단이라는 점입니다. 따라서 발생할 수 있는 모든 상황에 대비하여 돌다리도 두드리며 가야합니다. 즉 적시에 대응할 수 있도록 예비계획과 후보계획을 발전시켜야 한다고 생각합니다."

"정책과장의 의견에 동의합니다. 정책과장 같은 실무자가 있으니 든든해요. 그렇게 합시다."

한우리 국가안보실장이 큰 칭찬을 하며 말을 잇는다.

"지금 한반도에는 평화통일의 길은 아직도 험한데 위기는 문턱에서 서성거리고 있습니다. 저는 이번 위기를 기회로 전환시키기 위해서 대통령님을 보좌하여 위기관리 원칙을 준수하며, 임무를 완수하려 합니다. 가능한 종합적이고 합리적인 정확한 판단을 기초로 정책결정을 하겠습니다. 우리가 결정한 정책을 실행할 때는 일사 분란한 지휘체제를 확립하겠습니다. 우선 위기단계별로 달성할 목표를 제한하고, 유연하고 통합적인 대응체제를 유지하겠습니다. 가능한 모든 수단과 방법을 동원하여 신속하고 완벽하게 위기를 진화하겠습니다. 저는 이러한 원칙을 지키면서 대통령님을 모시고 안보위기를 평화통일의 호기로 만들 수 있도록 최선을 다하겠습니다. 여러분도 서로 협조하면서 적극적이고 능동적으로 임무를 완수해 주십시오."

한우리 국가안보실장은 회의를 정리하면서 이번 위기를 관리

할 원칙과 본인의 각오를 강조하고, 회의 참석자들의 분발을 촉구했다.

다시 하는 도원결의

　　12월 마지막 주 토요일, 서울 인사동 '정읍식당' 여주인 신소녀 대표는 아침부터 신이 났다. 오늘 4개월 만에 오빠들이 저녁식사 하러 온다고 연락이 왔기 때문이다. 오빠들이 분기 말 마지막 주 토요일에 한 번씩 이 식당에서 모인 것도 벌써 5년이 되었다. 강 기자가 친구들을 하나 둘씩 이 식당으로 데려오더니 5년 전에는 아주 정기적인 모임 장소를 여기로 정한 것이다. 그런데 이번은 북한의 사태가 심각하여 서로 몹시 바쁜지 11월 마지막 주 정해진 일정을 4주나 연기하여 이제야 만나는 것이다. 그동안 그들이 서울을 떠나 근무를 한 적도 종종 있지만, 휴가일을 조정해서라도 가능한 참석하곤 했다.

"잘 있었지?"

항상 그런 것처럼 강 기자가 제일 먼저 식당을 들어서며 반말로 다정하게 인사를 건넸다.

"오빠! 한동안 뜸했네요."

신소녀 대표는 눈을 흘기며 방으로 안내한다.

"오빠! 먼저 뜨거운 옥수수 차 한잔 드세요."

어제가 동지여서 찬바람이 부는 것도 있지만, 강 기자의 습성을 잘 아는 신 대표는 물어보지도 않고 뜨거운 옥수수 차 한잔을 가져온다.

곧이어 김상웅 회장이 들어오고, 박겨레 장군, 황만주 대북정책담당관, 이대한 외교부 국장 순으로 도착하여 약속시간 6시가 되니 성원이 되었다. 촌음을 아끼는 사람들이라 남의 시간의 중요성을 아는 것이었다.

신 대표도 오빠들의 습성을 잘 알기에, 물어보지도 않고 재빠르게 준비된 식사를 내놓았다. 정읍의 특산물인 단풍미인 쌀로 만든 오곡밥에 동지팥죽, 순창의 텁텁한 시골 된장국, 동치미와 파김치, 홍어회와 홍어부침 등이 주 메뉴로 나왔다. 오빠들이 모일 때는 신 대표는 하루 전부터 오곡밥을 정성스럽게 준비했다.

"우리 신 대표는 보고 싶지 않은데, 이 단풍미인 오곡밥이 그리워서 아무리 바빠도 빠질 수가 있나?"

오곡밥을 한 입 덥석 입에 넣으며 식성 좋은 이대한 국장이 한마디 한다.

"오빠! 혼날 줄 알아!"

신 대표가 애교가 담긴 몸짓으로 이대한을 노려보며, 고향 정읍의 전통주 복분자술을 강 기자 앞에 내놓는다.

"봐라! 좋은 것은 꼭 강 기자부터 챙긴다니까?"

술을 즐기는 황만주 대북정책담당관이 껄껄 호탕하게 웃으며 꼬집어 말하자, 신 대표의 얼굴이 불그스레해진다.

오랜만에 만난 그들은 전봉준의 고향으로 동학혁명의 요람인 고향 정읍의 이야기부터 최근의 신변잡화까지 다양한 소재로 이야기꽃을 피웠다.

"자! 이제 많이들 드셨지?"

식사가 마무리되고 누룽지가 나올 때 강 기자가 한번 둘러보며 말을 꺼낸다.

"우리가 독일통일 직후 독일에서 만나지가 벌써 30여 년이 지났소. 그 때 우리는 조국의 통일에 대해 밤을 새워가며 참 많은 건설적인 이야기들을 나누었는데, 지금까지도 한반도는 분단의 섬

으로 남아 있네. 요즈음 북한의 상황을 예의 주시하면서 우리에게
도 통일의 서광이 비치지 않나 생각해 보았네. 그런데 주변국의
움직임도 만만치 않아요. 조금만 잘못하면 조금 열린 창이 금방
닫힐 수가 있겠구나 하는 우려가 들었소. 당시 독일의 콜 총리의
지혜와 용기가 새삼 그리워지네. 오늘은 화제를 이 조금 열린 창
을 어떻게 하면 활짝 열 수 있을 것인지에 대해 이야기를 나누었
으면 하오."

"참 시의적절하고 중요한 주제 같아 동의하오."

평소 말수가 적은 박겨레 장군이 동의하니 모두가 고개를 끄
덕인다.

"그러면 시간을 절약하기 위해서 통일의 추진방책에 대해 돌
아가면서 한 말씀씩 하기로 합시다."

"내가 먼저 이야기해도 될까?"

성격이 급한 이대한 국장이 먼저 나선다.

"우리가 이 시점을 잘 활용하여 한반도에서 보다 안정되고 견
고한 평화체제를 구축하고 평화통일을 이룩하기 위해서는 남북한
간의 관계개선도 중요하지만 국제사회와도 보다 폭넓은 협력체제
를 구축해야 한다고 생각하네. 이를 위해서는 세력균형과 공동 및
다자안보가 필요하네. 왜냐하면 국가안보의 문제는 단순히 남북

한 간의 문제가 아니고, 주변국의 이익이 복잡하게 얽혀 있는 국제적인 성격을 지니고 있기 때문이지.

따라서 우리는 안보와 통일의 문제를 자주권을 발휘하여 최대한 주도적으로 해결해야 하지만, 필요시는 주변국을 최대한 활용하는 지혜를 발휘해야 할 것이야. 즉 주변국가에 대해서는 기능적인 접근을 강화해야 한다고 보네."

여기까지 말하고, 이대한은 동의를 구한다는 표정으로 주변을 돌아본다.

모두가 진지하게 듣고 있다는 것을 확인한 이대한이 말을 이어나갔다.

"역사적으로 볼 때 한반도는 주변 강대국으로부터 많은 영향을 받아왔지. 특히 현시점에서 주변 4국은 한반도에 대해서 관심이 매우 높다고 생각하네. 미국, 중국, 일본과 러시아는 기본적으로 한반도의 안정유지를 위해 남북한의 평화정착 노력을 지지하고 있지만, 동시에 한반도에 대한 영향력을 확대하기 위해 노력하고 있네. 따라서 우리가 평화를 만들면서 통일을 해가는 과정에서 이들 주변국을 적절히 관리하고 잘 활용해야 한다고 생각하네. 즉 독일의 콜 총리와 겐서 외무상이 한 것처럼, 그들의 세력과 영향력을 적절히 이용해야 할 것이네. 그 과정에서 우리는 주변국에 평화통일의 문제는 '민족자결원칙' 과 '당사자 해결 원칙' 에 입각하여 남북한 간에 직접 해결해야 한다는 기본입장을 설득해야 한다고 믿네. 즉 한반도문제에 주변국들의 영향력을 제도화할 위험성이 있는 방안은 최대한 회피해야 한다는 말일세.

그리고 우리와 주변국과의 관계는 서로를 대체하거나 배치되는 것이 아니라 상호 보완적인 관계에 있다는 점을 강조해야 하네. 즉 한반도에서 군사적 긴장완화를 달성하고, 궁극적으로는 평화통일을 달성할 수 있는 구체적인 방안을 논의하고 실행하는 데 있어서 주변국의 이익을 최대한 배려해야 한다는 점을 확신시켜 줄 필요가 있지. 필요시는 그들을 참석시켜 평화통일을 촉진할 수 있는 여건을 조성하기 위해 노력해야 할 것이네. 따라서 평화통일의 문제는 남북한 양자주의에 기반을 두되, 필요시 다자주의와 조화롭게 추진되어야 한다고 보네."

평생을 주변국 외교문제를 연구한 이대한의 말에 모두가 고개를 끄덕였다.

"나는 이 국장의 말에 전적으로 동의하면서, 조금 다른 관점에서 이야기를 할까 하네."

오랫동안 국정원에서 북한문제를 전담해온 황만주 대북정책 담당관이 나섰다.

"우리가 어떠한 상황에서도 안보를 튼튼히 하여 국민의 생명과 재산을 보호하고 이를 지켜야 한다는 것은 확실하네. 이를 위해서는 북한에서 큰 위협이 발생하는 것을 사전에 억제하고, 유사시는 이를 제거해야 할 것이네. 즉 사태가 심각할수록 싸우지 않고 이기는 부전승의 원칙을 지켜야 한다는 말이네.

싸우지 않고 이기기 위해서는 평화를 지키려고만 해서는 안 된다고 생각하네. 적극적으로 만들어 가야 하지 않겠나.

한반도에 평화를 정착시키고 평화통일을 이루기 위해서는 전략적으로 최선의 방책은 북한의 전쟁하려는 의지를 분쇄하는 것이네. 즉 싸우지 않고 이기는 부전승의 터전을 만들어가야 하는 것이지. 이를 위해 북한이 스스로 평화공존과 공영의 길로 나올 수 있는 환경과 여건을 조성하여 전쟁을 근원적으로 방지해야 한다고 보네. 특히 평화통일문제는 남북한의 어느 한 쪽이 일방적이고 완벽한 승리를 거둘 수는 없으므로 상대방의 입장을 고려한 협상전략이 중요할 것일세. 남북 상호간에 도움이 되는, 즉 동참하는 데 따른 열매를 나눌 수 있는 상생전략의 추진이 필요한 시점이 아닌가 생각하네."

황만주는 물을 한 모금 마시면서 친구들이 동의하는 표정을 확인했다.

"따라서 이 시점에서도 지금까지 합의한 '민족공동체통일방안'에 따라 남북 간 화해와 교류협력을 실천해 나가는 전략을 중단 없이 추진해야 한다고 생각하네. 박 장군이 더 잘 알고 있겠지만, 손자는 승리를 위해서는 '정법으로 대처하고 기법으로 싸울 것'을 강조하고 있지 않나. 우리의 통일문제도 정부의 공식적인 통일정책에 의거 대처하는 것이 원칙이지만, 북한체제의 변화라는 구체적인 사태전개에 임기응변하는 신축대응이 필요하다고 판단하네. 결정적인 사태에 어떻게 신축적으로 대응하느냐에 따라 문제해결이 보장되지 않을까? 따라서 중요한 점은 일관된 원칙을 지키면서, 필요시 현실적인 결단을 뒷받침할 수 있는 전략이 필요할 것일세.

북한은 1960년대 초반부터 4대 군사노선을 내세우며, 군사력 증강에 모든 역량을 투입하였지. 경제가 어려워진 최근까지도 선군사상을 앞세워, 핵과 미사일 등 비대칭 능력 배양에 많은 예산을 투입하고 있지. 그리고 며칠 전에는 최고사령관 명령으로 북한군이 전투태세를 격상하지 않았나. 이러한 군사력을 사용하지 못하도록 해야 하네. 한반도에서의 전쟁은, 비록 국지전이라 할지라도 엄청난 영향을 미치게 될 것일세. 즉 다시는 회복 불가능한 타격을 입을 수 있다는 것이지. 이것이 부전승의 원칙이 중요한 이유일세."

"너무 좋은 이야기야. 동의하네."

안보의 문제를 군인보다 정확하게 말하고 있는 황만주 대북정책담당관을 크게 칭찬하며 박겨레 장군이 나섰다.

"친구들의 주장에 동의하면서, 나는 '이이제이(以夷制夷)'와 '원교근공(遠交近攻)'의 입장에서 한 말씀 드리려하네."

"이번 기회에 우리는 제반 수단과 방법을 최대한 활용하여 잠재된 위험요인을 극복하고 조국통일의 꿈을 실현해야 한다고 생각하네. 그리고 이를 바탕으로 일류국가에 합류하여 인류의 평화와 번영에 이바지할 수 있는 부강한 나라를 만들어야 할 걸세.

이를 위해서는 우선 안보를 튼튼히 해야 하네. 국가안보는 산소이며 국가의 생존일세. 따라서 국가사상과 국가안보전략이 없는 민족은 영원한 생명력을 누릴 수 없다고 하지 않나. 지금 이 상황에서 대한민국은 불확실한 안보환경을 극복하고, 주변 4대 강국의 틈바구니 속에서 생존하면서, 한반도의 평화통일을 달성하여 일류국가로 번영하고 발전해야 할 걸세. 이를 위해서는 국가안보전략을 바로 세우고 효율적으로 추진해야 하는 것이 매우 중요하지.

통일의 시점까지 안보전략의 핵심은 한반도의 평화정착과 평화통일이라는 점은 전부 동의할 것이네. 그런데 평화를 만들어 가는 일은 미래의 전략환경에 대응할 유연성을 열어 놓을 때 가능한 법이지. 우리는 조국의 영토를 사수하고 보존하기 위해서 평화를 지키는 데 만족해서는 안 된다고 생각하네. 오늘의 안보와 내일의 통일에 대비하는 통찰력을 갖고 한반도 평화를 주도적으로 만들어 가야 하지. 특히 '연평도 포격사태' 처럼 갈등이 고조되어 전쟁 위험이 증가할 경우에는 어떻게 다시 평화상태로 전환할 것인지 심사숙고해야 한다고 보네. 지금처럼 북한이 붕괴될 가능성이 높아진다면 붕괴 이후에 우리에게 유리한 상황이 전개되도록 전략을 수립하고 추진해야 하지.

지금 북한의 핵과 미사일 등 대량 살상무기를 포함한 군사적인 위협은 최고조로 높아지고 있네. 한반도의 위기는 하시라도 전쟁으로 발전할 수 있지. 그 어느 때보다 평시 위기관리가 중요해졌네. 지금 남북관계에서 군사력의 직접 사용은 적대적 긴장과 대결의 역효과만을 초래하므로, 북한체제의 변화를 촉진 및 활용하기 위한 '간접접근전략(Indirect Strategy)' 이 필요하네. 즉 대한민국의 강한 수단으로 북한의 약점을 쳐야 한다는 말이지. 또한 가능한 주변 강국의 힘을 활용하여 우리의 힘을 보완하고 절약해야 할 것이네. 지금 이 시점이 앙드레 보프르와 리델 하트의 간접접근전략이 필요한 이유이지."

박겨레 장군은 군인이라기보다는 대한민국의 안보전략가답게 평소 생각하는 바를 막힘이 없이 말했다.

"여기서 간접접근전략이 추구하는 목표는 북한체제의 변화와 통일여건을 조성함으로써 대한민국이 주도하는 평화통일을 실현하는 것일세. 그런데 간접접근전략은 확고한 전쟁억제와 행동의 자유를 보장하면서 평화통일정책의 기조를 일관되게 유지하는 것을 대전제로 추진되어야 할 것이네. 지금 폐쇄된 가운데서 고립상태에 있는 북한을 변화시키기 위해서는 외부적으로 화해협력정책을 일관되게 추진하여 파급효과를 확대시키고, 북한체제의 개혁과 개방을 촉진시켜야 할 것이네.

특히 한반도의 냉전구조 해체는 당사자 간의 상호 적대성과 불신을 해소하여 새로운 관계를 형성하고, 남북한은 양자관계 및 내부사회에서 새로운 신뢰구조를 구축하는 것을 의미하지. 따라서 이 문제는 군사와 안보의 차원을 넘어서서 정치, 외교, 경제 등과 관련된 복합적인 문제일세. 그런데 앞에서 이야기 되었듯이, 한반도 평화통일의 문제를 푸는 데 있어서는 대한민국의 힘만으로는 부족하다는 데 문제가 있지. 이 국장의 말대로 주변국의 역량을 최대한 활용해야 할 것이네. 특히 통일의 문제뿐 아니라 핵과 미사일을 포함한 대량살상무기의 해결방안에서도 주변국과 남북한 사이에는 상당한 입장 차이를 보이고 있어 문제들이 상호 연계되어 있다는 관점에서 전체를 종합적으로 사고하는 포괄적 접근이 필요하다고 판단되네.

미국과 중국 등 주변국의 영향력을 최대한 활용하는 이이제이와 원교근공의 지혜가 필요하지. 특히 급속히 성장하는 중국의 위협을 억제하기 위해서는, 한미동맹의 틀을 바탕으로 중국의 영향력을 최소화하면서 평화체제를 창출해 나가는 원교근공의 지혜를 발휘해야 할 것이네. 그러나 우리가 힘이 없거나 능력이 부족한 상태에서 주변국의 힘에 의존하게 되면, 20세기 초반의 난장판을 재현시킬 수 있을 것이네. 즉 국권을 상실 할 수 있다는 말이지. 우리 역사에서 수차례 반복되었던 이이제이와 원교근공 전략의 핵심은 우리가 스스로 나라를 지킬 수 있는 상무정신과 강한 힘을 갖는 것이네.”

박겨레 장군이 평소부터 망원경과 현미경을 함께 보며 사물의 본질을 이해하고 분석하고 종합하는 능력이 그 누구보다도 출중한 것을 다 아는 친구들은 크게 동의하면서 고개를 끄떡였다.

“친구 같은 훌륭한 장군이 있는데 왜 평화통일이 안 되는지 모르겠어? 나는 조금 기업가적인 시각에서 이야기를 할까하네”

김상웅 회장이 바통을 이어받았다.

“사태가 급변하는 이 시점에서 진정으로 평화통일을 원한다면, 정부는 통일정책을 일관성 있게 추진하되, 북한의 변화에 탄력적으로 대응해야 한다고 보네. 그러한 전제하에서 우리는 남북한 관계의 개선과 북한 스스로의 개혁개방을 위한 여건조성에 중

점을 두고 신축적 상호주의에 입각한 포용정책을 추진해야 할 것이네. 즉 급할수록 돌아가야 한다는 말이지.

여기서 이야기하는 신축적 상호주의는 다자간의 복합적인 상황 속에서 각국의 입장을 최대한 고려하면서 필요시 전체의 균형을 유지하고 '당근과 채찍'을 적절히 사용하여 사안별로 협력을 강화하는 융통성 있는 전략이라고 보네. 예를 들어 북한의 핵문제와 비상사태는 엄격하게 대응하면서도 아사자를 구하기 위한 쌀 등 인도적 지원은 지속시키는 것이 바로 신축적인 상호주의라고 볼 수 있을 것이네.

남북관계에서 상호주의를 적용해야 한다는 주장의 핵심은 북한의 협력행위에는 협력을, 배반행위에는 불이익이 초래된다는 규칙을 적용하는 것일세. 이를 실천하기 위해서는 보상능력과 보복능력을 포함하여 이를 실천할 수 있는 의지를 갖추어야 하지.

그러나 상호주의 전략의 가장 큰 문제점은 상대방을 불신하고, 그 불신 때문에 상대방의 우호적인 행위를 속임수로 인식하여, 대화와 협력을 저해하기가 쉽다는 점일세. 따라서 포괄적 상호주의나 엄격한 상호주의의 문제점을 보완해나가야 한다고 생각하네."

김회장은 고개를 끄떡이는 친구들을 돌아보며 만족한 듯 이어나갔다.

"우리 박 장군이 추진하는 국가안보와 내가 중시하는 민족적 화해는 상호 배치되는 개념이 아니라 보완되는 개념이라고 믿네. 굳건한 안보태세가 결여된 화해는 사상누각이지. 그러나 민족적 화해를 도외시한 안보 역시 남북한의 대립과 반목의 악순환을 낳아 한반도의 위기를 고조시킬 뿐이지 않겠나. 따라서 안보태세의 확립을 통한 전쟁억제와 남북한의 포용을 통해 화해와 평화공존을 동시에 달성하는 것은 현재의 상황을 돌파하고 평화통일을 위한 필수적인 요소라 판단되네.

그러나 이 어려운 위기의 시점에 북한을 포용하는 과정에서 무엇을 어떻게 포용할 것인가 하는 문제에 봉착하게 될 것이네. 이 기준이 명확하지 못하면 국민적 공감대를 얻을 수 없으므로 정책의 지속성은 상실되기 쉽겠지. 따라서 포용하는 대상, 기준, 범위와 명분을 설정하여 국민적 공감대를 형성하고, 북한의 변화를 유도하면서 단계적으로 이를 추진하는 전략이 필요하다고 생각하네.

남북한 간의 관계는 국가 간의 관계이자 특수관계의 성격을 지니고 있지. 국가 간의 관계는 '엄격한 상호주의'를 일관되게 추진해도 큰 문제가 발생하지 않을 수 있네. 그러나 조만간 통일을 해야 하는 민족 간의 문제는 엄격한 상호주의만을 계속 고집하게 되면 돌이킬 수 없는 파탄으로 갈 수가 있지. 그렇다고 과거 '포괄적 상호주의' 일변도로 나가는 것도 국민들의 공감을 얻기가 어렵고, 북한의 버릇을 잘못 들일 수 있다는 게 문제일세.

따라서 사안에 따라 신축적으로 추진하는 것이 가장 바람직한 상호주의 접근 방안이라고 생각하네. 통일은 북한의 핵문제와 인권문제를 완전히 해결할 수 있는 '열쇠'이고, 우리나라가 번영하고 발전하여 일류국가가 되는 데 꼭 필요한 '반석'이지 않겠나. 남북관계는 평화통일로 가는 장기적 시간표 속에서 신축적 상호주의를 잘 운용하게 되면, 상호협력의 가능성과 평화통일은 높아질 수 있다고 확신하네."

김상웅 회장은 사업가로서의 보는 시각을 막힘없이 말했다.

"우리 김 회장 이야기는 언제 들어도 산뜻해서 너무 좋아요."

그동안 계속 고개를 끄떡이며 경청하던 강 기자가 김 회장의 의견을 높이 평가했다.

"며칠 전 우리 박 장군이 장성급 군사회담에서 큰 성과를 거두었지. 우리 모두 박 장군을 위해 박수 한 번 크게 칩시다."

친구들 모두가 좋은 제안이라는 듯이 박장대소하며 박수를 힘차게 쳤다.

"그동안의 경험이 알려주듯, 남북한의 문제는 몇 번의 정상회담과 장관급 접촉 또는 장성급 회담으로 해결 할 수 없다는 것은 분명해졌네. 이념과 체제의 차이가 크고 서로를 바라보는 불신의 벽이 매우 높기 때문일세. 따라서 한반도의 평화정착과 평화적인 통일을 달성하는 방법은 분단의 현실을 인식하면서 얽힌 문제를 해결하기 위해 단계적이고 점진적으로 접근하는 것이 바람직하다고 믿네.

대한민국의 공식적인 통일방안인 '민족공동체 통일방안' 은 기존의 '한민족공동체 통일방안' 의 원칙을 계승하고 있지. 즉 기능주의적인 통일방식에 입각하여 통일과정을 화해협력단계, 남북연합단계, 통일국가단계의 3단계로 설정하고 있지 않나.

지금 이러한 급박한 상황에서도 남북한이 약 80여 년 동안 형성된 상호간의 불신을 해소하는 데는 분야별 교류와 협력이 필요하다고 보네. 따라서 '선 교류 후 통일' 의 입장을 체계화한 기능주의적인 시각에 입각한 통합이 중요하다고 말할 수 있네. 혹자는 지금 북한을 밀어붙이면 통일이 된다고 주장하면서 전쟁도 불사해야 한다고 쉽게 말하고 있지. 그러나 한반도 전쟁은 모두의 공멸이라는 것은 자명한 일일세. 이를 잘 아는 우리 같은 지식인이나 전략가들이 여기에 동조해서는 안 된다고 생각하네.

기능주의적인 접근의 필요성은 남북한 간의 현안문제에서 쉽고 의견접근이 가능한 주제를 먼저 다루는 것이 전체의 남북대화의 틀을 곤란에 빠뜨리지 않고 통일기반을 다지는 데 유리하다는 데 기반을 두고 있지. 즉 지금 북한은 생존을 위해 어쩔 수 없이 우리와의 교류협력을 필요로 하고 있네. 남북한 간 안보문제에 대한 논의는 구조적인 접근이 쉽지 않다는 데 우리의 어려움이 있지. 따라서 우선 쉬운 사안부터 처리해 나가는 지혜가 발휘되어야 한다고 보네."

여기까지 일사천리로 말한 강 기자는 잠깐 뜸을 들이고 말을 이어갔다.

"북한이 흡수통일의 위협에서 벗어나지 못하는 한 우리와의 접촉을 활발하게 추진하지는 못할 것일세. 쉽고 분쟁이 적은 것부터 접근하여 접촉을 증대해 나감으로써 부분별로 기능적인 협조체제를 구축해 나가는 것이 중요할 수밖에 없네. 이는 인도주의 및 경제영역에서 교류협력이 확대되면, 정치 및 군사영역에서의 접촉을 촉진시킬 수 있는 공통분모를 늘려갈 수 있다는 것을 전제로 하고 있지.

북한이 넘어지면서 중국 쪽으로 넘어져서는 안 되지. 반드시 우리와 함께 같은 방향을 바라보도록 전략을 추진하는 것이 그래서 중요하네. 지금 북한은 그들의 체제와 관련한 의제의 협의를 완강하게 거부하는 입장이지. 따라서 기능주의 접근만으로는 평화체제의 구축과 평화통일에 많은 어려움이 예상될 수 있다고 판단되네.

한미동맹과 주한미군의 철수 등은 남북한 양자의 문제가 아닌 남한과 북한 그리고 미국 3자 간의 문제가 아닌가? 북한의 김정은 정권과 군사적 위협 등 북한의 체제와 정치 및 안보현안에 대하여 남북한 간에 접점을 모색하는 일은 매우 어려운 일일세. 기능주의 만으로 문제를 해결할 수 없는 이유일세. 정부의 일정한 관여가 필요하지. 즉 신기능주의적인 접근이 요구된다고 생각하네.

그리고 남북한의 문제를 해결하기 위해서는 '붕괴론적 시각' 보다는 '변화론적 시각'에 무게중심을 두고, 단계적이고 점진적인 접근이 필요하다고 판단되네. 경제, 사회, 문화, 종교, 체육교류의 최종 목적지는 평화적인 통합으로 가는 것이지 않나. 이를 통해 정치, 군사 통합에 디딤돌의 역할을 마련할 수도 있을 걸세. 그 과정에서 북한이 붕괴한다면 급변사태 전환계획에 따라 처리하면 되는 것이라 생각되네.

우리 모두가 잘 알고 있듯이 독일의 통일도 기능주의에 의한 각 기능망의 활성화가 통일의 단초를 마련했었지. 이러한 기능망을 구축하지 못한 베트남과 예멘에서는 전쟁이 발발했다는 점은 전쟁의 그림자가 드리워지고 있는 현 상황에서 우리에게 시사하는 바가 매우 크네. 특히 남북한 간에는 평화적인 환경조성을 가능케 해주는 경제라는 공통이익이 존재함으로 이를 활용하는 통합적인 노력이 필수적일세. 이러한 위기를 극복하기 위해서는 앞으로 너무 서두르지 말고 기능주의와 신기능주의를 통합하여 점진적이고 단계적으로 접촉을 강화하면서 평화통일의 길을 다져나가야 한다고 생각하네.

현시점에서 대한민국의 안보전략의 최우선 과제는 한반도의 평화를 지키고, 평화체제를 정착시켜, 평화통일을 달성하는 것이라는 것은 우리 모두가 공감하였네. 대한민국이 이러한 목표를 달성하면서 전략적으로 생존하기 위한 최선의 방책은 싸우지 않고 이기는 일이고, 이를 위해 서로 상생하면서 상대방의 전쟁하려는 의지를 봉쇄하는 것이 중요하다고 이야기 되었네.

나는 대한민국이 전략적으로 생존하기 위한 올바른 안보전략을 수립하는 것도 매우 중요하지만, 수립된 안보전략을 미래를 꿰뚫어 보는 눈을 가지고 주도적이고 능동적으로 추진하는 것이 더욱 중요하다고 생각하네. 그런 차원에서 친구들이 언급한 간접적이고 포괄적인 접근, 부전승 원칙의 준수, 신축적 상호주의 적용, 세력균형의 활용과 공동 및 다자안보, 점진적이고 단계적인 추진 등 다섯 개의 추진방책은 매우 유효하다고 생각되네.”

여느 때처럼 강 기자는 토론된 내용을 마무리 정리하면서 말을 마쳤다.

“우리 멋진 오빠들! 너무 훌륭해요. 나도 한마디 해도 돼요?”

잘 익힌 식혜와 과일을 내오며 신소녀 대표가 한마디 거들었다.

"아이구! 당연하지."

강 기자가 미소 지으며 말을 받았다.

"오빠들 이건 그저 제 생각인데요. 지금 이 시점에서 중요한 것은 북한 주민들이 우리 쪽을 바라보는 거라 생각해요. 독일의 평화통일도 동독주민들이 결정적인 순간에 서독과 합쳐지기를 원했기 때문에 쉽게 이루어졌다고 오빠들이 말했잖아요. 그래서 지금 가장 시급한 일은 북한 동포들이 우리를 바라볼 수 있도록 정책을 펴야 된다고 생각해요."

"아유! 서당 개 3년이면 풍월을 읊는다고, 우리 신 대표도 전략가가 다되었네."

모두가 한 마디씩 칭찬하니, 신 대표가 좋아서 어쩔 줄을 몰라 했다. 그녀는 열심히 일하는 오빠들을 위해 장구를 치며 '농부가' 한 소절을 불렀다. 모두가 '얼쑤' '좋다'로 흥을 돋우었다.

"자! 그러면 오늘 생산적인 모임을 끝내겠습니다. 우리 모두의 소원인 평화통일이 늦었지만 다가올 수 있다는 확신과 추진방안을 이야기하는 소중한 자리였어요. 그런 의미에서 제가 조국의 통일을 염원하며 지은 시를 낭송할까 합니다."

소망

나는
한 그루 나무 되어
반동아리 허리에
뿌리 내리고 싶소

나는 타고르의 등불 되어
웃음 잃은 삼천리를
밝히고 싶소

하나가 둘이 되고
둘이 우리가 되어
팔천만 숨결이
다시 하나가 되도록

나는
그 날 그 날을 위해
불사조 되고 싶소

강 기자의 통일의 염원을 담은 시에 항상 감명을 받고 있는 친구들은 모두가 박수로 환영했다.

"부족한 시를 경청해주어 고맙소. 우리 모두가 평화통일의 주역이 될 것을 다짐하면서 제가 '평화통일을' 하고 선창하면, 친구들은 '위하여'로 답해주시기 바랍니다."

강 기자가 마무리하며 건배를 제의했다.

"평화통일을"

"위하여"

이날 모임은 서로 화통하게 웃고, 심각하게 토론하며, 11시가 다 되어서야 끝났다. 한반도 위기가 고조되는 현 시점에서 평화통일을 위한 좋은 해결방안과 추진방책들을 논의한 자리여서 모두가 뿌듯한 마음을 갖고 헤어질 수 있었다.

"오빠! 한석이는 잘 지내지요? 공부하느라 바쁜가 봐. 얼굴도 한 번 안 보여주고. 녀석이 용돈도 필요하지 않는가보지…."

신 대표가 맨 마지막으로 나가는 강 기자를 붙잡고 살짝 꼬집으며 귀여운 앙탈을 부렸다.

비밀회동

맥도웰 케이시 한미연합사령관은 3월 8일부터 3일 동안 미국에 긴급 출장을 다녀왔다. 북한 상황이 상당히 위급하여 연합사령관이 한국을 비워도 되느냐는 논란이 있는 가운데 미국 국방부장관의 긴급호출명령이 있어 서둘러 다녀오게 되었다. 최근의 한반도 상황에 대해 국방부에 상세히 보고하고, 필요한 지침을 직접 받았다. 미국 국무부차관과도 회동하여 유사시 대책에 대한 논의를 했다.

연합사령관은 한국에 복귀한 직후인 3월 12일 오후에 연합사령부 사령관실에서 긴급회의를 소집했다. 참석자는 케이시 사령관과 조지 맥카더 참모장, 그리고 토마스 솔리건 작전참모부장 등 3명이었다.

"오늘 연합사 부사령관을 배제하고 우리 3명만 모인 것은 미국 국방부장관 지침의 수행방안에 대해 토의하고, 유사시 긴급대책을 논의하기 위해서입니다. 우선 국방부장관님과 합참의장님은 북한의 급변사태 가능성이 증가하는 것에 무척 우려를 표명하고 있습니다."

케이시 연합사령관은 무거운 표정으로 말을 하며 두 사람을 둘러보았다. 연합사 부사령관을 제외시킨 것은 그가 한국인이어서 보안 유지가 어렵다고 판단한 케이시 연합사령관의 조치였다.

"그것은 우리와 같은 평가군요."

솔리건 작전참모부장이 동의한다는 듯 고개를 끄덕였다.

"국방부장관과 합참의장님의 특별한 지침은 있으셨습니까?"

맥카더 참모장이 궁금하다는 표정으로 물었다.

"그렇소. 바로 그것 때문에 여러분을 부른 것이요. 오늘 토의 사항은 1급 비밀에 준해 보안에 유의하시오."

케이시 사령관은 엄중한 표정을 지으며 말을 이어갔다.

"국방부장관님은 다음과 같은 일곱 개의 지침을 주셨습니다. 첫째, 앞으로 발생하는 모든 상황은 미국의 국익을 최우선으로 하여 처리할 것. 둘째, 한국군을 잘 통제하여 분쟁이나 국지전이 전면전으로 확대되지 않도록 할 것. 셋째, 북한이 핵무기 사용 등 극단적인 선택을 하지 못하도록 노력할 것. 넷째, 중국을 자극하는 행동을 극히 자제할 것. 다섯째, 한반도 통일은 미국의 국익에 큰 도움이 안 되니 가능한 분단체제를 유지할 수 있도록 노력할 것. 여섯째, 유사시 휴전선을 넘어가는 상황이 도래 시는 반드시 국방부장관의 추가지침을 받고, 한국군이 연합사령관의 통제 없이 휴전선을 넘는 일이 발생하지 않도록 할 것. 일곱째, 앞으로 '작전계획 5027'을 포함한 북한지역 수복 작전계획은 평양-원산 선까지만 회복하는 것을 전제로 발전시킬 것 등입니다. 국방부장관님의 의도와 내가 말하는 의미를 이해하겠소?"

사안의 중요성 때문인지 그는 여기서 말을 멈추고 맥카더 참모장과 솔리건 작전참모부장을 돌아보았다.

"다른 것은 다 이해가 되는데, 일곱 번째 지침은 조금 이해가 안갑니다. 우리 '작전계획 5027'에는 유사시 훨씬 북방까지 회복하도록 되어 있지 않습니까?"

솔리건 작전참모부장이 먼저 이의를 제기했다.

"그렇소. 그렇지만 우리가 더 북방으로 진입 시에는 과거 한국전쟁에서처럼 중국이 개입할 것을 우려한 조치요."

"그러면 한국군과 한국국민들이 이를 받아들이겠습니까?"

맥카더 참모장도 의아하다는 듯 의문을 제기했다.

"그래서 모든 상황에서 미국의 국익을 최우선으로 하라는 지침을 가장 먼저 제기한 것이라 생각됩니다. 상부에서는 우리의 적극적인 행동으로 중국을 자극하는 일이 발생할까 제일 우려하고 있습니다. 한국군은 우리가 작전통제를 하고 있으니 문제가 없을 것이고, 다만 한국국민을 설득하는 것은 당시 상황에 맞추어 설명하면 될 것으로 판단됩니다."

케이시 사령관은 동의를 구하듯 맥카더 참모장을 쳐다보았다.

"그러면 모든 작전계획을 수정해야 하는데, 한국군에 보안유지가 어렵다고 생각합니다."

솔리건 작전참모부장이 지침은 이해가 되나, 실천과정의 어려움을 토로했다.

"바로 그래서 오늘 우리만 모여 토의하는 것 아니요. 모든 작전계획은 수정하지 말고 그대로 두시오. 그리고 극비리에 예비계획을 수립하여 유사시에 대비토록 하시오. 국무부에서는 중국이 북한문제에 가능한 중립적인 입장을 유지하도록 협상해나갈 예정이요."

케이시 연합사령관은 단호하게 말했다.

"중국은 북한지역을 '순치(脣齒)관계'로 표현하고, 만주지역에 대한 완충지역으로 보고 있는데, 쉽게 우리의 의지를 수용할 수 있을까요?"

맥카더 참모장이 이해가 안 된다는 표정으로 다시 의문을 제기했다.

"그 점 때문에 평양과 원산선 이북으로 진출하지 말라는 지침이 포함된 것입니다. 국무부에서는 중국과 이 점을 분명히 하면서 앞으로 협상을 해 나갈 것이요."

케이시 연합사령관이 매우 강한 톤으로 말했다.

"한국 국방부장관과 합참의장 등 한국 측에는 어느 선까지 알려주실 것입니까?"

솔리건 작전참모부장은 본인도 한국군 합참의 작전본부장 등과 협조할 사항을 고려하여 의문 나는 사항을 질문했다.

"오늘 이 사항은 처음에 강조한 대로 극비사항이오. 한국군에는 그 누구에게도 새어 나가서는 안 되오. 따라서 참모장과 작전참모부장은 미군 측 과장 한 두 명을 데리고 예비계획을 수립하여 3월 18일까지 보고하시오."

케이시 연합사령관은 극비사항임을 다시 한 번 강조하며, 보고할 날짜까지도 명확히 지시했다.

강 기자는 케이시 연합사령관이 한국에 있어야 할 중요한 시점에서 갑자기 미국에 호출된 이유가 궁금했다. 그래서 미국의 특파원에게 연합사령관의 미국 체류 간의 세부일정과 특별한 사항이 있는지 여부를 파악해서 알려달라고 부탁했다. 그러나 그 곳에서 국방부장관과 국무부차관을 만난 것은 확실한데 무슨 일인지 파악이 안 된다는 연락이 왔다. 그래서 케이시 연합사령관이 한국에 도착한 후 그의 언동과 연합사령부의 동태를 확인하였으나, 그저 조용할 따름이었다.

그는 박겨레 장군과 이대한 외교부 정책기획관에게 전화를 걸어보았다. 그 쪽에서도 이를 파악하기 위해 노력하고 있으나, 아직 아무것도 잡히지 않는다는 연락이 왔다. 통상 연합사령관이 미국에 다녀오면 특이사항에 대해서 한국 국방부장관이나 합참의장과 이야기를 나누는데 이번 방문 후에는 아무런 연락이 없다는 응답이었다. 서로 이 문제의 심각성을 인식하고, 앞으로 더 파악하기로 했다.

어찌하면 좋으리

3월 중순이 되자 북한의 상황은 더욱 급박하게 돌아갔다. 한만 국경선을 넘어 탈주하는 인원이 증가했다. 심지어 이를 지키는 국가안전보위부 요원들과 군인들도 탈주에 합류하는 인원이 생기기 시작했다. 평양의 시위는 계엄령에도 불구하고 좀체 가라앉지 않았다. 지방에서의 시위구호는 '빵을 달라!'에서 점점 '자유를 달라!'는 방향으로 바뀌고 있었다.

목마른 자가 우물을 파듯이, 북한 측에서 급히 고위급 비밀접촉을 갖자는 연락이 왔다. 시간은 우리가 편안한 대로 정하고, 장소는 가능한 스위스 쪽이 좋겠다는 의견이 첨부되었다. 우리는 그들의 의견을 받아들여 3월 18일 오후 2시에 스위스 베른의 곰공원이 보이는 알레강가에 있는 한적한 곳에서 수행원 없이 단독 회담을 갖기로 했다.

"한우리 국가안보실장님! 처음 뵙겠습네다. 먼 길 오시느라 수고 많으셨습네다."

먼저 와서 기다리고 있던 김정철 특별비서는 조용하면서도 신중한 자세로 인사를 건넸다. 김정철은 최근 특별비서라는 직함을 받아 활동하고 있었다.

40대 중반의 김정철은 과거 사진에서 본 것 보다 훨씬 뚱뚱하고 중후해져 있었다. 스위스로 오기 직전 국정원이 보고한 김정철의 모습보다도 더욱 지적인 분위기가 났다. 아마 은둔생활 동안 자숙하고 공부한 때문이라고 생각이 들었다. 한동안 대한민국 언론에서는 김정철은 이제 완전히 제거되어 폐인이 되었다느니, 아직도 봉화조를 이끌면서 김정은을 뒷바라지 하고 있다느니 소문이 무성했었다. 북쪽에서 넘어온 어느 탈북동포는 '김정철도 장성택처럼 이미 숙청되어 죽었다'는 말을 방송에서 주장하기도 했다. 그는 김정은 등장 이후 10년 이상을 전면에 등장하지 않고 조용한 은둔생활을 하고 있었다. 그런 김정철이 갑자기 특사로 나타난 것이다.

"네! 아주 상쾌합니다. 김정철 특사께서는 2일 전에 이곳에 먼저 도착하셨다는 소식을 들었는데 특별한 일이 있으셨는지요?"

김정철에 비해 스무 살이나 나이가 더 많은 한우리 국가안보실장도 가능한 편안한 분위기를 만들려고 존경어를 쓰며, 낮고 점잖은 목소리로 인사를 했다. 북한에서 특사로 김정철이 나온다는 소식이 들리면서, 청와대에서는 50대 중반의 통일부장관을 특사로 보내자는 의견이 주류를 이루었다. 그러나 대통령은 그의 의중을 누구보다 잘 알고 있고, 독일에서 공부하여 유럽의 분위기도 잘 알고 있는 국가안보실장이 특사로 가 줄 것을 희망했다. 우선 만남 자체를 극비로 유지하되, 노출될 시는 국가안보실장이 제네바 UN기구를 방문하는 것으로 위장했다.

"아님네다! 옛날에 학교를 다니던 곳이고 해서 조금 돌아보았습네다. 조국에서 조금 멀리 떨어져 있지만, 남북한의 도시는 아직 호상간의 정서에 안 맞고, 중국 쪽은 보안이 유지되지 못할 것 같아 이렇게 멀리까지 오시도록 했습니다. 이곳은 양국의 대사관이 있으니 필요시 협조를 받을 수 있을 것 같기도 합네다."

김정철은 자기가 도착할 날짜까지 알고 있는 국가안보실장의 질문에 속으로 뜨끔한지 약간 당황한 말투로 더듬거렸다.

"잘 하셨어요. 어느 점이 많이 변했던가요?"

"스위스야 원래 변함이 없는 곳입네다. 베른은 안정된 도시로 유명하지요. 그대로인 것 같습네다. 그러니까 더 정겹지요."

"오늘 날씨도 우리의 만남을 축하해주듯이 화창하네요."

"스위스의 초봄은 비가 오는 날이 많은데, 오늘따라 무척 맑고 따뜻합네다."

스위스는 본인이 잘 안다는 노숙한 표정으로 김정철이 이어받았다.

"김정은 위원장님은 잘 지내십니까?"

한우리 국가안보실장은 분위기를 천천히 회담 주제로 끌어가야겠다고 생각하며 조심스럽게 물었다.

"예. 국가안보실장님도 어느 정도 아시겠지만, 공화국의 위원장 동지는 요즈음 공화국 상황이 복잡하여 노심초사하고 있습네다. 그래서 저를 보낸 것 아닙네까."

김정철은 자신의 동생이지만, 김정은을 깍듯하게 공화국 위원장 동지로 표현하며 회담에 자기가 나온 이유를 간접적으로 설명했다.

"그렇게도 안 좋은가요?"

"솔직하게 말씀드리면, 처음 식량사정에서 출발한 내부위기가 이제는 공화국을 이탈하는 반역자가 증가하고, 시위가 확산되고 있습네다."

자존심을 버리고 이렇게 솔직하게 이야기하고 난 김정철은 몹시 괴로운 표정으로 하늘을 우러러 보았다.

"참 어려운 일이군요. 일이 이렇게까지 악화된 것에 대해 우리도 우려하고 있습니다. 저희가 도울 일이라도 있습니까?"

"우선 저희는 인민들의 식량문제를 해결하는 것이 급선무입니다. 그래서 금년도에 차관으로 주실 50만 톤의 식량을 춘궁기인 지금 앞당겨 주셨으면 합니다. 그리고 농사철이 다가오는데 비료도 20만 톤 지원해주시고, 가능한 후반기에 쌀 20만 톤을 추가 지원해주셨으면 합네다 …."

김정철은 부끄러운 듯 말을 흐렸다.

"말씀 잘 들었습니다. 우리 국민들은 정부가 식량을 지원하는데도 불구하고 북쪽에서 우리 남쪽을 위협하고, 북한군이 최고전투태세를 유지하고 있는 것에 대해 비판하고 있습니다. 또한 북한의 인민들의 정상적인 요구가 비상계엄 등으로 말살되고 탄압받는 것에 대해서도 우려가 많습니다. 그러한 문제가 제대로 해결되지 않으면, 추가적인 식량과 비료지원을 위해 국민들을 설득하기가 어렵습니다. 북쪽에 '감은 눈 못 본다'는 속담이 있는 것으로 알고 있습니다. 국민의 지지가 있어야만 정책을 추진할 수 있는 자유민주주의 국가인 대한민국의 입장을 이해해주셔야겠습니다."

"국가안보실장님의 말씀은 이 곳 스위스에서 공부한 제가 충분히 이해할 수 있습네다. 그러나 동족 간에 도와주신다는 기본입장에서 출발해주셨으면 합네다."

"김특사님! 그러면 중국 쪽에 지원을 요청하는 것은 어떨까요?"

"중국은 믿을 만한 집단이 못됩니다. 호시탐탐 우리를 집어먹을 기회를 엿보고 있습네다. 국가안보실장님도 아실 터이지만 동북공정이라는 거 있잖습네까? 지금은 남북의 강력한 항의로 없어진 것 같지만, 동북 3성의 지방정부 차원에서 조용히 추진되고 있습네다. 조금만 우리가 의존하고 방심하면 중국은 과거사를 거론하며, 평양 북방을 먹어치우려고 할겁네다. 그래도 우리가 미우나 고우나 동족인 남쪽을 지금 바라보는 이유지요."

"그러면 내가 귀국해서 돕는 방안을 강구해보겠습니다. 김정철 특사께서도 돌아가셔서 우리 쪽을 협박하거나 위협하는 정책을 수정하도록 노력해주시죠. 가능하시겠습니까?"

국가안보실장은 다짐을 받으려는 단호한 태도로 말했다.

"제 선에는 어려운 일이지만 최대한 노력하겠습네다."

김정철은 부담이 되는지 한 손으로 가슴을 쓸어내렸다.

"공화국 위원장 동지께서는 간절하게 정상회담을 희망하시면서 이 친서를 대통령님께 전달하라고 말씀하셨습네다."

김정철은 친서를 가방에서 조심스럽게 꺼내 똑바로 선 자세로 국가안보실장에게 전달했다.

"제가 귀국하면 대통령님께 바로 올리겠습니다. 저도 대한민국 대통령님의 친서를 가져왔습니다. 받으시죠."

김정철은 대통령의 친서를 정중하게 받아 조심스럽게 가방에 넣었다.

"그리고 정상회담에 관한 건은 귀국해서 검토 한 후, 수일 내로 김정철 특사님께 연락을 드리고 싶습니다. 앞으로 특사님과 제가 직통으로 연락할 수 있는 대화채널을 만들면 어떻겠습니까?"

"좋습네다. 그러나 그것은 제가 여기서 결정할 문제가 아니라서 공화국에 돌아가 위원장 동지와 상의해서 연락드리겠습네다."

"오늘 저는 김 특사님과 십년지기를 만난 것처럼 허심탄회하고 의미 있는 대화를 나누었습니다. 오늘의 대화가 한반도의 평화체제 정착과 평화통일로 이어졌으면 합니다."

"아무렴요. 그리고 정상회담으로 이어져야 하겠습네다."

"그러기 위해서는 특사님처럼 깨어있는 분들의 역할이 매우 중요합니다. 우리가 힘을 합쳐 조국의 평화통일을 위해 일해 봅시다."

"그럽세다."

잠깐의 만남 속에서도 정이 든 두 사람은 헤어짐을 아쉬워하며 손을 꼭 잡았다. 석양은 알레강을 붉게 물들이며 베른시를 포근하게 감싸고 있었다.

한우리 국가안보실장은 오전에 스위스에 도착하여, 북한의 김정철 특사와 4시간 동안의 소중한 만남 후 저녁 비행기로 서둘러 귀국 길에 올랐다. 아무도 눈치 채지 못하게 하기 위한 하루만의 위장된 일정이었다.

융프라우

김정철은 오랜만에 찾은 마음의 고향인 스위스에 며칠 더 머물고 싶었지만, 사안이 중요한지라 서둘러 평양행 고려항공 특별기에 올랐다. 비행기 안에서 김정철은 그동안 꼭 다시 한 번 가보고 싶었던 융프라우 정상에 어제 올라가서 지었던 '융프라우'란 시를 되새겨 보았다.

융프라우

머물 수 없는 낯선 시간 속에서
앙칼진 시샘 바람 타고 날아온
세월을 들쳐 업는 나그네

동천을 허무는 눈보라 쳐오고
서럽도록 아름다운 순간을
불꽃에 안긴 듯 희미한 마음

달빛 온기로 살아가는
찰나의 시간 속에서
가슴으로 살라는
자연의 섭리 되새기며
나 홀로 너를 안으며
영겁을 간다

엎드렸던 바람에 머리를 쳐들고
어여삐 피어나는 인동초여!

그는 30여 년 전 스위스 베른의 국제학교에서 약 6년 동안 공부하며 어린시절을 보냈었다. 그때 융프라우와 함께 한 추억을 더듬으며 오르고 싶었다. 융프라우 올라가는 도중에 스키 타고 내려오는 사람들을 만났다. 그도 국제학교에 다니던 시절에 겨울학기에는 매주 금요일 단체로 와서 바로 이곳에서 스키를 즐겨 탔었다. 맨 첫날인가 함께 학교에 다니던 한국에서 온 누나가 멋지게 스키를 타는 모습을 보고 '마이스터 되면 재미없디?' 라고 했던 말이 떠올랐다.

　　그리고 융프라우 산을 함께 올라갔던 시절의 어머니를 생각했다. 고영희는 어린 김정철에게 '지도자가 되려면, 가슴으로 살아가며, 자연의 섭리를 되새겨야 한다' 고 강조했다. 고영희는 김정남 대신 김정철이 북한의 지도자가 되어야 한다고 생각한 듯, 우리 북조선을 스위스처럼 잘 사는 나라로 만들어야 한다' 고 강조하곤 했다.

　　'아! 어머니가 살아계셨다면…. 나를 유난히도 아끼고 예뻐해 주셨던 어머니가 살아계셨다면….'

　　가슴으로 가슴으로 스미어드는 그리움으로 김정철은 소리 없이 울었다. 어머니와 함께 하룻밤을 머물렀던 그린델발트 지역에 고운 추억을 묻었다. 그리고 추억이 머문 자리에서 이 모든 어려움을 인동초가 되어 이겨내어야 한다고 다짐했다.

평양공항에 도착하니 김정은 위원장의 전용차가 대기하고 있었다. 바로 공관으로 들어왔으면 좋겠다고 비서가 말했다. 평양은 꽃샘추위로 융프라우 보다 더 추웠다. 군의 경비는 떠날 때보다 더욱 삼엄해진 것처럼 보였다. 평양시민들은 배가 등가죽에 붙은 듯이 허리를 잔뜩 굽히고 엉금엉금 걷고 있었다.

　　김정철을 기다리고 있는 김정은 위원장은 자신이 해온 일을 더듬어보았다. 어디서부터 잘못된 것일까? '핵을 폐기하지 않아서일까? 선군정치가 잘못된 것일까? 혹은 경제정책에 문제가 있었던 것일까? 시장경제를 추진하지 못해서일까? 중국의 개혁개방정책을 따라하지 않아서일까?' 최근 며칠 동안 지속적으로 그를 괴롭힌 질문이지만 답이 떠오르지 않았다.

　　김정은은 때로는 할아버지와 아버지를 원망도 해보았다. 할아버지인 김일성이 중국 덩샤오핑의 개혁개방정책인 '흑묘백묘론(黑描白描論)'과 '선부론(先富論)'을 따라했었다면 얼마나 좋았을까. 조금 늦었지만 최소한 아버지인 김정일이 베트남의 '도이머이(Doi Moi)' 정책을 추진했었다면 지금보다는 형편이 좋지 않을까 하고 한탄을 해보았지만, 이제 와서 되돌릴 수는 없는 일이었다.

　　김정은은 해가 지는 창문 쪽을 바라보며 깊은 생각에 잠겨 있었다.

방에 들어선 김정철의 헛기침에 김정은은 의자를 돌리며 김정철을 바라보았다. 4일 만에 만남이지만 김정은의 얼굴은 훨씬 수척해보였다.

김정철은 남쪽의 특사와의 만남에 대해 소상하게 보고했다.

"그러니까 식량과 비료 지원에 대한 남측의 확답이 없었다는 것입네까?"

김정은이 김정철의 보고내용을 명확하게 확인하듯 물었다.

"긍정적인 반응은 있었으나, 복귀 후에 검토해서 알려주기로 했습네다."

김정철은 비록 동생이지만, 김정은에게 공식석상에서는 존댓말을 썼다.

"그러니까 그 쪽의 요구사항은 우리의 전투태세를 정상으로 돌리고, 인민들의 자유를 보장하며, 인권을 개선시켜라 이거 아님네까?"

김정은은 확인하듯 다시 물었다.

"남쪽도 우리를 확실하게 지원할 수 있는 명분을 달라는 것입네다."

"그러면 우리가 어떻게 하는 것이 최선입네까?"

김정은은 고개를 돌려 석양빛에 물든 창밖을 바라보며 괴로운 표정을 지으며 물었다.

"우선 당장 인민의 먹는 문제를 해결하는 것이 가장 중요하지요."

침묵을 깨며 김정철도 고개를 푹 숙였다.

"정상회담 문제는 이야기가 잘 되었습네까?"

"정상회담도 남쪽 특사가 귀국해서 그 쪽 대통령과 상의해서 알려주기로 했습네다."

"남쪽에서 보다 적극적이지 않다는 의미입네까?"

"그 쪽에서는 서두를 필요가 없다는 생각인 것 같습네다."

"우리의 체면이 많이 구겨지는 것 아님네까."

"꼭 그렇지만은 않는 것 같습네다. 남쪽은 국민의 눈치를 많이 보는 국가체제라 함부로 결정을 못하지만 곧 답신이 오리라 생각합네다. 기다려봅세다."

"남쪽의 요구를 어느 정도까지 수용해야 한다고 생각합네까?"

"우리는 지금까지 공화국의 체제를 유지하기 위한 온갖 수단들을 다 사용했습네다. 전투태세를 강화하면서 평양지역에 계엄령을 발동하였고, 국경경비를 강화했습네다. 주민들에 대한 감시를 강화하고 체제 비판자에 대한 공개처형을 실시했습네다. 그러나 약발이 먹히지 않고 있습네다. 이제는 자유를 달라는 시위가 확산되고 있습네다. 이 난관을 돌파하기 위해서는 극단의 처방이 필요하다고 생각합네다. 우리만의 힘으로 이 상황을 해결할 수 없다고 생각합네다. 남쪽의 도움이 절실하지요. 북남 정상회담이 가능하도록 더 노력하고, 인민들의 먹는 문제 해결을 위해 협상을 강화해야지요. 따라서 그들이 요구하는 사항을 어느 정도는 들어주어야 한다고 생각합네다."

김정은은 어둠이 짙어지는 창밖을 바라보며 말이 없었다. 몹시 괴로워하는 표정이 역력했다. 김정철은 자기가 너무 심한 이야기를 했지 않았는가 하고 내심 걱정이 되었다. 그러나 이제는 더이상 물러설 데가 없었다. 한 5분 동안 말없이 창밖을 응시하던 김정은이 고개를 돌렸다.

"깊이 고민해 보겠습네다. 남쪽 특사와는 계속 접촉하시라요."

그리고는 다시 창밖을 응시했다.

김정철은 묘한 압박감을 주는 침묵이 두려워 조심스럽게 방을 나섰다. 문밖에서 대기하던 김여정은 큰 오빠 김정철이 갑자기 김정은과 가까워지는 것이 두려운 듯 질시의 눈빛으로 김정철을 바라보았다.

동북공정의 불꽃

왕 젠핑王建平 선양군구 사령원은 하루 종일 중국군의 북한지역 투입계획을 검토하느라 머리가 아팠다.

요즈음은 압록강과 두만강 지역으로 하루에 수백 명의 탈북민이 무단으로 도강하여 중국지역으로 넘어오고 있었다. 작년까지만 해도 수십 명씩 이어지던 탈북자가 이제는 수 백 명으로 늘어났다. 단둥을 포함한 국경지역에는 난민 10만여 명이 대한민국으로 망명을 희망하며 텐트촌에서 생활하고 있었다.

북한지역의 혼란이 가중되고 탈북자가 증가하여 중국의 사회

문제로 대두되자, 중국의 정치국에서는 선양군구 사령원에게 비밀리에 '작전계획 X플랜'을 가동시키라는 명령을 하달했다. '작전계획 X플랜'이란 북한지역에 중국군 투입계획을 의미한다.

시 샤오핑(習鄧平) 선양군구 작전참모는 왕 젠핑 사령원의 지시로 작전장교와 둘이서 중국군의 북한지역 진입계획을 검토했다. 선양군구는 동북공정의 차원에서 수 년 전부터 이를 수행하기 위한 계획을 수립하고 매년 훈련까지 실시해왔다. 따라서 이 명령이 새삼스러운 것은 아니었으나, 이를 실행하기 위한 가정이 충족되지 않고 있다는 데 그의 고민이 있었다.

"사령원님 아무리 검토해도 중국군이 북한지역에 진출한다면, 미국의 간섭과 국제사회의 비난이 일어날 것이 불을 보듯 뻔합니다."

"나도 그 점을 걱정하고 있네."

"그리고 북한의 김정은 정권의 요청도 없이 우리 군이 북한에 진입한다면 강력한 반발을 불러일으키거나, 분쟁을 일으킬 소지가 많습니다."

"북한군이 반발할 수 있는 상태라고 판단하는가?"

"북한에 시위가 확산되고 혼란이 가중되고 있으나, 약 120만 명의 병력을 유지하고 있는 북한군은 최고전투태세를 유지하면서 훈련을 강화하고 있습니다. 특히 압록강과 두만강을 연하는 국경 지역에는 최근에 병력을 증강 배치하여 우리가 국경을 넘어서는 순간 강력한 반격이 예상됩니다."

"북한군이 동요하고 있다고 정보참모가 보고하지 않았는가?"

"북한군이 일부 동요하고 있는 것만은 사실이나, 아직까지 군의 기강이 크게 흔들리는 징후는 없습니다."

"북한군 일부도 탈북하는 사례가 발생하고 있지 않는가?"

"그것은 어디까지나 일부 부대에서 발생하는 현상일 뿐 모든 부대가 군기가 해이해진 것은 아닙니다."

"…."

"특히 중요한 것은 우리가 북한을 공격할 때는 어디까지 진출할 것인가 하는 최종 목표가 명확하게 정해져야 하는데, 지금 정치국의 명령은 이것이 무척 모호합니다."

"우리의 공격준비태세는 어떠한가?"

"그동안 훈련을 통해 '작전계획 X플랜'을 수행할 수 있는 준비는 약 70% 정도 갖추고 있습니다. 앞으로 전쟁물자의 추가 확충과 북한지역에 대한 세부적인 정찰이 더 필요합니다."

"가정이 충족이 안 되었다는 의미는 무엇인가?"

"우리의 진출이 성공하려면 첫째, 북한 측의 요구가 있어야 합니다. 둘째, 미국의 암묵적인 동의가 있어야 합니다. 셋째, 북한이 보유한 핵을 사용하지 않는다는 확신이 있어야 합니다. 넷째, UN 등 국제사회가 이를 용인해야 합니다. 다섯째, 가능한 대한민국 정부가 반발하지 않아야 합니다. 여섯째 군사행동이 성공하려면 목표가 뚜렷해야 합니다. 그런데 지금 그 어느 것도 보장되어 있지 않습니다. 따라서 지금 군사행동을 한다면 실패할 확률이 매우 높다고 판단합니다."

"작전참모! 그렇다면, 자네가 생각하는 최선의 방안을 이야기해보게."

"예! 우선 선양군구는 상부에서 지시한 작전계획을 보완하고 발전시키면서, 진출 성공률을 높이기 위해 우리가 생각한 가정 사항이 충족될 때까지 행동을 보류하며, 북한의 상황을 관찰해야 한다고 판단합니다. 이를 위해 현시점에 우선 북한지역에 군 투입은 바람직하지 않다는 의견서를 상부에 제시해야 합니다. 또한 미국 측과 사전에 협조하여, 우리가 북한에 진출 시는 평양과 원산 선을 잇는 선 이남으로 진출할 뜻이 없음을 명확히 하여 그들도 그 선을 넘지 못하도록 서로 타협점을 찾아야 될 것입니다. 즉 '작전계획 X플랜'에 명시되어 있지 않는 진출목표를 명확하게 정해야 합니다."

"자네 의견에 동의하네. 그러면 상부에 보고할 의견서를 만들어 보게."

"예! 의견서를 작성하여 보고하겠습니다."

　선양군구의 의견서를 접수한 정치국 상무위원회는 긴급회의를 소집하여 제안된 내용을 심층 깊게 토의했다. 해결방안에서는 국가주석 측과 김일성대학을 졸업하고 군부의 의견을 대표하는 장더장 상무위원 측의 의견이 서로 팽팽하게 대립되었다. 일곱 명의 상무위원 중 6명은 우선 지금이 동북공정을 완결할 수 있는 호기이며, 기습의 효과를 거둘 수 있다고 주장했다. 장더장 상무위원과 참고인으로 나온 국방부장은 군사작전이 성공하기 위해서는 선양군구에서 요구한 가정을 충족시키기 위한 노력이 필요하다고 주장했다. 두 견해는 밤늦도록 팽팽하게 맞섰다. 국가주석 겸 군사위원회 주석은 국방부장의 의견에 일리가 있다고 판단하고, 선양군구의 건의를 수렴하여 투입계획의 시행은 가정이 충족될 때까지 일단 보류하기로 결정했다. 그 대신 선양군구 예하부대의 국경지역 수색과 북한 지역에 대한 세부 지형정찰을 강화하며, 앞으로 투입여건을 충족하기 위한 모든 조치를 준비해나가기로 했다. 또한 외교부는 미국, UN 및 한국 측과 접촉을 강화하여 북한 지역 진출의 당위성에 대한 명분을 축적하도록 했다.

음모와 공작

오늘 따라 서울의 날씨는 한반도 상황을 대변하듯이 유난히 황사가 짙게 끼였다. 어둠이 깔리는 4월 3일 오후 7시에 일본대사관 소회의실에는 특별모임의 참가자들이 속속 모여들고 있었다. 모임의 참석자는 좌장격인 아베 하치로 일본공사, 이또 히로시 국방무관, 한국에 진출한 일본금융인협회 대표를 맡고 있는 이케다 신조 노무라증권 서울지사장, 한국 주재 일본기업연합회 회장을 겸직하고 있는 다나까 에이지 미쓰비시 중공업 서울지점장, 한국 국방대학교에서 수강 중인 요시다 신따로 육군 일등육좌 등이었다. 일등육좌는 한국군의 대령과 같은 계급으로, 그는 국수주의자로 일본 방위대학교를 수석으로 졸업한 후, 소령 때부터 한반도 문제 전문가의 길을 걷고 있었다.

이 모임은 한반도 상황이 악화되기 시작한 작년 초부터 공사의 제안으로 시작되었다. 처음에는 서로 친목을 도모하고 정보를 교환하자는 취지에서 프라자 호텔의 일식집에서 한 달에 한 번씩 만나기로 했다. 그러나 한반도 상황이 최악으로 치닫는 작년 말부터는 2주에 한 번씩 일본대사관에서 만나 필요한 상황을 논의하기로 했다. 장소를 대사관으로 옮긴 것은 극도의 보안이 필요하다는 이또 히로시 국방무관의 제안에 따른 것이었다.

"그동안 잘 지내셨는지요? 오늘 따라 황사특보가 내려져 있는데, 오시느라 수고가 많았습니다. 그럼 회의를 시작하겠습니다."

모임의 좌장격인 아베 하치로 공사가 참석자를 돌아보며 먼저 말문을 열었다.

"요즈음 대사관에는 외무성으로부터 많은 긴급지시가 하달되고 있어요. 우리 대사관 근무인원도 평소에 비해 두 배로 증가했습니다. 그만큼 대사관의 일이 많아진 것이지요. 대사께서는 어제 한반도 상황에 대한 특별보고 및 긴급회의 차 본국에 귀국하셨어요. 하실 이야기가 많겠지만, 오늘은 시간을 절약하기 위해 향후 한반도의 상황과 우리의 대응방안에 대한 주제로 한정해서 토론했으면 합니다."

평소에 신중한 그는 동의를 구하듯 주변을 둘러보았다.

"지금 북한에서 일어나고 있는 상황은 일본의 안보에 매우 불안한 영향을 미치고 있다고 생각합니다. 특히 북한에서는 빵을 달라는 시위가 이제는 자유를 달라는 체제 도전적인 시위로 확산되고 있습니다. 북한군은 비상사태와 계엄령을 선포하고 주민들을 통제하고 있으나, 안정될 징후는 보이지 않습니다. 정보에 의하면, 우리의 동맹국인 미국에서는 개입의 시기를 엿보고 있으며, 유사시 무력개입도 검토하고 있는 것으로 판단됩니다. 중국에 주재하는 일본무관의 보고에 의하면, 중국정부도 주도적으로 개입을 확장하면서 동북공정을 적극적으로 추진하려는 움직임이 가시화되고 있습니다. 러시아도 이미 투자한 철도와 항구를 보호한다는 명분으로 군사력의 투입까지를 검토하는 징후가 포착되고 있습니다. 한국정부는 식량과 비료지원을 포함한 인도적인 지원을 확대하고, 탈북자의 원활한 이주를 돕기 위해 중국정부와 협조하고 있으며, 이주민 시설을 대폭적으로 확장하였습니다. 남북한 간에는 앞으로 접촉이 빠르게 늘어나리라 판단됩니다. 북한은 극히 불안정한 상태로 군의 쿠데타 가능성은 아직은 희박하나 상존하고 있으며, 핵시설에 대한 통제는 불안합니다."

이또 히로시 국방무관은 마치 공사와 약속대련이라도 하듯이 핵심적인 상황을 요약하여 보고했다.

"지금 북한의 경제상황은 최악을 치닫고 있습니다. 특히 아사자가 하루에 수십 명씩 발생하고 있는 형편입니다. 북한 김정은 정권이 북한 주민의 호구지책이었던 장마당을 소요의 근원지라고 생각하여 작년에 통제를 강화한 이후 아사자는 크게 증가하였습니다. 그러나 북한이 그동안 지속적으로 추진해온 핵 보유 및 인권 무시 정책으로 UN을 포함한 국제사회가 북한을 돕는 것을 주저하고 있습니다. 특히 북한의 유일한 후원자라고 할 수 있는 중국마저도 북한을 도우려고 적극적으로 나서지 않고 있습니다. 대한민국 정부만이 북한을 돕기 위해 쌀과 비료 등을 지원하고 있으나, 수요에 비해 형편없이 부족한 실정입니다. 북한의 경제적인 붕괴는 수습하기 어려운 상황이며, 이것은 정치적인 붕괴로 연결될 가능성이 높아지고 있습니다. 그래서 한국에 진출한 일본기업들이 한국으로부터 회사를 이전하고 자금을 회수하고 있습니다. 제가 볼 때는 북한에 쿠데타 가능성이 높아가는 것 같은데, 도리어 희박하다고 생각하시는 무관님의 의견을 듣고 싶습니다."

이케다 신조 노무라증권 서울지사장은 경제전문가답게 현재 한반도의 경제상황을 잘 설명한 후 국방무관을 향해 질문을 던졌다.

"북한 군부의 쿠데타가 어려운 데는 다음의 이유가 있습니다.

첫째, 북한의 군부세력은 선군정치의 체제 아래서 오랫동안 북한체제의 수호에 익숙해져 있습니다. 둘째, 북한군은 그동안 김정은에 대한 '우상화 작업'을 지속해왔습니다. 김정은은 군부세력을 중심으로 세력을 확장하면서 김정은 찬양행사와 우상화 작업 등을 통해 군내 지지기반을 확대하였습니다. 셋째, 선군정치로 북한군의 역할이 강화되었지만, 군의 자율성을 억제하기 위한 당 적지도도 강화되었습니다. 북한 군부가 김정은의 통치체제를 반대하거나 당의 노선을 제지 혹은 중단시킬 수 있는 역할을 수행하기 어렵습니다. 북한 군부의 주요 요인들은 노동당의 당직자이며, 북한체제의 동반자이기 때문입니다. 마지막으로 군 간부들에 대한 총정치국의 감시는 최근 들어 더욱 강화되고 있습니다. 군 간부들 간에 지휘계통을 떠난 다른 간부와의 접촉은 철저히 차단되고 있습니다. 서로 접촉이 가능하고 뜻을 모아야 쿠데타를 추진할 수 있는데 그 자체가 어려운 실정입니다. 이것이 제가 김정은 체제를 뒤엎을 군부의 쿠데타가 어렵다고 보는 이유입니다."

이또 히로시 국방무관은 북한 군사문제 전문가답게 자신감 넘치는 목소리로 대답을 했다.

"국방무관님의 말씀 잘 들었습니다. 한반도 통일을 바라지 않는 저희들 민간차원에서는 군부 쿠데타가 북한의 정권을 유지할 수 있는 하나의 좋은 대안이라고 생각하고 있었는데, 그것이 쉽지 않겠군요. 저희들은 북한에 투자한 중국과 러시아의 기업체들이 요즈음 몹시 불안해하고 있다고 들었습니다. 지난 아베정권이 북한의 강한 요구에도 불구하고 북한지역에 투자를 제한한 것은 지금 와서 생각하니 참 잘한 조치로 생각됩니다. 중국과 러시아의 기업체들은 그동안 투자한 자산에 대해 확실한 보장을 받도록 북한 김정은 정권에 압력을 넣어달라고 정부를 압박하고 있다는 첩보를 들었습니다. 한반도 통일로 그들이 북한지역의 각종 이권을 선점하는 것은 좌시할 수 없습니다. 현 상황에서도 그들이 북한지역에서 과다하게 이권을 추구하는 행위를 외교적으로 막아야 된다고 생각합니다. 유사시에는 일본국군이 주한미군과 함께 북한지역에 진주해야 할 명분을 찾아야 합니다." 다나까 에이지 미쓰비시 중공업 서울지점장은 당연하지 않느냐는 듯 공사와 국방무관을 번갈아 바라보았다.

"여러분들의 말씀에 동의하면서 저의 의견을 말씀드리겠습니다."

지금까지 토론을 지켜보던 요시다 신따로 일등육좌가 침묵을 깨며 말문을 열었다.

"지금 일본은 한반도에서 과거의 영광을 되찾을 수 있는 호기를 맞고 있습니다. 북한 김정은 정권은 기아와 시위 등으로 많이 흔들리고 있고, 붕괴될 가능성도 높아지고 있습니다. 한국정부는 아직 한반도 상황에 대한 확실한 주도권을 갖지 못한 채 소극적으로 대응하고 있습니다. 일본은 '아베노믹스'의 성공으로 다시 부강해졌고, 자위대에서 보통군대로 전환한 일본 국방군은 전후 최대의 강한 전투력을 유지하고 있습니다. 미국과의 동맹도 과거 어느 때보다 튼튼하며 중국에 대항하기 위한 동맹전략도 강화되고 있습니다. 미국은 한반도에서 문제가 생기면 일본이 집단적자위권 차원에서 앞장서 주기를 바라고 있습니다. 일본군에는 이미 한반도 유사시 집단적자위권 차원에서 출동할 수 있도록 준비명령이 하달된 상태입니다. 만약 북한이 붕괴되는 시점에서 주한미군이 북한에 진입한다면, 일본도 함께 진군할 명분을 찾을 것입니다. 이를 위해 군에서는 군인들을 관광객으로 위장시켜 북한지역을 정찰하고 있습니다. 저도 작년에 두 차례 북한지역을 여행하며 필요한 지형정보를 확보하였습니다. 이러한 기회는 백년에 한번 오기 힘든 호기입니다. 우리 국군은 이를 잘 활용하여 앞으로 한반도에서 영향력을 최대한 확보할 수 있도록 노력하고 있습니다."

그는 호기라고 말할 때 눈을 유난히 반짝이며, 목소리에 힘을 주어 강조했다.

"요시다 일등육좌의 말씀에는 깊은 뜻이 담겨 있어요."

그의 말을 보완이라도 하려는 듯 이또 히로시 국방무관이 나서며 말했다.

"지금 일본 국방군은 여러분도 잘 아시다시피 센가꾸열도와 다케시마(獨島) 영유권 문제를 놓고 중국 및 한국과 대립을 하고 있습니다. 일본군은 10년 전부터 유사시 이들 섬들을 공격하기 위한 준비를 갖추어왔습니다. 미국의 도움을 받아 해군력을 강화하고 상륙전력을 대폭 증강했지요. 그러나 최선의 방책은 싸우지 않고 이기는 것입니다. 지금 독도를 싸우지 않고 차지할 가장 좋은 기회가 왔습니다. 주한미군을 지원한다는 명분으로 우리가 한반도에 진입하여 주둔하면서 영향력을 행사하게 된다면 독도문제는 손 안대고 코 푸는 격이 되지요."

이또 히로시 국방무관은 의미심장한 미소를 지으며 말을 마무리했다.

"하하하하…."

참석자들은 기다리고 기다리던 호기가 바로 내일로 다가 온 것처럼 서로를 바라보며 통쾌하게 웃었다.

"지금까지 여러분의 말씀 잘 들었습니다. 다들 훌륭하십니다."

좌장격인 공사도 흐뭇한 미소를 지으며 참석자를 둘러보았다.

"지난 주 일본 각의에서는 중요한 결정을 내렸습니다. 한반도가 한국의 주도로 통일되는 것을 최대한 막고, 한반도 유사시에는 미국과 함께 일본이 최대한 영향력을 행사하여 일본의 국익을 최대한 확보하기로 하였습니다. 외무성은 이미 미국 국무성에 한반도에 함께 출동하여 사태를 진압하자고 제안하기로 했습니다. 그리고 북한에 위기상황이 발생 시 중국군이 북한에 진입하지 못하도록 하는 모든 방안을 강구하기로 하였습니다. 마지막으로 우리기업들이 보다 적극적으로 한반도에 진출하여 이권을 챙길 수 있도록 지원하기로 하였습니다."

"그러면 우리는 염려하지 않아도 되겠네요."

공사의 말이 끝나기도 전에 이케다 신조 노무라증권 서울지사장이 함박웃음을 지으며 말했다.

"그렇습니다. 중국과 러시아 기업들은 벌써부터 북한지역에 진출해서 각종 이권을 챙기고 있지요. 우리는 후발주자입니다. 그러니 지금부터 철저히 준비해서 군이 진출할 때 함께 들어가야지요. 따라서 지금 한국에서 기업을 철수하거나 자금을 회수하는 것은 매우 어리석은 행동이 될 수 있습니다."

"도리어 투자를 강화하고, 유사시에 대비한 자금을 확보해야 겠네요."

공사의 말에 다나까 에이지 지점장이 맞장구를 치며 음흉한 미소를 지었다.

"그렇습니다. 그리고 순식간에 북한지역을 먹을 수 있도록 모든 준비를 갖추어야겠지요. 다시 한 번 말씀드리자면, 우리 정부의 1차 목표는 모든 역량을 동원하여 한국 주도의 한반도 통일을 저지하는 것입니다. 1차 목표가 성공하지 못하고 한반도의 통일이 이루어질 경우에는, 차선의 목표는 중국의 관여를 차단하고 한국정부에 영향력을 행사하여 독도문제를 해결하면서, 북한지역에 대한 이권을 최대한 확보하는 것이지요. 우리 그 때까지 손을 잡고 힘차게 진군합시다."

공사는 외교관답지 않게 '진군하자'는 군사용어를 쓰며 톤을 높여 말했다.

"아무렴요! 함께 진군해야지요!"

참석자들은 서로 은밀한 미소를 나누며 모임을 마쳤다.

시간을 절약하기 위해 저녁으로 준비한 도시락은 거의 손도 대지 않은 채 남아 있었다.

그 아버지에 그 아들

강 기자는 요즈음 눈코 뜰 새 없는 바쁜 나날을 보내고 있었다.

우선 연합사령관의 갑작스러운 미국 소환 방문 이후 주한미군의 동향을 매일 체크했다. 미국의 특파원은 무언가 확실하지 않지만, 미국과 일본이 한반도에 대해 은밀한 교섭을 하고 있다는 첩보를 주었다.

일본대사관에서 주기적으로 모이고 있는 그룹에 대한 첩보도 가지고 있었으나, 모임의 성격이나 내용을 파악하기가 쉽지 않았다. 그는 신문기자 특유의 감각을 가지고 이곳저곳을 찔러 보았다. 그 결과 그들이 한반도 정세를 논하는 특별모임을 하고 있다는 정황은 확인할 수 있었다.

강 기자는 지난주에는 3박 4일 일정으로 한만 국경선과 탈북 주민 체류시설을 다녀왔다. 압록강과 두만강 일대에는 중국군이 증강 배치되고 있었다. 특히 과거에는 선양과 하얼빈 등 내륙 깊은 지역에서나 볼 수 있었던 기계화부대가 단둥과 옌지 지역에서도 관찰되었다. 선양군구 부대가 남쪽 국경지역으로 이동 배치된 것이 확실했다.

한반도를 둘러싸고 힘의 대결 양상이 심화되고 있는 냄새가 코를 찔렀다. 이러다 19세기말의 상황이 재현되는 것이 아닐까?

강 기자는 오랜만에 천지에서 통일을 기원하기 위해 백두산을 올랐다. 정일봉은 오늘 따라 뿌연 안개에 휩싸여 볼 수가 없었다. 싱그러운 남풍이 코끝을 스치고 지나갔다. 그렇다! 분명 압록강 이남에서 불어오는 바람은 통일의 바람 같은데, 아직은 누구를 위한 바람인지 확실하지 않았다. 우리 조국을 위한 바람이 될 수 있도록 부족하나마 최선을 다해야 된다고 생각했다.

아직은 얼음 같은 천지에 발을 담그며, 통일의 열망을 담은 시를 한 편 썼다.

백두산

내 영혼마저 가 닿을 수 없는
하늘과 땅 사이를 채우고 울림하여
노녘 달 향한 민족의 염원 간직한 채
겨레의 소망을 부둥켜안고
수수억 년의 전설로 나무를 키우고 가람도 열어
무게만큼의 흔적을 남긴 너

용트림하듯 솟구치는 육중한 몸짓으로
열여섯 봉우리를 한 식구처럼 둘러앉히고
또 한 생을 영겁의 뿌리로 굳게 내려
늘 푸른 천지를 품에 어우르며
마루 무게 우러러 받치고
조국을 향해 우뚝 솟은 너

언젠가는 나도 너 같은 뫼가 되어
드높은 꿈 산울림으로 되새김하고
새로운 동살이 광야를 밀어 올리면
내 혼불과 꿈마저 불태워

영원히 꺼지지 않는 활화산으로
통일의 밑불을 타오르게 하리라

선양공항으로 가는 길에 단둥에 있는 탈북주민의 체류시설을 둘러보았다. 임시로 설치된 수 백 개의 24인용 텐트가 늘어서 있었다. 각 텐트마다 허리가 몹시 굽은 할머니부터 영양실조로 배가 불쑥 튀어나온 어린아이까지 50여 명이 불안한 표정으로 웅성거리고 있었다. 혹시라도 강제로 북한지역으로 압송될까봐 걱정하는 모습이 얼굴에 그대로 드러나 있었다. 국제적십자사 요원들이 몇 명 보이는 것이 그나마 위로가 되는 모습이었다.

귀국하자마자 기사를 쓰고 집에 오니, 개성공단에서 일하고 있는 아들 강민국이 모처럼 1박의 일정으로 외박을 나와서 그를 기다리고 있었다. 지척에 근무하고 있지만 2개월 만에 보는 아들에게서 무언가 과거에는 맡아보지 못했던 냄새가 나는 것을 느꼈다. '무엇일까?' 가슴속으로 스미어드는 냄새의 정체를 확인하려고 코를 벌렁거려보아도 좀처럼 알 수 없었다. 이 냄새를 확인하지 않으면 근질거려 잠을 잘 수 없을 것 같다는 생각이 들었다.
아내 조영숙은 모처럼 아들이 와서 그런지 조금은 흥분한 표정으로 저녁상을 내놓았다. 아껴둔 굴비도 굽고 소주도 한 병 내놓았다. 어머님 황선영도 모처럼 손자를 보아 무척 기쁘신지 연신 손자 옆자리를 지키며 굴비 한 쪽을 발라 손자 숟가락에 올려놓고 계셨다.

"우리 민국이 수고가 많구나! 자! 밥 먹기 전에 우리 한 잔 하자!"

"아버지 웬 일이세요? 집에서는 술을 안 드시더니…."

"너의 어머니가 웬 일로 소주까지 준비해놓았는지 나도 모르겠다."

"자! 한 잔 하자!"

"여보 시간이 많은데, 왜 이렇게 서둘러요?"

조영숙이 옆자리에 앉으며 거든다.

"크! 술맛은 소주가 최고야!"

"아버님은 소주 밖에는 모르시잖아요?"

"그래 요즈음 개성공단지역의 분위기는 어떠냐?"

"지난번 개성주민들이 월남한 사건 이후로 국가안전보위부 요원들이 쫙 깔려 있어요. 겉으로는 조용한 것처럼 보이나, 속으로는 부글부글 끓고 있는 언제 터질지 모르는 휴화산 같아요."

"그래 우리 민국이 한사코 몸조심해야 한다. 이제 서울 본사에 와서 근무하면 안 되겠니?"

요즈음 손자 걱정에 잠을 설치는 황선영이 마침 잘 되었다는 듯 끼어든다.

"할머니 걱정하지 마세요. 우리에게 무슨 일이 생기겠어요. 북
쪽 근로자와 개성 주민들이 걱정이지요."

"무슨 소리냐! 요즈음 방송에서는 북쪽이 철도와 도로를 언제
끊을지 모른다고 야단이더구먼…. 본사에서는 뭐라고 하던?"

조영숙은 걱정이 되는 듯 강 기자를 바라보며 응원을 요청한
다. 조영숙은 요즈음 개성공단 소식만 나오면 만사 제쳐놓고 TV
앞에 앉아 시시콜콜한 뉴스까지 다 보는 버릇이 생겼다.

"여보 그만 됐어요! 민국이도 이제 어린애가 아니잖소. 민국
이가 나오면 다른 직원이 들어가야 될 터인데…."

"민국아! 네 나이가 서른을 넘었는데 이제 장가를 들어야지?
내 친구 경숙이 아줌마의 외동딸 세영이 너도 잘 알지. 이화여대
를 졸업하고 지금 저희 아버지 회사에 근무하는데 언젠가는 회사
를 물려받을 것 같다. 미인에다가 키도 크고 너를 좋아하는 눈치
여서 내가 경숙이 아줌마에게 이야기 하니 천생연분 아니겠냐고
좋아하더라. 내일 너에게 소개를 하려고 너를 나오라고 했다."

조영숙은 엄지손가락을 치켜세우며 최고의 신붓감임을 내세
웠다.

"그래 애야! 어미 말대로 나도 세영이를 보니 예쁘고 싹싹한
게 딱 마음에 들더라."

황선영이 굴비조각을 손자의 숟가락에 올려놓으시며 옆에서 거든다.

"할머니! 어머니! 음…. 사실은 좀 드릴 말씀이 있어요."

강민국은 그동안 가슴에 품고 있었던 사항을 이제는 솔직히 이야기를 해야 한다고 생각했다.

"무슨 일인데?"

조영숙이 궁금하다는 듯 쳐다본다.

"저 지금 선볼 필요 없어요. 아직 장가들 나이도 아니고, 개성공단에서 예쁜 아가씨를 사귀고 있어요."

"뭐라고! 장가들 나이가 아니라니? 이웃집 네 친구 장가들어 손자 본 것 알고 있잖니? 그리고 너는 그동안 그런 중요한 이야기를 어떻게 한 번도 안했냐?"

"지난 번 외박 나올 때까지는 확신이 안서서 말씀을 못 드렸어요."

"그러면 지금은 그 아가씨와 결혼이라도 한다는 말이야? 내가 보면 세영이와 비교도 안 될 텐데…. 내일 세영이를 보자구나."

"…."

"그러면, 네가 사귄다는 아가씨는 너희 회사에서 근무하는 아가씨냐?"

"어머니 사실은 그게 아니고요. …. 북한 아가씨에요."

"뭐라고!"

조영숙은 소스라치게 놀라며 수저를 떨어뜨렸다.

"함께 근무하는 북한 아가씨라고요."

"아니? 그게 무슨 소리냐? 북한 아가씨하고 사귄다고?"

"예! 할머니! 북한 아가씨하고 사귀고 있어요."

"아니 여보! 이게 말이 되는 이야기예요. 어떻게 우리 민국이
가 북한 아가씨하고 사귈 수가 있어요?"

조영숙은 도저히 믿기지 않는다는 듯 귀를 문지르며 소리쳤다.

"여보! 좀 진정하고 민국이 이야기를 더 들어 봅시다. 그래 북
한 아가씨라면 회사 내 봉제라인에서 일하는 아가씨란 말이냐?"

"아버지! 그 것은 아니고요. 북한 중앙에서 파견된 감찰반장
이라고 할까요. 그러니까 우리 공장 노동자들을 감시하고 감찰하
는 아가씨에요."

"아니 애야! 뭐 누굴 감시하고 감찰하는 아가씨라고…? 그런
아가씨하고 네가 사귄다는 말이냐? 절대, 절대, 안 된다."

평생을 인권 개선문제에 매달리고 있는 조영숙이 감찰반장으
로 근로자를 감시한다는 말에 더욱 조바심이 나는 듯 바짝 다가서
며 언성을 높였다.

"…."

"아니, 사귀고 사랑하는 것은 결혼을 전제로 하는 것인데….

그것은 잘 못 되어도 한참은 잘못된 일 아니냐?”

조영숙의 얼굴은 심히 일그러지고 있었다.

“어머니! 오빠 말을 조금 더 들어 보세요.”

그동안 침묵을 지키고 있던 딸 강선화가 나섰다. 그녀는 숙명여대를 졸업하고 북한대학원대학교에서 북한학을 공부하고 있는지라, 갑자기 호기심을 보이며 오빠를 지원했다.

“여보! 조금만 진정하고 더 들어 봅시다. 우리에게 이야기하는 것이 이미 범상치 않는 일 같은데, 그래 앞으로 어떻게 할 계획이냐?”

“아버지! 아직은 저도 잘 모르겠어요. 그녀를 좋아하고 있어요. 그리고 통일이 온다면 결혼할 수도 있다고 생각해요.”

“아이고! 머, 통일? 그리고 결혼을 한다고…. 아이고! 이 놈이 북한 땅에 가서 살더니 미쳐도 단단히 미쳤구나!”

지금까지 아들에게 심한 꾸중 한 번 한 일이 없는 조영숙의 입에서 불시에 ‘이 놈’이라는 표현이 튀어나왔다.

“여보! 잠깐만 좀 있어요. 그래 통일이 올 수 있다고 생각한단 말이지.”

“예! 아버지. 지금 개성과 공단지역 사람들은 남쪽을 바라보며 숨죽이고 그 날을 기다리고 있는 것 같아요. 제 생각에 우리 정부가 조금만 더 북쪽 주민들을 배려하는 정책을 쓰면 북한주민들이 들고 일어날 거라는 생각이 들어요."

"네가 사귄다는 그 아가씨 이름이 뭐냐? 그녀도 그렇게 생각하느냐?"

"김지혜라 하는데, 아직 통일에 대해서는 깊은 이야기를 나누지는 못했지만, 주민의 인권과 삶의 질을 보장해주는 우리 자유민주주의를 좋아하는 느낌이에요."

"우리 오빠 너무 멋져! 이거 정말 멋진 세기의 로맨스가 되겠는데!"

강선화가 오빠를 보며 엄지손가락을 치켜든다.

"아니, 얘가 철딱서니가 없기는…. 그게 무슨 얼어 죽을 로맨스냐? 기름을 지고 불에 뛰어드는 격이지. 그런데, 그 북한 아가씨가 인권을 이야기하고, 자유민주주의를 좋아한다는 거냐?"

인권 이야기가 나오자 조영숙이 반신반의하면서 조금 누그러지며 관심을 표했다.

"그녀는 노동자의 인권과 자유가 보장되는 우리 공장의 작업 환경을 무척 부러워해요. 남한의 공장들이 다 이러느냐고 물어보기도 하고요. 조금씩 우리 자유민주주의 체제를 동경하는 눈빛이에요. 우리 둘이만 있는 곳에서 그녀가 인간이 인간답게 살 수 있는 인권이 북한에서도 필요하다고 말했어요."

"그래, 벌써 새벽 1시가 넘었는데 이제 눈을 부치고 내일 이야기하자구나."

대화를 지켜보던 황선영은 최고 조건의 신부감인 세영이를 놓치는 손자가 안쓰러운지 손자의 손을 꼭 쥐며 말했다. 내일 세영이를 보아야 한다고 완강하던 조영숙도 더 이상은 고집을 부리지 못하고 일어나 아들 잠자리를 챙겼다.

아들 민국이 잠시 다녀간 날, 강 기자의 머릿속은 더욱 복잡해지기 시작했다.

'개성지역이 폭발 일보 직전의 휴화산이라? 북한주민들이 남쪽을 바라보기 시작했다? 정부가 북한주민들을 위해 조금만 더 배려하면 우리 남쪽과 통일도 가능하다고 북한주민들이 생각한다? 민국이가 북한 아가씨와 사귀는데 통일이 되면 결혼할 생각이다?' 강민국의 말이 계속 귓가를 맴돌았다.

평생을 꿈꾸던 통일이 다가오고 있는 것일까? 아직은 소설 같은 이야기 아닌가? 내가 지금 해야 될 일은 무엇인가? 어떻게 해야 하는가? 질문은 꼬리에 꼬리를 물고 이어지고 마음은 더욱 답답해졌다.

그는 며칠 전 중국에서 압록강 너머로 본 북한의 실상이 눈에 아른거렸다. 재작년 방문 때는 이 쪽에서 손을 흔들면 건너 편 주민들이나 군인들이 손을 흔들어 답례하곤 했다. 이번에 본 북한은 삼엄한 경계 때문인지 강가에 빨래하던 주민들이 보이지 않았다. 군인들도 손을 흔드는 대신 여차하면 쏠 자세로 총을 겨누고 있었다.

탈북난민이 까닭 모를 공포에 싸여 웅성거리던 단둥의 텐트촌이 눈앞에 아른거렸다. 어머니 또래의 할머니의 불안한 눈빛은 지금도 가슴을 때리고 있었다. 남쪽으로 이동하고 있는 중국군의 전차소리가 들렸다. '우리가 저들을 위해 무언가를 해야 한다. 중국이나 국제적십자에만 맡겨 놓을 일이 아니다. 저들은 우리의 동포요, 통일이 되면 우리 국민이다. 우리가 나서서 저들을 도와야 한다. 그들이 대한민국의 품에 안길 수 있도록 나부터 도와야 한다'고 생각한 그는 그들의 사진을 담은 기사를 썼다. '국민들이여! 발 벗고 우리 동포를 돕자'는 제목을 붙였다. 국민의 마음을 움직인 특종기사였다.

이 위기를 호기로 만들어야 한다. 서로 힘을 합쳐야 한다. 여기까지 생각이 미치자, 그는 친구들을 빨리 만나야 한다고 생각했다.

베를린의 밤은 깊어가고

　　서울의 거리에는 개나리가 활짝 피기 시작했다. 하루 종일 바쁘게 움직이며 수집된 정보로 막 탈고를 하고 식당으로 향하는 강기자의 눈에 처음으로 활짝 핀 개나리의 모습이 들어왔다. 강 기자가 정읍식당에 들어서니 신소녀 대표가 기다렸다는 듯 얼른 뛰쳐나왔다. 보고 싶었는데 왜 자주 오지 않았느냐고 뽀로통한 입술과 꾸짖는 눈빛이 귀엽기까지 했다. 요즈음은 시간을 아끼느라 신문사가 있는 마포와 통일부가 있는 광화문 근처에서 주로 식사를 하다 보니 지근거리에 있는 인사동도 쉽게 올 수 없었다.

방에는 벌써 기본 반찬이 차려져 있었다. 시간을 쪼개 쓰는 오빠들의 입장을 고려한 배려였다. 약속시간이 되니 시간을 칼처럼 지키는 것을 매너로 알고 있는 친구들이 다 도착해서 성원이 되었다.

무엇을 주문한 것도 아닌데 오빠들의 식성을 꿰차고 있는 신 대표가 오늘 주 메뉴를 돼지고기 쌈밥으로 준비해 두었다. 여기에 달래와 씀바귀무침, 봄동 겉절이, 냉이국과 홍탁 삼합이 곁들여졌다. 오빠들을 생각하는 신 대표의 정성이 그득 담긴 입맛을 돋우는 음식이었다.

"오늘 우리가 이렇게 모인 것은 그동안 서로 바빠 3월 모임도 하지 못했고, 잘못하면 이번 달도 어려울 것 같아 내가 급히 제안을 했소."

정읍의 특산물인 자생녹차로 입가심이 끝나자 강 기자가 먼저 본론을 이야기했다.

"먼저 그동안의 근황을 내가 먼저 이야기하고 차례로 돌아가면서 이야기합시다. 지난주에 중국과 북한의 국경지역과 탈북난민을 수용하고 있는 단둥지역을 다녀왔네. 국경지역에는 중국과 북한 모두 살벌하게 군사력을 증강 배치하고 있었네. 특히 중국군은 기계화군단을 국경지역 근처로 추진하여 배치하고 있어 많이 놀랐지. 탈북난민들은 무척 불안해하며 떨고 있었네. 그리고 개성지역에서 일하고 있는 민국이가 집에 다녀갔다네. 민국이 말에 의하면 개성지역의 상황은 폭발 일보전의 휴화산과 같다고 하네. 친구들이 잘 알다시피 한반도를 둘러싸고 있는 주변국의 정세도 숨가쁘게 돌아가고 있지. 통일이 가까이 다가오는 것 같은 데, 그들이 이를 방해하려는 징후가 나타나고 있네. 그리고 미국과 중국은 유사시에는 북한지역에 먼저 진입하든지, 한반도를 재분할하려는 시도를 하고 있는 것으로 추정되네. 즉 통일 직전의 독일과 비슷한 상황이 지금 한반도에서 일어나고 있다고 생각하네.

통일은 말없이 다가오고 있는데 많은 국민들이 두려워하고 있지. 자네들도 잘 알지만 통일이 어려운 문제만을 제기하는 것은 아니지 않나. 골드만 삭스는 한반도가 통일이 된다면 2050년경에는 일본과 독일 등을 제치고 세계 5위권 이내의 일류국가가 될 수 있다고 예상하고 있네. 심지어 세계의 중심국가가 될 것이라고 예측하는 기관도 늘어나고 있지. 우리는 통일에 대한 자신감을 가져야 하고, 갑자기 다가올 수 있는 통일에 대한 준비를 해나가야 한다고 보네. 이를 위해서는 정치권에서 주도적으로 논의하고 준비를 해야 하는데 아직 미흡하다고 보네.

그래서 우리가 초심으로 돌아가 1990년대 초에 당시 베를린에서 만나 밤새워 가며 정열적으로 토의했던 사항들을 다시 한 번 들추어보며 미래지향적인 좋은 안들을 논의했으면 하네. 자네들 생각은 어떤지?"

강 기자는 동의를 구하듯 친구들을 둘러보았다.

"나도 그 생각을 하고 있었는데, 시의적절한 좋은 제안이라고 생각하네."

황만주 국정원 대북정책담당관이 나서며 말을 받았다.

"우리 강 기자가 단둥에 있는 탈북민 수용시설을 다녀왔다고 했는데, 나도 최근에 그곳을 다녀왔네. 지금 북한에서는 많은 정치범들이 처형되고 있지. 특히 평양에 내려진 계엄령 이후 처형자 수는 기하급수적으로 증가하고 있다네. 나는 조금 늦은 감은 있지만, 지금이라도 한국형 '프라이카우프(Freikauf)'를 검토해볼 가치가 있다고 생각하네.

우리 정부는 지난 20년 동안 프라이카우프를 검토했었지. 그러나 정파논리에 막혀 지금까지 한국형 프라이카우프를 통해 자유를 찾은 납북자나 국군포로는 단 한명도 없었네. 이산가족문제가 해결된 사례도 없다는 것은 친구들도 잘 알고 있잖은가.

프라이카우프란 서독이 동서독 분단체제에서 동독의 정치범에 대해 대가를 지불하고 데려오던 사업을 말하지. 베를린 장벽이 설치된 직후인 1963년에 시작하여 베를린 장벽이 허물어진 1989

년까지 지속되었다네. 이 사업이 지속된 26년간 3만 3,755명의 동독 정치범이 서독으로 넘어왔고, 이에 대해 약 15억 달러인 34억 6,400만 마르크 규모의 생필품이 대가로 동독에 지급되었지. 동독 반체제 인사 1인당 약 10만 마르크를 지불한 셈이며, 이는 당시 서독 1인당 국민소득의 5배를 상회하는 큰 금액이었다네.

사업은 서독 정부의 지원 하에 서독 교회와 동독 비밀경찰을 창구로 철저하게 비밀리에 진행되었지. 당시 서독의 유력 언론이었던 슈피겔지가 프라이카우프 관련 내용을 보도했을 때, 서독 정부는 사업의 존재 자체를 부인했네. 나중에는 언론사 편집인들에게 국익차원에서 보도를 자제해 달라고 요청했었네. 언론사들은 숙고 끝에 정부의 방침에 협력하기로 했지. 그 후 사업이 종료될 때까지 이 사업은 단 한 번도 언론에 노출되지 않았었네.

'동독에 대한 경제지원은 동독정권의 안정에 기여한다.' 이것은 1970년대 서독 내 보수진영이 동독에 대한 지원을 반대하는 기본논리였지. 하지만 '신동방정책'을 추진하던 당시 빌리 브란트 총리는 '대가의 지불이 동독 주민의 복지증대에 기여할 수 있고, 동독의 철권통치를 완화시킬 수 있다'는 논리를 들어 사업을 강행했었네. 이후 서독 보수정당의 집권에도 불구하고 이 사업은 지속되어 많은 동독의 반체제 민주인사들에게 자유를 부여했지. 결과적으로 동독체제의 부도덕성과 정당성의 결여를 동독주민들에게 알리는 데 기여했네.

프라이카우프 사업이 성공을 거둔 열쇠는 비밀유지와 함께 정권의 성향을 넘어선 정책적 지속성에 있었다네. 비밀유지는 서독 사회 내의 불필요한 갈등과 분열을 방지하기 위한 조치였지. '우리에게 정치범은 없다'고 주장했던 동독 정권의 협력을 유도했네. 동독 정권은 서독으로부터 받은 물질적 대가를 이용해 자신들의 정권을 강화할 수 있을 것이라고 판단했지만, 결과는 정반대로 나타났었네. 프라이카우프 사업이 독일 통일을 앞당겼다는 주장이 나오는 배경이라네.

동독 정부는 프라이카우프를 통해 골칫덩이인 반체제인사들을 서독으로 보낼 수 있을 뿐만 아니라, 서독의 지원을 자신들의 정권을 안정화시키는 데 활용할 수 있다는 점에 만족했었지. 그러나 이는 장기적으로 동독주민에게 서독의 정통성과 도덕적 우월성을 확립하는 결정적 계기로 작용했다네. 동독주민의 어려움과 고통을 덜어주기 위한 서독 정부의 지속적 노력을 동독 주민들에게 숨기는 것은 불가능한 일이었기 때문이라고 보네. 그 결과 동독주민들은 결정적인 순간에 베를린장벽을 허물고 서독을 선택하는 데 주저하지 않았었지.

인도적 문제에 있어 여야와 정파 간의 인식차가 있을 수 있다고 보네. 다만, 국군포로, 납북자와 이산가족 문제의 신속한 해결을 넘어 인권의 절망적 사각지대인 북한 정치범수용소에 갇혀 있는 수많은 사람들에게 하루 빨리 도움의 손길을 내밀어야 하는 급박함이 우리 앞에 놓여 있지 않은가? 또한 그것이야말로 우리 체제의 도덕적 정당성을 스스로 확인하는 당당한 길이지 않겠는가?

따라서 지금이 프라이카우프 제도를 시행할 수 있는 최적기라 생각되어 이를 강력히 주장하네. 우리 국정원에서 이를 주장했었는데 정치권의 공감을 못 얻어 지금까지 북한과 협상을 못하고 있지. 우리가 이것을 관철시키기 위해 함께 노력해보세."

"친구의 이야기에 전적으로 공감하면서 그에 대해 나도 한마디 하고 싶네."

강 기자가 나섰다.

"몇 년 전이지만 어느 대북사업가가 북한과 중국의 접경지역에서 북한주민들을 대상으로 실시한 조사의 결과는 충격적이었네. 당시 '북한에 급변사태가 발생할 경우 어디로 갈 것인가?'를 묻는 질문에 대다수 북한주민들은 한국이 아닌 중국을 선택했었지. 남북관계가 경색된 현재의 상황이 당시보다 좋을 리가 없다고 보네. 북한주민이라고 해서 중국에 대한 정서가 우리와 크게 다를 것이 없을 것이네. 그럼에도 불구하고 핏줄보다 중국을 선택한 북한주민의 마음을 어찌 해석할 수 있을까? 그들이 어렵고 힘들 때 우리가 진정으로 신뢰할 수 있는 동포의 모습을 보였다면, 이와 같은 결과는 결코 나타나지 않았을 것이네.

결정적인 순간에 동독의 주민들은 서독을 선택했네. 이는 프라이카우프 등 동독을 향한 서독의 장기 전략에 입각한 지속적인 노력의 결과였지. 현재와 같은 남북관계가 지속된다면 북한주민들이 독일과 유사한 상황에서 한국을 선택할 것이라고 누가 확신할 수 있겠는가? 통일은 요란한 구호로 오지 않으며, 실천의지를 담은 구체적이고도 지속적인 노력의 결과로 다가온다는 것을 명심해야 한다고 생각하네.

현 시점에서 통일정책의 가장 중요한 것은 통일을 향해 가용한 모든 정책과 수단을 동원하는 것이라고 생각하네. 그 중 제일 중요한 것이 북한주민의 신뢰를 확보하는 일이라고 보네. 어떠한 상황에서도 북한주민의 고통을 경감하고 인도적 위기를 해소하기 위한 우리의 노력은 지속되어야 할 것이네. 이를 위해 여야와 정파를 초월한 협력체제의 형성과 국민적 합의구도가 마련되어야 한다고 보네. 우리에 대한 북한주민의 신뢰 없이 우리가 원하는 통일은 오지 않는다고 생각하네. 우리 친구의 이야기대로 독일통일의 평범한 비밀을 우리 모두가 깊이 반추할 때일세. 늦었지만 바로 시작해야 된다고 생각하네."

"두 친구의 훌륭한 이야기를 들으면서 나는 당시 주변국을 설득하기 위해 동분서주하던 거인 콜 총리를 생각하였네."

고개를 연신 끄떡이며 듣던 이대한 외교부 정책기획관이 바통을 이어받았다.

"다가오는 통일과정에서 주변국들의 지지와 협조는 반드시 필요한 요소이지. 그들은 한반도의 분단 상황이 지속되는 것이 자국의 이익에 유리하다고 판단할 수 있을 것이네. 통일 한국이 주변국들에게 위협이 되지 않고 동북아 지역의 평화와 안정에 기여하리라는 확신을 주어야 한다는 말이지. 그래야만 당시 영국의 마가릿 대처 수상이나 프랑스의 프랑수아 미테랑 대통령이 독일 통일을 반대한 것처럼, 한반도 통일을 적극적으로 반대하지는 않을 것이라 판단되네. 한반도는 지정학적으로 중요한 위치에 있으므로 주변국들은 자신들의 안정을 위해 한반도의 안정적 구조를 바랄 것이기 때문이지.

우리는 독일의 통일을 국제적으로 보장한 2+4조약을 눈여겨볼 필요가 있네. 2+4조약은 독일 통일을 이루기 위해 필요한 주권 문제, 군사적 문제, 영토 문제를 주된 내용으로 삼고 있지. 우선 독일은 2+4조약으로 인하여 주권을 완전히 되찾았네. 독일 이외에 조약에 참여한 전승 4개국인 미국, 소련, 영국과 프랑스로부터 독립하여 자신들의 동맹을 결정할 권한을 갖게 된 것이지.

독일은 더 이상 패권을 추구하는 국가가 아니라는 것을 천명하기 위하여 군사적인 문제 또한 '2+4조약'에 담았었네. 그래서 독일군의 규모는 37만 명으로 제한되었고, 핵확산금지조약이 동서독 모두에 대해 적용되었었지. 동독지역과 베를린에는 외국군과 핵무기 및 핵무기를 장착할 수 있는 무기가 금지되기도 하였었네. 조약체결 이전과 마찬가지로 소련군이 동독지역의 방어를 맡았었지. 이것은 1994년 소련군이 동독지역에서 철수하기 전까지 이어졌었네. 그래서 우리가 베를린에 있을 때도 소련군을 구경했었지. 우리 모두 너무 잘 알고 있듯이 소련군의 주둔과 철수에 관한 비용은 서독 정부에서 지원했었지. 이 조약은 독일의 국경을 확실히 정하여 독일이 통일되었을 때에 일어날 수 있는 영토 분쟁을 방지하고자 하였었네. 그 결과 독일의 영토는 동독, 서독의 영토 및 베를린으로 결정되었었지. 우리도 주변국의 영향력과 우려를 감소시키기 위해 이러한 회담과 조약이 필요한지를 잘 검토해야 할 걸세."

"통일을 앞당기기 위해 국제적인 여건을 조성해야 한다는 친구의 좋은 제안 잘 들었네. 우리에게 '2+4회담'이 유용할지 혹은 '2+2회담'이 더 바람직할지는 조금 더 검토해볼 문제라 생각하네. 내 생각에는 간접 당사자인 러시아와 일본은 일단 제쳐놓고 직접 이해 당사자인 미국과 중국을 회담에 초청하는 것이 어떨까 하네"

황만주가 다시 나서며 의견을 제시했다.

"앞으로 북한의 변화는 주변 환경에 영향을 받을 것이네. 김정은 정권의 북한은 근본적으로 변화를 거부하려는 움직임을 보이고 있지. 왜냐하면 북한은 1990년대 동구권의 변화과정에서 체제가 무너지고 정권이 붕괴되는 과정을 목격하였기 때문에, 변화가 바로 체제와 정권유지에 영향을 주리라고 판단하기 때문일세. 그럼에도 불구하고 북한은 변화를 위한 제한요소와 촉진요소를 동시에 지니고 있지. 따라서 북한 변화의 제한요소를 제거하고 촉진요소를 강화할 수 있는 전략이 필요하다고 보네. 그래야 우리가 우려하는 북한의 '급변사태'를 막을 수 있고, 급변사태 발생 시는 이를 잘 활용할 수 있을 걸세.

이를 위해서는 그동안 우리가 연구해온 독일의 통일정책을 유심히 들여다 볼 필요가 있지. 통일 전의 동독도 지금의 북한과 유사한 제한요소를 갖고 있었지. 따라서 서독의 교류협력과 통일의 과정을 보면 우리에게 시사하는 바가 크지. 왜냐하면 서독은 통일을 내세우지 않으면서도 간접적인 접근전략을 통해 동독을 변화시키기 위해 노력하였네. 동독이 공산주의체제와 공산당의 정권유지를 위해 변화를 거부한 가운데서도, 교류협력을 지속하는 전략을 유지하였기 때문이지.

우리가 잘 알다시피 분단 이후 서독은 긴장완화와 분단고통의 감소라는 정치적 목표를 달성하기 위해 다양한 수단을 통해 동서독 간 교류협력을 활성화시켰지. 특히 사민당의 브란트정부는 양독일 간의 정치와 군사문제를 경제교류협력에 연계시키지 않는 정경분리원칙에 의하여 민간부문과 경제교류협력을 증진시켰네. 정부 차원의 경제협력은 분단고통의 감소, 긴장완화 차원에서 서로 연계시키는 상호주의 전략을 취하였지.

즉 서독은 베를린과 연결하는 교통망 확충을 위해 고속도로 및 운하건설에 14억 마르크를 연방재정에서 부담하기로 하였지. 동독 측은 이에 대한 반대급부로서 서독 사람들이 동독을 방문할 때는 산재연금 수령자는 최소 환전의무를 면제해주고, 정치범을 석방하는 등의 조치를 취했네. 이외에도 1983년과 1984년에 서독 정부는 동독에게 19억 마르크를 제공하였으나, 상호주의 원칙에 의거하여 교류의 확대, 내독 간 국경에서의 수속절차 완화, 환경과 문화협정 회담 재개 등을 동독 측에 요구하고 이를 성사시켰었지. 정부차원의 경제협력은 상호주의 원칙을 적용하였으나, 동독주민들의 생활수준을 증진시키기 위해 서독주민들이 개인적 차원에서 동독주민들에 대한 각종 지원을 할 수 있도록 허용하는 등 인도주의적 민간지원을 확대하는 정책도 동시에 추진하였네.

이를 통해 서독정부는 동독주민들이 서독사회를 동경하게 유도하였지."

"아! 그렇지! 맞아! 나도 자네들의 의견에 동의하네. 서독이 추진한 '신동방정책' 아래에서 동독의 변화를 위해 도모한 전략과 정책에 대해 우리에게 줄 수 있는 구체적인 시사점을 짚어보는 것이 매우 중요하다고 생각하네."

김상웅 회장이 나서며 이야기 했다.

"먼저, 서독은 동독과 교류협력을 추진하면서 동독이 교류협력에 소극적이라는 측면을 고려하여 비탄력적 상호주의 원칙에만 집착하지 않았었지. 예를 들면 공연, 전시회, 운동경기 등을 개최하는 경우에는 동독에서의 개최빈도와 서독에서의 개최빈도를 동일하게 적용하는 것이 아니라, 어느 한 지역에서만의 개최조차도 수용할 수 있는 탄력성을 보여주었다네. 또한 이러한 교류협력에 소요되는 비용부담의 경우에도 동독의 경제적인 어려움을 고려하여 서독이 좀 더 많은 부담을 안을 수 있다는 자세를 보여주었지. 그리고 교류협력의 지속적인 유지를 고려하여 가능한 한 일방통행식의 교류를 자제하였네. 교류의 내용과 폭은 다양한 내용을 가지되, 이해관계가 호혜적 차원에서 관철될 수 있는 자세를 견지하였었지. 즉 포괄적이고 신축적인 상호주의를 적용하여 동독의 변화를 촉진시켰다네."

"친구의 말에 동의하면서 나는 이 점을 강조하고 싶네."

이대한이 말을 받았다.

"서독은 교류협력분야를 선정할 경우에는 가능한 동서독이 공동으로 관심을 가지는 분야 중 동독이 상대적인 우월성을 가지고 있다고 판단하여 좀 더 쉽게 응해 오리라고 여겨지는 부문과 교류협력을 통해 동독이 경제적으로 이익을 취할 수 있는 분야 등을 우선적으로 고려했었지."

"참 좋은 이야기야! 이것도 좋은 시사점이 될 수 있을거야."

황만주가 나서며 말을 꺼냈다.

"서독은 정부와 병행하여 민간차원에서 교류협력이 활성화 될 수 있도록 인도적이고 행정적인 지원과 함께 재정적으로 지원하였지. 특히 서독은 민족적 동질감을 증진시키기 위해 청소년 교류를 지원했었네. 동독체제의 선전을 위해 추진했던 청소년 교류는 선발된 동독 청소년들이 오히려 서독체제에 동경심을 갖게 되는 역효과를 가져왔지. 중요한 사실은 동서독 청소년들 간의 만남이 상호 현실 및 상대방에 대한 이해의 무대가 되었다는 사실이네. 즉 밑으로부터의 변화를 자연스럽게 촉진하였네."

"혹시 이 점도 매우 중요하지 않을까?"

박겨레 장군이 군인의 입장에서 우려되는 사항을 짚었다. "동서독 교류협력에서 주목해야 할 중요한 사실은 서독이 동독과의 교류협력에서 현금 대신 물품지원을 선호했다는 사실이야. 이는 북한이 남북 교류협력을 통해 획득할 수 있는 외환을 핵개발 등 군사 분야에 투입할 가능성이 상존하고 있다는 우리의 우려를 감소시킬 수 있다는 점에서 많은 시사점을 제시한다고 보네."

　　"모두 훌륭한 의견이라 생각하네. 나는 상호주의 정신을 강조하고 싶네."

　　조용히 듣고 있던 강 기자가 나섰다.

　　"서독은 '접촉을 통한 변화'라는 통일정책 아래에서 인적 교류를 물적 교류와 연계시켜 교류의 폭을 확대시키는 데 최대의 초점을 두었지. 그래서 인적교류의 확대를 위한 양보를 동독으로부터 받아내기 위하여 동독이 양보할 때마다 신축적 상호주의 전략에 따라 적정한 대가를 지불했었네. 동서독 간의 교류협력 관계는 서독의 적극성과 동독의 소극성이 맞물려 처음에는 극도로 제한된 교류에 한정되었었지. 그러나 특수한 관계를 정립한 기본조약 이후 호혜주의에 바탕을 둔 상호주의 정신에 따라 교류와 협력을 통해 신뢰를 회복하고 나아가 민족적 동질성 회복을 추구했었네."

"야! 우리 친구들 참 대단해! 우리가 이렇게 요약정리를 하니 한 눈에 쏙 들어오네."

통일정책의 문제를 처음 제기한 이대한 정책기획관이 다시 말을 받으며 감탄사를 연발했다.

"서독정부가 동독의 변화를 추구했던 '신동방정책'은 1969년부터 1974년까지는 사민당의 빌리 브란트 총리에 의해서 추진되었지만, 이어 1982년까지는 헬무트 슈미트 총리에 의해 집행되었었네. 그 후 1982년부터 통일이 된 1990년까지는 보수당인 기민연 출신의 헬무트 콜 총리에 의해 추진되었지. 실제로는 이 시기가 '신동방정책'이 가장 많은 성과를 보여주던 시기였다고 할 수 있다네. 이러한 사례는 지금의 남북한의 상황과 다른 점이 많지만, 우리는 여러가지 교훈을 도출할 수 있을 걸세.

먼저, 동서독 관계는 수많은 협정체결에 따른 제도적 장치를 마련하면서 진행되었다는 점을 들 수 있지. 우리도 이렇게 하면 김정은 체제의 변화를 법과 제도적으로 강요하는 의미를 가지고 있다고 보네."

"서독정부는 동독과의 교류와 협력을 확대하는 과정에서 동서독 간의 특수 관계를 고려하여 비탄력적 상호주의는 자제하였지만, 사안별로 포괄적이고 신축적인 상호주의를 적용하였네. 우리도 그렇게 해야 된다고 보네."

강 기자가 다시 상호주의의 적용 문제를 강조했다.

"참 좋은 이야기야! 나는 교류협력의 중요성을 강조하고 싶네."

황만주가 바통을 이어받았다.

"분단국가가 교류협력을 지속하기는 쉬운 일이 아님에도 불구하고, 통일 전까지 동서독 간에는 매년 수백만 명의 왕래가 있었지. 남북한 간에도 이산가족 상봉, 식량지원 등 인도적 사업과 물자교역, 관광 등 경제교류, 그리고 체육, 학술교류 등 사회와 문화적 교류가 확대되어 북한 동포들이 남한의 실정을 많이 보고 느껴야 할 것이네. 보고 느끼면 변화하게 되어 있다고 보네."

"동의하지만, 중요한 분야에서는 정부의 일정한 관여도 필요하지 않을까?"

김상웅이 민간인답지 않게 정부의 관여를 주장했다.

"북한의 개방 수준에 비례하여 북한과의 교류와 협력에 대한 우리 정부의 개입수준이 적절히 조정되어야 한다는 것이네. 사회주의의 공고화를 추진해왔던 동독의 경우, 상응하는 동서독 교류와 협력에서 동독정부가 배제된 적은 없었다는 점은 우리에게 시사하는 바가 매우 크다고 보네.

서독과 동독의 경험에서 보면 이념 및 경제체제가 상이한 분단국에서 교류협력을 확대하거나 법률문제를 해결해 나가는 과정은 결코 쉽지 않았었지. 그러나 교류협력과 이를 통한 평화적 통일을 달성하기 위해서는 교류협력의 활성화는 필연적인 것이지 않을까? 변화를 하지 않으려는 집단과의 협상에는 많은 인내와 지혜가 필요하지. 서독정부는 이를 법과 제도로 뒷받침하여 동서독의 정권교체의 과정에서도 불필요한 분쟁과 시간 및 경제적 손실을 최소화할 수 있었지.

지금 조금 늦은 감이 있고, 상황이 너무 급박하게 돌아가고 있지만, 이러한 교훈을 지금이라도 잘 활용하면 상당한 도움이 있을 거라고 생각하네."

"그동안 군에서 근무하느라 많은 것을 잊고 있었는데 오늘 참 중요한 것을 배워 행복하네."

침묵을 지키며 친구들의 토론을 지켜보던 박겨레 장군이 감탄을 하며 말했다.

"나는 친구들이 걱정하고 있는 '급변사태'에 대해서 이야기하려고 하네. 사실 독일의 통일도 1989년 라이프지히 시위와 헝가리의 철책 개방 등이 큰 기여를 하였지. 베를린 장벽의 붕괴도 이날 귄터 샤보프스키 동독 공산당 대변인이 동서독 여행 자유화 조치가 '지금부터' 시작된다고 잘못 밝힌 것이 크게 기여했다고 보네. 즉 사소한 일들이 통일의 촉매제 역할을 할 수 있다는 점을 눈여겨보아야 한다는 것이지.

북한의 급변사태란 '북한 정권이나 체제의 붕괴로 이어질 수 있는 극도의 혼란사태'로 우리 정부가 비상조치를 강구할 필요성이 있는 상황을 의미하네. 친구들도 알다시피 '개념계획 5029'라는 북한 급변 사태 시 군대의 운용계획을 우리도 준비하고 있다네. 한미연합사령부는 북한 급변사태 유형을 핵과 미사일을 비롯한 대량살상무기WMD 유출, 북한정권의 교체, 쿠데타 등에 의한 내전 상황 발생, 대규모 탈북사태 등 크게 여섯 개의 유형으로 분류하고 행동계획을 마련하고 있지.

이러한 급변사태에 따른 북한의 붕괴시나리오는 외부와의 무력충돌을 통한 붕괴, 북한 내부 권력 간 충돌이 발생함으로써 붕괴, 그리고 북한체제가 안으로부터 무너지면서 붕괴하는 경우 등 크게 세 개의 상황을 상정할 수 있을 것이네.

내가 우려하고 있는 것은 김정은 체제가 지속되고 있는 상태에서, 통제 불능의 위기사태가 발생할 수 있는 상황이네. 여기에는 루마니아식의 내란 발생으로 인해 국가체제가 붕괴하는 경우로부터, 중국식으로 민중 봉기를 유혈 진압하는 경우, 그리고 동독식으로 민중의 궐기에 지배층이 타협하는 경우가 포함될 수 있다고 보네. 그 가운데서 발생 가능성 면에서 보면, 내란 발생으로 국가체제가 붕괴되는 루마니아식, 민중 봉기를 유혈 진압하는 중국식, 민중 궐기에 지배층이 타협하는 동독식으로 우선순위를 고려할 수 있을 것이네.

이러한 통제 불능의 위기사태가 발생하게 되면, 조성된 안보위기에 대한 대책과 함께 북한 동포에 대한 인도적인 지원과 대규모 난민사태에 대한 관리 및 지원대책이 추진되어야 할 걸세. 그리고 결정적 시기가 조성될 경우, 선택적인 군사 및 비군사 개입에 이르기까지 매우 신축적이면서도 적시적인 상황대응이 불가피하게 요구될 것으로 전망할 수 있네. 그러한 상황대응의 결과는 민족공동체의 운명과 평화통일의 추진에 결정적인 영향을 미치게 될 것일세.

따라서 예상되는 사태에 대한 적합한 위기관리태세를 발전시키기 위한 실천적인 노력이 중요하네. 왜냐하면 준비되지 않은 북한의 급변사태는 오히려 우리에게 재앙이자, 한반도의 안정과 평화를 위협할 수 있기 때문이지.

급변사태의 해결을 위한 기본개념은 다음과 같이 정립할 수 있을 것이네. 북한 급변사태와 관련한 조기경보체계를 구축하고, 범정부 차원의 즉응태세를 확립해야 할 걸세. 우리의 안보역량을 총동원하여 북한의 무력도발을 억제함으로써 한반도의 평화와 안정을 유지해야 하며, 급변사태 초기에는 직접개입을 가급적 자제하는 것이 바람직 할 것이네. 국내정치와 경제, 사회 등 모든 분야의 안정을 유지하고 법질서를 확립하여 국민의 불안감을 해소시켜야 하지. 미국 등 한반도와 관련된 국가와의 긴밀한 공조체제를 구축하고 외부세력의 부당한 개입을 차단하는 것도 중요할 것일세.

우리 친구들이 아마 걱정할 것으로 생각하는 북한에 대한 군사개입 유형에는 한국군이나 미군에 의한 단독개입과 한미연합군에 의한 개입 그리고 중국을 포함한 국제사회의 공동 개입이 있을 수 있다고 보네. 이 중 어떤 유형의 개입이 일어날지는 북한이 어떤 방식으로 붕괴되는가에 달려 있을 걸세. 개입형태가 어떠하든 북한이 붕괴되고 그 지역에 대한 군사개입이 이루어진다면, 그 군대는 적어도 군사작전, 민사작전, 북한군 무장해제, 그리고 대량살상무기 통제 등 네 가지 임무를 수행해야 할 것이네."

박 장군은 말을 마치고 너무 어려운 이야기를 했지 않았나 생각해서, 혹시 질문이 있는지 물었다. 그러나 친구들이 전문가들이어서 수긍하는 분위기였다.

"그동안 우리가 우려했던 내용을 박 장군이 시원스럽게 이야기 해주어 무척 고맙네. 그러한 급변사태를 막고 우리가 원하는 방향으로 북한을 변화시켜 나가는 전략이 지금은 매우 중요한 것 아닌가 생각되네."

강 기자가 평소 주장하는 지론인 북한변화전략을 이야기 하고자 말했다

"지금 북한체제의 변화를 위한 전략선택은 상호주의전략에 의한 화해적 포용과 대결적 압박의 이중 접근이 불가피할 것으로 판단되네. 문제는 북한의 김정은 체제가 우리의 화해적 포용정책의 열매를 즐기면서 현재의 체제적 난관을 극복하고 대남 주도권을 동시에 추구하려 할 수 있다는 것이지. 따라서 그들의 이중전략에 어떻게 대처하느냐 하는 우리의 대응전략이 중요할 걸세. 한반도의 불안정성을 해소하고, 향후 김정은 체제의 바람직한 정책선택을 유도해야 한다고 보네.

우리가 독일에 도착하기 전의 이야기지만 1989년 10월, 동독을 살리려는 절박한 노력의 일환으로 공산당 서기장이 호네커에서 에곤 크렌츠로 교체되었었지. 현 상황이 더욱 악화된다면, 북한에서도 김정은이 교체될 가능성이 농후하다고 보네.

따라서 현 시점에서 포용과 압박의 이중 접근전략은 불가피하나, 어느 쪽에 전략의 중심을 두느냐 하는 문제가 중요하지. 먼저 북한체제의 변화를 위해 전략의 중심을 화해적 포용에 두고, 동시에 북한의 군사 제일주의 노선에 대처해 나가기 위한 대결적 압박을 병행하는 이중접근전략을 고려할 수 있네. 이와 반대로 북한의 군사 제일주의 노선에 대한 대결적 압박을 전략의 중심으로 삼고,

화해적 포용을 부가적으로 고려하는 이중접근전략을 생각할 수도 있을 것일세. 이 두 가지의 대안 중 현시점에서 우리의 전략선택은 북한체제의 변화를 목표로 하는 화해적 포용전략에 중심을 두고, 북한의 군사 제일주의 노선에 대처해 나가는 대결적 압박전략을 보조로 하는 이중 접근이 타당하다고 판단하네.

왜냐하면 우리에게 북한의 핵 및 미사일 개발 등 군사 제일주의 노선 등을 실질적으로 견제 및 해소할 수 있는 대응 전략수단이 극히 제한되어 있고, 김정은의 퇴진 이후 북한체제의 변화야말로 그들의 군사 제일주의 정책의 포기는 물론 평화통일의 결정적 변수로 작용할 것이기 때문이지.”

“참 좋은 의견이야. 현 시점에서 북한을 너무 몰아붙이면 김정은 정권보다도 더욱 독재적인 정권이 들어설 수 있으니 말이야. 나는 통일비용 문제에 대해 이야기 하고 싶네.”

김상웅 회장이 경제전문가답게 통일비용문제를 거론하며 토론을 이어갔다.

“독일 통일 당시 자네들은 전부 독일 통일현장에 특파원이나 파견관으로 나와 있었지. 그때 내가 가끔 출장을 갈 때면 독일소세지에 맥주를 마셔가며 밤새워 토의하던 일이 그리워지는군. 지금에야 말하는데, 그 다음 날 출장업무에 약간 지장을 받았지만 말이야. 그 당시는 우리도 10년 내에 통일이 되는 줄 알았지."

"우리도 정말 가슴 설레며 분야별로 계획을 세우고 준비했었지."

이대한이 끼어들며 거들었다.

"독일이 통일된 후 가장 어려웠던 일이 통일비용을 지불하는 일이었다고 생각하네. 우리가 1991년도에 만날 때만 해도 그렇게 많은 돈이 들어가리라 생각하지 못했었지. 지금 국민들이 가장 두려워하는 것도 천문학적인 통일비용을 어떻게 감당하느냐 하는 것이잖아.

독일정부는, 2005년 통계에 의하면, 통일 이후 15년 동안 약 2조 달러를 동독에 투자했다고 하네. 이 금액은 당시 환율로 계산하면 1,800조원 규모일세. 독일정부는 통일 이후 해마다 독일 국내총생산의 약 4%를 동독에 제공한 셈이지. 서독 주민들은 통일 이후 2005년 말까지 1인당 10만 유로를 동독을 위해 지불했다는 계산이 나온다네. 갑자기 통일된 독일이 이와 같은 천문학적인 통일비용을 조달한 방안은 대체로 절약 재정, 해외차입, 그리고 '통일세' 신설 등이었지. 친구들도 잘 알지만, 그 과정에서 동서독 주민들은 서로 반목하며 갈등이 심했었잖아. 그러나 약 30년이 지난 현 시점에서는 모든 어려움을 극복하고 유럽의 최대 강국이 되었지. 우리는 이러한 교훈을 반면교사로 삼아 지금부터 통일비용에 대한 준비를 해야 한다고 보네.

　한반도 통일의 경우에는 비록 통일비용의 구체적인 액수는 다르지만, 독일통일처럼 많은 자금이 소요될 것이라는 데는 의견이 일치하고 있네. 골드먼 삭스 등 주요기관들과 이명박정부에서 추정한 통일비용은 통일 시기와 방법 등에 따라 10년간 최소 1500억 달러에서 최대 2조 달러에 달한다고 예측하고 있지. 스탠더드 앤드 푸어스(S&P)는 "한반도 통일비용이 한국 GDP의 2~3배에 이를 것"이라고 내다봤네.

　이런 통일비용과 부작용은 우리가 영원히 회피할 수 있는 것이 아니라 언젠가 한번은 소요될 비용이요, 겪어야 할 부담이지. 특히 기왕 겪어야 할 부담이라면 가급적 빨리 겪는 것이 훨씬 나은 그런 성격의 것이라는 데 유의할 필요가 있다고 보네. 통일시기가 늦어질수록 통일비용 역시 기하급수적으로 커질 것이라는 것은 대체로 공통된 의견이지.

　따라서 나는 통일이 가까이 다가오는 현 시점에서 늦었지만, 통일세를 신설하는 것이 바람직하다고 생각되네. 이명박 대통령이 모 인사의 건의를 받아 2010년 광복절 기념사에서 '통일세 신설'에 대한 의견을 내놓았는데, 당시 국회에서 반대하였고, 그의 철학과 뒷심의 부족으로 관철시키지 못했지. 그 때만 시작했어도 지금 통일비용이 많이 모였을 턴데, 참 안타까운 일이야."

"우리가 지금부터라도 통일세를 추진한다면 어떤 장점이 있는지 살펴보는 것이 중요할 것 같네."

강 기자가 통일세의 신설에 대해 동의하며 말했다.

"우리 정부에게는 통일에 대한 자신감을 줄 것이고, 통일에 대한 주도권을 장악할 수 있다는 거지. 예기치 못한 상황에서 통일의 시기가 오더라도 차분하게 준비할 수 있는 여유를 가질 수 있지. 그리고 정부가 교체되어도 통일정책을 단절 없이 지속적으로 추진할 수 있는 동력을 줄 수 있을 것이네."

이대한이 정부에 도움이 될 요소를 짚었다.

"우리 국민들에게는 나도 통일준비에 참여하고 있다는 긍지와 자부심을 줄 것이네. 통일에 대한 막연한 두려움을 잊을 수 있게 해주지. 국민들은 정부가 추진하는 통일정책에 신뢰를 가질 수 있을 것이네. 자연히 급격하게 지불해야 하는 통일비용 때문에 통일을 반대하는 국민들이 줄어들게 되지."

김상웅이 국민의 자부심을 강조했다.

"북한 김정은과 그 체제에게는 두려움의 대상이 될 수 있을 것이네. 북한지도자들은 남한에서 통일을 실질적으로 준비하고 있으니 제대로 북한을 통치하지 않으면 흡수통일이 될 것이라는 두려움을 갖게 될 것 아닌가. 평화통일을 앞세우는 그들의 위장전술에 쐐기를 박을 수 있지. 이만한 적극적인 심리전이 없다고 보네.”

황만주는 북한에 경고 효과가 크다는 점을 강조했다.

“참 좋은 생각이야. 나는 북한 주민의 입장에서 말하고 싶네.”

조용히 듣고 있던 강 기자가 나서며 말했다.

“북한주민에게는 동경과 안도의 대상이 될 수 있지. 남한 국민들이 북쪽 동포들을 위해 통일세를 신설하여 준비하고 있다는 데에 대한 존경과 신뢰의 대상이 될 수 있으며, 북한주민들은 통일이 오더라도 최소한의 생활은 보장될 수 있다는 안도감을 가질 수 있지. 따라서 위기의 시기에는 우리 쪽을 바라보게 할 수 있다고 보네.”

“세계의 다른 나라를 향해서는 통일을 준비하는 대한민국의 의지를 알릴 수 있지. 대한민국이 이렇게 적극적이고 주도적으로 통일을 준비하고 있으니 통일을 지원하라는 무언의 압력을 줄 수 있다는 것이지. 미국과 중국 등 주변 국가들이 결정적인 통일의 시점에서 통일을 반대할 명분을 약화시킬 수 있다고 생각하네.”

이대한이 외교관의 입장에서 말을 받았다.

“오빠들! 나도 한 말씀 드리면 안 되나요?”

“우리 신 대표의 이야기도 당연히 들어봐야지.”

“통일세는 모든 국민과 통일을 준비하는 관계자들에게 통일이 먼 미래의 과제가 아니라 바로 현재 진행형의 우리의 과제라는 인식을 줄 수 있지 않을까요? 즉 후손들의 어깨를 무겁게 하는 짐이 아니고, 바로 우리 세대가 준비하는 당면과제라는 주체의식을 갖게 할 수 있다고 생각해요.

문제는 통일세의 거출 방식인데요. 국민들은 직접세에 부담을 느낄 거예요. 경제가 어려워지면 그 부담은 더욱 커질 수 있지요. 따라서 부가가치세와 절충하여 간접세의 형식으로 큰 부담 없이 거두는 방안이 최선의 안이 될 수 있다고 생각해요. 여야가 합의해서 통일세 항목을 신설하여 조금씩 모아 간다면 통일의 종자돈이 될 것 같아요. 평화통일을 열망하고 이를 준비하는 우리라면, 이 시점에서 다시 한 번 통일세 논의를 활성화하여 이를 추진해야 한다고 생각해요.

우리가 통일에 대비한 통일비용을 조금씩 준비해나갈 때 통일은 소리 없이 우리에게 다가 올 거라고 확신해요."

신 대표의 제안에 친구들은 동의를 한다는 뜻으로 큰 박수를 쳤다.

"우리 친구들 제안이 너무 좋아요. 특히 신 대표는 식당일 그만 두고 국회로 가야 되겠어. 지금까지 나온 이야기를 내가 정리를 해볼까 하네."

강 기자가 친구들과 신 대표의 의견을 높이 평가하며 말을 이어갔다.

　"우리가 희망하는 남북한 평화통일이 다가오는 냄새가 나네. 평화통일은 우리 조국의 숙원이며 과제가 아니던가? 지금은 대부분의 국민이 통일을 당연시하고 있으며, 그 날이 오기를 고대하고 있네. 우리가 일류국가가 되기 위해서는 평화통일이 전제되어야 하네. 통일은 북한의 핵과 인권문제 등을 완벽하게 해결 할 수 있는 가장 근원적인 지름길이라고 생각하네. 통일은 우리가 21세기에 반드시 풀어야 할 족쇄요, 넘어야 할 장벽이지. 이 문제를 풀지 않고서는 다음 세대에 일류국가로서 본격적인 발전을 기대할 수 없다고 보네.

　지금까지 이야기한 대로 독일통일은 흡수통일이 아니라 동독 주민 스스로의 선택과 서독의 수용에 의한 자발적인 편입통일이었네. 베를린 장벽이 붕괴된 1989년 11월 이후 1990년 3월의 자유 총선 때까지 동독주민들은 스스로의 토론과 선택을 통해 서독 체제에 편입하는 방식으로 통일을 하기로 합의했었지. 그리고 서독이 주도하는 통일과정에 기꺼이 동참하기로 동의했었네.

　남북한과 동서독은 역사와 사회 및 국제적인 맥락에서의 상이성과 분단 상황에서의 유사성을 동시에 가지고 있지. 따라서 독일의 통일과 교류협력의 경험을 한반도에 적용할 경우에는 조심스러운 접근태도가 필요한 것은 사실일세. 특히 교류협력과 관련해서 보면 양 지역의 상황 차이는 대단히 크기 때문에 독일의 경험을 그대로 받아들이기는 쉽지 않지. 그러나 우리의 대북정책이 남북한 화해협력을 목표로 하고 있으며, 사실상의 통일을 지향하고 있다는 점에서 시사점을 찾는 것은 의미가 있다고 보네.

독일통일은 준비되지 않은 것이 아니라 오히려 철저하고도 장기적인 준비의 산물이었지. 1970년대 중반 이후 서독은 통독 직전까지 연 평균 23억 달러에 달하는 대규모의 동독 지원을 지속적으로 실시했네.

우리도 우리의 주도하에 평화통일이 가능한 상황으로 유도해야 한다고 보네. 우리는 북한 내 민주개혁세력이 부상할 수 있도록 유도하고, 북한 주민의 통일 지향 의식을 확산시켜야 할 것일세. 북한주민들이 남쪽을 바라볼 수 있도록 해야 하지. 현시점에서는 북한주민들의 대남 적대의식의 약화 및 국내외 통일 지지기반의 강화 등을 주도적으로 추진해야 하는 것이 중요하다고 생각하네.

독일통일 당시 독일의 콜 총리의 말처럼 기차는 한없이 우리를 기다려주지 않을 걸세. 통일이 언제 다가오든 힘차게 낚아챌 수 있도록 하나하나씩 준비해나간다면 우리는 훌륭하게 통일을 이루어낼 수 있을 것일세. 골드만 삭스의 예언처럼 2050년에는 세계 최강의 나라로 우뚝 설 수 있을 것이야. 김 회장이 이야기한 대로 우리가 사랑하는 조국의 통일을 위해 '통일세'는 반드시 필요한 것으로 생각하네. '통일세'를 모으는 순간부터 우리는 통일의 주인이 될 수 있을 것일세. 우리는 미래의 불확실성을 걷어내기 위해 첫 발을 용감하게 내딛어야 하네. 미래는 준비된 자의 몫이 아니겠는가.

우리나라 또한 통일에 앞서 주변국들과 군사적 문제, 영토 문제, 주권 문제를 비롯한 여러 가지 쟁점에 대해 논의해야 하네. 대한민국과 관련국 간의 관계, 북한과 관련국 간의 관계를 각각 따져보고 통일 한국과의 새로운 국제관계를 정립하는 과정은 꼭 필요한 것일세. 각자의 이해관계에 따라 한국의 통일에 반대하는 국가도 나타날 수 있을 것이네. 이에 대해서는 소련과 영국 그리고 프랑스의 반대를 저지하고 통일을 이룬 독일의 선례처럼 현명한 외교 전략을 통하여 슬기롭게 극복해야 할 것으로 생각하네.

전략은 목표를 달성하기 위해 어느 길을 갈 것인가를 결정하는 것이고, 전술은 정한 길을 어떤 방법으로 갈 것인가를 정하는 것이라 하였네. 안타깝게도 이 나라엔 전술가들은 많아도 전략가가 드물다고 생각하네. 참으로 안타까운 일이지. 우리가 이 나라에 빌리 브란트와 같은, 헬무트 콜과 같은, 등소평과 같은 대전략가로서의 역할을 하세. 오늘 참 중요한 이야기를 했네. 친구들! 평화통일을 앞당기기 위해 자기 자리에서 최선을 다하세. 고맙네.

우리 마지막 잔을 들고 건배를 하세. 우리 사랑스런 조국의 평화 통일을 위하여!"

강 기자의 종합적인 의견과 제안에 친구들은 잔을 들고 힘차게 건배를 외쳤다.

"위하여!"

시간 가는 줄 모르고 계속된 독일에서의 체험담을 바탕으로 한 토론은 식사 후 3시간이 지난 11시경에야 끝났다. 신 대표는 오빠들이 토론하는 과정에서 틈틈이 낙지, 봄나물 무침과 김치부침개 등 맛있는 요리를 내 놓았다. 정읍의 특산물인 복분자 주와 자생녹차는 물론이고, 홍쌍리 매실농원의 매실차 등의 시원한 음료수도 장시간 지속된 토론의 활력을 주 는데 기여했다.

"자랑스런 오빠들! 우리 헤어지기 전에 다함께 손잡고 '통일 아리랑' 제1절을 불러요."

아리랑 아리랑 아라리요
아리랑 고개로 넘어 간다
우리 다함께 손잡고 가서
통일을 이루어 잘살아 보세
아리랑 아리랑 통일아리랑

통일의 고개를 잘 넘어 간다
아리 아리랑 통일아리랑
통일의 고개를 잘 넘어 간다

친구들은 호남농학을 대표하는 정읍우도농학을 전수한 후, 명창의 길을 가다 사업가로 변신한 신 대표의 제안에 따라 서로 손잡고 '통일아리랑' 을 흥겹게 불렀다.

강 기자는 모임이 끝난 후 새벽까지 친구들과 토론한 내용을 바탕으로 '통일세의 필요성과 역할' 에 대해 기사를 썼다. 그 다음 날 대부분의 방송과 매체에서 이 기사를 받았다. 정치권에서 이명박 정부 때 도입하려다 실패한 '통일세법' 을 후일 이조국 정부에서 도입하는데 촉매제 역할을 한 특종기사가 되었다.

견제와 영향력 확대

죠셉 푸틴 평양주재 러시아 대사관 공사는 오전 내내 사무실을 서성거렸다. 오후에는 러시아 외무차관이 평양에 오기로 되어 있었다. 1박 2일의 짧은 실무방문이었다. 처음에는 김정은 위원장의 예방을 추진했으나, 여의치 않아 외무상을 방문하는 것으로 대신하는 바람에 일정이 하루 줄어든 것이었다. 대사는 벌써 평양비행장에 나가 준비하고 있었다. 치안유지가 어려워 외국 손님을 받지 못하겠다는 평양당국을 그동안의 인맥을 동원해 설득하여 이루어진 방문이었다. 오늘 따라 평양시내를 덮고 있는 자욱한 안개는 무언가 모를 불안감을 높여주었다.

　죠셉 푸틴이 평양에서 공사로 근무한 지 4년이 훌쩍 넘어가고 있었다. 그는 20대 초반에 김일성종합대학으로 유학을 와서 공부했다. 실무자로 시작해 과장과 참사관을 거쳐 벌써 네 번째 평양의 러시아대사관에서 근무하고 있었다. 그러니까 김일성에서 김정일을 거쳐 김정은에 이르기까지 약 30년 이상을 북한문제로 끙끙 앓고 있는 전문가였다. 러시아에서도 그의 실력을 인정하여 일찌감치 공사로 임명을 해주었다. 임기 3년이 넘어섰는데도 북한 상황이 어렵게 되자 조금 더 근무하라는 지시를 받고 있었다. 그러나 아무리 연구를 하고, 오래 근무를 해도 북한공화국은 이해하기가 어려웠다. 과장 시절에는 장성택의 제2인자 시대가 상당히 오래갈 것이라고 보고했다가, 한 달도 안 되어 극적인 숙청과 사형을 당하는 바람에 질책을 당하기도 했다. 외교부차관은 바로 그 시절 그의 직속상관인 공사로 있었다. 당시 그는 보고서 내용을 조금 다듬자고 말했었으나, 결국에는 고집이 센 푸틴의 주장을 묵인했다. 참사관 시절에는 김정은 시대에는 북한의 핵문제가 해결될 수 있을 것이라고 보고했으나, 지금까지도 북한의 핵은 국제사회의 골칫덩어리로 남아 있었다.

　지난 달 정기보고서에는 북한의 상황이 불안정하기는 하나 아직은 평양지역의 계엄령이 잘 유지되고 있고 북한군의 동태도 안정을 유지하고 있어, 김정은체제가 급히 붕괴될 가능성은 희박하다는 종합의견을 작성하여 러시아 외무성에 보고했었다. 대사는 너무 낙관적인 전망이어서 수정할 필요가 있지 않느냐고 말했으나, 최종적으로는 그의 주장에 마지못해 동의했다. 그 보고서 내용이 계속 그의 목 뒷덜미를 근질거리게 했다. 본인의 눈으로 직접 현장을 확인하고자 방문하는 외무성차관에게는 어떻게 보고해야 한다는 말인가?

오늘 출근하는 길에서 소규모 시위를 하다가 군인들에게 잡혀가는 평양시민의 결연한 모습을 보았다. 과거에는 전혀 상상도할 수 없는 일이 평양에서 발생하고 있는 것이었다. 그의 전 전임자인 차관에게 보고할 문서를 다시 한 번 넘겨보았다. 북한이 중국파인 장성택을 기습적으로 제거한 이후 러시아와 북한은 급속도로 가까워졌다. 그러한 친밀한 관계가 10년 이상을 유지되고 있었다.

대사관에는 공사, 이바 노반 국방무관, 참사관과 알렉산도로 졸린스키 러시아 자원개발관리공단 지사장이 도열하여 차관을 맞았다. 차관은 공사의 손을 반갑게 잡으며 포옹으로 그의 호감을 나타냈다.

'북한의 상황은 불안정하나, 김정은 정권의 체제붕괴는 당분간 없을 것이다. 북한의 핵은 통제가 되고 있다. 북한 군부의 쿠데타의 가능성은 희박하다. 군은 장기간 지속된 비상태세 유지로 피로도가 높아지고 있다. 북한의 경제 상황은 나아질 징후가 희박하다. 러시아의 국가이익은 유지되고 있으나, 앞으로 상황변화에 따라 침해받을 가능성도 있어 각별한 주의가 요망된다. 특히 중국이 국경지역에 병력을 증강배치하고 있어 유사시 진입이 예상된다. 우리도 두만강 국경지역에 병력의 증원배치가 필요하다' 는 요지의 공사의 보고를 다 듣고 난 차관은 조용히 눈을 감고 있었다.

"그래, 북한 외무상과의 오후 대담과 저녁 만찬에서 무엇을 받아와야 한다고 생각하오?"

모스크바에서 러시아 외무상은 평양으로 향하는 차관에게 북한에 대한 러시아 정부의 영향력을 확대하고, 북한지역에 투자한 자산과 자원개발권에 대한 보장을 확실히 확보하라는 지시를 했다. 그는 두 시간 후에 있을 대담과 이어지는 만찬에서 그 주제 외에 현장에서 필요한 요구사항을 확인하고 싶었다.

"저는 이번 기회에 중국과 미국이 북한문제에 깊숙이 개입하는 것을 차단해야 된다고 봅니다. 특히 중국은 이번 기회를 동북공정의 호기로 보고 국경지역에 기계화군단을 추진 배치하여, 여차하면 평양지역을 점령할 태세를 갖추고 있는 것으로 판단합니다. 이를 차단하고 김정은 정권에 대한 우리의 영향력을 앞으로 더욱 확대해야 합니다."

"그것은 나도 크게 공감하는 바이오. 이곳에서 바라보는 미국의 상황은 어떻소?"

공사의 건의에 차관은 고개를 끄덕이며 만족감을 표시하면서 물었다.

"미국도 여차하면 북한지역에 군사력을 투입할 준비를 하고 있는 것으로 파악하고 있습니다. 만약 미국이나 중국 중 어느 한 나라가 북한지역에 진입한다면 다른 나라도 군사력을 투입할 것은 불을 보듯 훤하다고 판단합니다. 우리는 이를 막을 수 있도록 북한의 상황이 조기에 진정되도록 도와야 할 것이고, 유사시에 군사력을 투입할 수 있도록, 우리도 블라디보스토크 지역에 기계화 군단을 전진 배치해야 한다고 생각합니다."

이바 노반 국방무관은 당연하지 않느냐는 표정으로 주변을 둘러보았다.

"참 좋은 의견이에요. 정부차원에서 지금 검토하고 있는 것으로 알고 있어요."

차관은 조용히 말하며 도청은 어떠냐는 표정으로 천장을 둘러보았다.

"지난 푸틴정부의 적극적인 정책으로 북한에 투자를 확대한

민간기업들은 혹시 사업이 좌절되거나 자산이 몰수되는 것 아닌가하고 안절부절 못하고 있습니다. 라진항과 철도사업을 추진했던 우리 국영기업도 사정은 크게 다르지 않습니다. 앞으로도 러시아와 투자기업의 이익을 확실히 보장받을 수 있도록 확약을 받아두시는 것이 바람직할 것으로 판단됩니다."

"지금 말씀하시는 사항은 오늘 제가 온 목적 중 하나예요. 확실히 못을 박아야지요. 일본대표부의 동태는 어떤가요?"

알렉산드르 졸린스키 지사장의 말에 차관은 크게 공감하며 물었다.

"요즈음 일본 대표부는 몹시 분주합니다. 평양 외곽지역은 물론이고 황해도와 강원도 지역까지 열심히 정찰하러 다니는 꼴이 제2의 청일전쟁을 준비하는 모양새입니다. 그리고 민간여행객으로 위장한 군인들이 많이 들어와서 곳곳을 쑤시고 있습니다. 여차하면 집단자위권을 빌미로 미국군과 함께 진군할 준비를 하는 것 같습니다."

이바 노반 국방무관이 나서며 몹시 걱정스럽다는 어조로 답변했다.

"요즈음 정부는 유사시 북한과의 관계 재정립을 위해 노력하고 있어요. 즉 김정은 정권 이후까지를 바라보기 시작했다는 의미지요. 러시아의 영향력은 차기 정권까지 더욱 강화되어야 하고,

이권은 지켜져야 한다는 확고한 정책을 가지고 있어요. 유사시에는 다음 정권과의 조약과 사업승계문제도 검토를 시작했어요. 그리고 한반도 통일을 바라지는 않지만, 혹시 다가올지 모를 통일과 정의 문제도 신중하게 검토하고 있어요. 따라서 여러분도 정부의 입장을 고려하면서 신중하게 행동해주세요."

차관은 다짐을 받듯이 참석자를 하나씩 천천히 둘러보았다.

"차관님! 본부에서 거기까지 생각하고 일을 추진하는 줄은 몰랐습니다. 저희도 이곳에서 우발사태와 그 이후까지를 바라보며 차관님의 말씀에 따라 최선을 다하겠습니다."

공사가 헛기침을 하며 각오를 다짐하는 말을 했다.

"긴급사태와 우발사태의 조치에도 가능한 본부의 훈령을 철저히 따르되, 시간이 긴박할 시는 선 조치 후 보고하라는 장관님의 지시가 있었어요."

공사의 결의를 다짐하는 말을 받아 차관이 외무상의 지시를 전달했다.

북한 외무성의 분위기는 착 가라앉아 있었다. 대담에 이은 만찬자리에서도 외무상을 포함한 북한 쪽 참석자는 웃는 사람이 없었다. 음주금지령이 내려진 것처럼 만찬자리에서 그들이 자랑해오던 들쭉주도 오늘은 없었다. 마지못해 끌려 나온 듯 이쪽의 요구사항을 받아 적기만 할 뿐 특별한 요구사항도 없는 것처럼 보였다. 차관이 중국과 미국, 그리고 일본의 상황을 나름대로 설명하면서 주의를 환기시킬 때도 큰 반응이 없었다. 북한 관료 특유의 호전적인 모습이 오늘은 전혀 보이지 않았다. 러시아는 그 어떤 경우에도 북한을 지지하며 함께 하겠다는 차관의 발언에 대해서도 고맙다고 말할 뿐, 외교관 특유의 호의적인 반응도 없었다. 불과 얼마 전까지만 해도 초롱초롱했던 북한 외무상의 눈망울도 동태 썩은 눈깔처럼 힘이 없어 보였다. 북한의 위기는 소리 없이 다가오고 있으며, 북한 외무성 관리들이 이를 타개할 능력은 없다고 러시아 외무차관은 판단했다.

불안 속에 익어가는 사랑

북한의 5월은 보릿고개다. 남쪽에서는 벌써 반세기 전에 보릿고개란 말이 없어졌다. 북한은 김일성 시대부터 '쌀밥에 고깃국'을 구호로 내세웠지만, 80년이 넘도록 아직 이를 구현하지 못하고 있었다. 거기다 가뭄이 겹친 올해 북쪽의 5월은 너무 참혹했다. 금년 3월에 특사간의 만남을 통해 남쪽에서 식량 50만 톤을 긴급 지원을 받고 있지만, 부족한 식량은 100만 톤 이상이 되었다. 김정은 정권은 고갈 난 외화 때문에 추가적인 식량을 구매할 여력이 없었다. 5월 들어 군대에 배급되는 식량도 반절로 줄어들었다. 평양시민들에 대한 제한적인 배급마저도 완전히 끊겼다. 1990년대의 고난의 행군이 재연되고 있었다.

1990년대는 선군정치를 내세운 김정일의 무력통치로 고난의 행군을 극복할 수 있었지만, 이번 사태는 좀처럼 진정되지 않고 있다는 데 김정은과 그 친위세력의 고민이 있었다. 양강도와 자강도를 포함한 촌구석에 이르기까지 빵을 달라는 시위가 이어졌다. 북한 당국은 시위를 진압하기 위해 대규모 공안병력을 투입하였으나 유혈시위로 확산되며 불안감은 증폭되고 있었다. 북한과 중국의 국경선 지역에 군부대가 추가 배치되었다. 경계강화와 탈북자에 대한 공개사형 등의 조치도 더욱 강화되었다. 그럼에도 불구하고, 자유를 원하는 북한주민의 탈주는 계속되어 통제 불능사태로 발전하고 있었다. 김정은 정권이 이를 막고자 노력하면 할수록 그나마 유지되고 있는 장마당과 손전화기를 통해 소문은 꼬리에 꼬리를 물고 전국 각지로 빠르게 전파되었다. 김정은과 친위세력의 고민은 깊어지고 있었다.

개성공단 지역의 북측 중앙특구개발지도총국과 국가안전보위부는 이러한 소문을 차단하기 위해 많은 노력을 했다. 그러나 북한 근로자 사이에서 부글부글 끓고 있는 분노를 잠재울 수는 없었다. 휴가가 차단되어 직접 눈으로 확인할 수는 없지만 '집안의 누가 탈북해서 중국에 잡혀 있다더라, 친척 누가 굶어 죽었는데 장례를 치르지도 못하고 있다더라'는 소문은 그들의 불안감을 더욱 증폭시켰다. 그들은 남쪽 기업의 호의로 이곳에서 그나마 배불리 먹으며 일할 수 있다는 데 위안을 느끼면서 분노를 가라앉히고 있었다.

당중앙에서는 중앙특구개발지도총국과 국가안전보위부의 두 채널을 통해 매일 수많은 지시사항을 하달하였다. 작년만 해도 작업의 효율성을 높여 임금인상을 위한 노력을 강화하라는 행정차원의 지시가 대부분이었다. 그러나 개성 주민이 남쪽으로 탈북하고 북한의 시위가 확산된 이후로는 근로자들의 통제를 강화하라는 지시가 주로 내려오고 있었다.

김지혜는 각 공장건물을 하루에 두 번 이상 다니며 근로자들을 격려하고 상황을 파악하고 있었다. 그녀는 실태를 파악하기 위해 통상 세 가지 방법을 동원했다. 우선 작업반장 등을 통해 근로자들의 근로상태를 파악하였다. 기숙사로 복귀한 후에는 점호시간을 통해서 그들의 정신상태를 점검하였다. 마지막으로 본인이 직접 각 현장을 방문하여 눈으로 확인하였다. 그러나 1만여 명에 가까운 근로자를 확인하고 점검한다는 것은 참으로 어려운 일이었다. 특히 개성에 거주하는 근로자들은 근무 후 바로 집으로 퇴근하기 때문에 점호시간을 활용할 수도 없었다.

　사상으로 무장되고 사명감이 넘치던 김지혜에게 점점 정신적인 피로가 쌓이기 시작했다. 특히 자기들끼리 수군거리다가도 그녀가 나타나면 후다닥 흩어지면서 흘겨보는 눈초리는 그녀를 괴롭혔다. 봄이 되고부터는 그녀와 거의 말을 하지 않고 왕따를 시키려는 모습이 눈에 선했다.

　그나마 강민국을 만나는 일은 그녀를 설레게 하는 일과가 되었다. 그녀는 잠자리에 들 때마다 불현듯 강민국의 얼굴이 떠올라 혼자 얼굴을 붉히곤 했다. 그녀는 피로가 몰려오는 오후 4시경에 강민국의 사무실을 들리는 것이 거의 일과가 되었다. 강민국은 '지혜나리'를 기다렸다는 듯이 커피포트에 물을 끓이고 컵라면을 대령했다. 컵라면도 요일에 따라 하루는 안성탕면, 그 다음은 신라면, 다음 날은 김치라면 등 매일 색 다르게 준비했다. 김지혜는 남쪽 사회에 라면의 종류가 이렇게 다양하다는 것을 강민국을 통해 알게 되었다. 라면을 먹고 나면 하루 종일 쌓인 울분을 강민국에게 털어놓는 일이 많아졌다. 그리고 잠깐 졸면서 춘곤증을 달래기도 했다. 그때는 강민국이 그녀의 옆자리로 옮겨 지혜의 머리를 자기의 어깨로 받쳐주고는 했다.

　강민국이 사무실에 없을 때는 그의 책상 위에 놓여 있는 남쪽 신문을 들여다보는 일도 잦아졌다. 처음에는 남쪽 대통령 사진이

1면에 크게 실려 호기심 차원에서 펼쳐들었다. 대통령이 인사와 사회통합을 잘못해서 국가가 어렵다는 비판일색의 기사였다. 강민국이 눈치 채지 못하도록 고이 접어 제 자리에 올려놓았다.

'아! 남한은 이러고도 하나의 국가라고 할 수 있을까? 남한 국민들은 자기 대통령을 이렇게 신랄하게 비판하고, 욕해도 왜 잡혀가지 않을까? 김일성대학교 재학 시절에 배운 것처럼 이런 혼란한 남한은 벌써 무너졌어야 하지 않는가? 왜 무너지지 않을까?' 많은 생각들이 머리를 때려 정신이 혼미해졌다.

그 날도 피곤한 몸을 이끌고 여느 때처럼 강민국의 환한 미소를 기대하면서 사무실에 들어갔다. 그런데 평소 알고 지내는 사무실 여직원이 나와 강민국이 지사장과 이야기를 나누고 올 터이니 잠깐만 기다리라고 했다고 말하고는 자기 방으로 돌아갔다. 탁자 위에는 믹스커피와 컵라면이 놓여 있었다. 처음에는 항상 녹차로 대화를 이어갔는데, 어느 날 마셔본 믹스커피의 맛은 그녀를 커피 향의 세계로 이끌었다. 그것을 강민국이 알아차리고 가끔은 여러 종류의 믹스커피를 내놓았다.

책상에 눈을 던지니 헐벗은 사람으로 가득 찬 천막 내부 사진 한 장이 실린 신문이 눈에 뛰었다. 사진 아래에는 단둥의 탈북난민의 모습이라고 쓰여 있었다. 1면 헤드라인의 제목은 '통일세 필요하다'였다. 부쩍 관심이 끌러 무의식중에 신문을 읽어 내려갔다. 김지혜는 탈북난민이 10만 명이 넘어서고 있다는 것을 처음 알고 깜짝 놀랐다. 그것은 도저히 믿기지 않았다. 그리고 기자는 남북통일이 가까워지고 있다고 주장했다. 통일비용을 만들어야 하는데 통일세가 필요하다는 요지였다. 열심히 읽느라고 강민국이 사무실에 들어서는 것도 몰랐다. 신문내용을 읽다가 인기척에 고개를 들어보니 강민국이 예의 생글생글한 모습으로 가만히 지켜보고 있었다. 도둑질하다 들킨 것처럼 그녀는 화들짝 놀라 엉겁결에 신문을 접어 책상 위에 올려놓았다.

'아! 이게 무슨 창피한 꼴이람?'

그녀의 심장은 쿵쿵 뛰고 있었다.

"지혜나리! 늦어서 미안해요. 지사장님과의 이야기가 생각보다 길어졌어요. 그리고 신문은 누구나 읽으라고 있는 거예요."

강민국은 신문을 조용히 집어 다시 김지혜의 앞에 놓았다.

"앗! 지혜나리가 아직 커피도 안 드시고 있었네."

강민국은 커피포트의 스위치를 누르며 장난기 어린 눈빛으로 김지혜를 바라보았다.

"오늘 이 사진이 눈에 띄어 나도 모르게 신문을 집어들었어요. 민국씨! 미안해요."

그녀는 단둥지역의 탈북난민을 수용하는 천막을 가리키며 몹시 부끄러운 듯 더듬거렸다. 김지혜는 그를 처음에는 '강민국동무' 로 호칭하다가 어느 날 '민국동무' 로 부르더니, 얼마 전부터는 '민국씨' 라고 호칭하고 있었다.

"지혜씨! 전혀 미안해할 필요가 없어요. 그것은 누구나 가질 수 있는 호기심이에요. 아마 지혜씨가 무관심했다면 저는 엄청 실망했을 거예요."

처음으로 '지혜씨' 라고 부르고 나서, 강민국은 설레는 마음으로 김지혜를 바라보았다. 그녀는 보일 듯 말 듯 미소를 짓고 있었다.

"아이고 내 정신 좀 봐. 우리 지혜씨 배고프시겠는데…."

그는 서둘러 컵라면에 물을 부으며 김지혜를 살펴보았다. 그녀의 눈길은 탁자위에 놓인 신문의 톱기사에 닿아 있었다. 마저 읽고 싶은 충동이리라….

"지혜씨! 라면이 다 되려면 10분은 기다려야 하니 관심 있는 기사를 더 읽으세요."

강민국은 신문을 김지혜의 앞에 내밀었다.

그녀는 몹시 부끄러워하면서도 호기심을 버릴 수는 없는지 신문을 다시 읽어 내려갔다.

"지혜씨! 김치라면 대령이요!"

강민국의 말에 관련기사를 다 읽고 난 김지혜는 무척 상기된 표정으로 그를 바라보았다.

"민국씨! 이 신문기사 내용이 사실이라고 생각해요?"

김지혜는 톱기사의 제목을 예쁜 손가락으로 가리키며 기어들어가는 목소리로 물었다.

"그럼요! 한국에서는 허위기사를 내면 신문사에서 그 책임을 지게 되어 있어요. 나도 아침에 읽었는데 아마 사실일 겁니다. 그리고 신문기사를 쓴 분은 제가 제일 존경하는 기자이시기 때문에 제가 보증을 서지요."

"아니, 그럼 민국씨가 이 기사를 쓰신 강 기자를 잘 아신다는 거예요?"

"잘 알다마다요. 바로 저의 아버님이십니다."

"예! 그게 사실이에요?"

"그럼요. 평생을 조국의 통일을 염원하며 평기자 생활을 하시는 분이시지요."

"어머나! …. 멋있으시다!"

"그럼, 지혜씨 아버님은 뭐하시나요?"

"…."

갑작스러운 질문에 김지혜는 대답을 못하고 머뭇거린다.

"아하! 지금 대답 안 하셔도 되요."

"…. 군인이세요…."

"예! 군인이요?"

강민국은 매우 놀라며 반문을 했다.

"그래요. 군인이세요. 아이 몰라. …. 이제 일어나야겠어요."

그녀는 더 이상 말하기를 꺼리는 듯 일어서려 한다.

"아유! 지혜씨, 라면은 다 드시고 가셔야죠."

라면을 먹고 커피를 마시며 강민국은 그동안 숨겨두었던 어린 시절과 가정에 대한 이야기 등을 해주었다. 김지혜는 요즈음 개성 지역의 분위기가 더욱 나빠지고 있다는 것을 내비쳤다. 가끔씩 '김정은 물러가라' 는 낙서가 발견되고 있고, 소규모 시위도 발생 하여 주민들이 체포되고 있다고 말했다. 혹시라도 공단에 그러한 시위가 생길까봐 걱정이라며, 이를 감독하는 본인은 근로자들로 부터 왕따를 당하고 있다고 말했다. 강민국은 김지혜의 흔들리는 어깨를 꼭 안아주었다. 김지혜는 남쪽의 근로자들을 보면 서로를 존중하며 이해하고, 감독관이 없어도 자기 일에 최선을 다하는 모 습이 참 좋다고 했다. 강민국은 그것은 자유민주주의의 토대 위해 서 책임과 의무를 다하고 자기의 권한을 주장하며, 서로의 인권을 존중하는 대한민국의 헌법정신 때문이라고 말했다. 김지혜는 고 개를 갸우뚱했지만 깊은 생각에 잠기는 듯했다. 강민국은 지난 주 말에 집에 다녀온 이야기를 했다. 어머니가 선을 보라고 했다는 말을 할 때는 김지혜는 몹시 외롭고 슬퍼보였다. 김지혜의 아름다운 눈망울에는 눈물이 스며들었다. 둘은 헤어지기 전에 뜨거운 포옹과 키스를 했다. 3년이 넘는 만남 끝에 첫 입맞춤이었으나, 서로를 껴안고 서로를 바라는 열렬하고 진한 키스였다.

멀리 사라지는 김지혜의 모습과 처음 만난 날의 그녀의 모습이 겹쳐졌다. 공장에 들어선 그녀는 부동자세로 서서 공장시설과 근로자들을 휘 둘러보고 있었다. 비너스처럼 아름다운 모습에 눈이 부셨다. 평양미녀란 바로 이런 여성을 두고 하는 말이구나 생각되었다. 어떻게 이런 여성이 근로자들의 감찰반장으로 올 수 있을까 하고 의아하게 생각한 것은 한 순간이었다. 내가 이곳의 남쪽 공장장인 강민국이라고 소개를 해도 그녀는 눈길 한 번 제대로 주지 않고 공장을 샅샅이 훑어보았다. 강민국은 뒤이은 그녀의 날카롭고 야무진 질문과 북한의 억양 그리고 극히 사무적인 행동에서 당당하고 똑똑한 북한전사다운 그녀의 모습을 확인할 수 있었다. 강민국 같은 범인이 범접할 수 없는 묘한 카리스마를 지니고 있었다.

날이 갈수록 김지혜의 발길은 잦아지고 머무는 시간은 더욱 길어졌다. 그녀는 강민국이 보는 데서도 스스럼없이 신문을 들추고, 조용한 음악이 흘러나오는 FM라디오에 귀를 기울였다. 김지혜는 발랄한 음악을 즐기는 표정이었고, 종종 들려오는 뉴스에도 관심을 보였다. 거의 매일 만나는 그들이었지만, 헤어질 때는 아쉬워하며 서로를 껴안고 오랫동안 키스를 했다.

휴화산의 폭발

강민국은 최근 공장 내 분위기가 이상한 것을 느꼈다. 근로자들이 휴식시간만 되면 서로 모여 낮은 목소리로 수군거리기 시작했다. 점심시간에는 동료들과 배구도 하고 책상에서 낮잠을 즐기거나 삼삼오오 모여 일상사를 이야기하는 것이 보통이었다. 얼마 전까지만 해도 강민국이 들어서면 하던 이야기를 계속하면서 반갑게 인사를 나누곤 했다. 그러나 오월 중순에 들어서자 그들은 하던 이야기를 멈추거나, 빠르게 흩어지는 모습이 잦아졌다. 김지혜가 울먹이며 토로했던 '왕따'를 이제는 강민국도 체험하게 되었다. 점심때는 옆 공장의 근로자들과도 자주 모여 무언가를 쑥덕거리는 것이 눈에 띄었다. 무슨 일이 벌어지고 있는 것 같은데 확실히 손에 잡히지는 않았다.

김지혜의 발길도 더욱 바빠졌다. 상부에서는 하루에도 여러 개의 지시사항이 하달되었다. 대부분 시위가 발생하지 못하도록 통제를 철저히 하라는 내용이었다. 문건에서는 밝히지 않고 있었지만, 남쪽 신문에서 보도되는 대로 국경수비가 강화되는데도 불구하고, 탈북난민의 수는 갈수록 늘어가고 있는 듯했다. 특히 신의주와 해주 및 라진·선봉지역 등 다른 경협지역에서는 가끔 산발적인 시위도 발생하는 모양이었다.

조마조마했던 일은 5월 20일 화요일 점심시간에 터졌다. 개성 경협지역 공장노동자 대부분이 밖에 집결하여 대규모 시위를 시작한 것이다. 식사를 마치고 사무실에서 커피 한 잔을 마시고 있던 강민국도 소란한 소리에 밖으로 나가보았다. 많은 근로자들이 어디서 만들었는지 '자유 쟁취, 생존 보장, 인권 개선' 등의 피켓을 손에 들고 있었다. 집결된 시위인원은 족히 1000명은 넘어 보였다. 강민국이 잘 아는 P실업의 근로자들도 눈에 띄었다.

지도자급으로 보이는 사람이 확성기를 이용하여 선창을 하고 그들은 구호를 외치기 시작했다.

"우리에게 자유를 달라!"

"생존권을 보장하라!"

"인권을 개선하라!"

강민국은 이 구호가 누구를 향한 외침인지 알 수 없었다. 어찌 보면 개성공단에 입주한 기업들에 대한 요구사항일 수 있었다. 다른 한편에서 보면 북한 김정은 정권에 대한 요구일 수도 있었다.

생존권은 임금에 관한 사항이라서 입주기업에 요구한다고 할 수 있지만, 달러로 지급되는 임금은 매년 정해진 법에 의해 인상되고 있었다. 근로자들은 그 중 대부분을 북한정권에 반납하고 약 40%에 해당되는 금액을 북한 돈이나 생필품 등으로 지급받아 사용하고 있었다. 그동안 임금이 꾸준히 인상된 덕으로 지금은 약 300달러 가까운 봉급을 받고 있었다. 북한 지역의 내부 근로자의 3배에 해당하는 임금이었다. 그래서 경협지역에서 일하고자 하는 사람들은 해마다 늘어 경쟁률이 10대 1이 넘었다. 그러니 입주기업에 대한 요구는 아니라고 생각이 들었다. 그리고 자유와 인권은 공단지역처럼 보장된 곳이 없었다. 근로자들은 그 점을 특히 좋아했고, 부러워했다. 그렇다면 이것은 신의주와 라진·선봉지역에서 발생한 시위처럼 김정은 정권에 대한 요구임이 틀림없다고 판단되었다. 그들의 목소리는 점점 커지기 시작했다. 손에 피켓을 든 무리들이 점점 더 모이기 시작했다. 시위의 무리는 수천 명을 넘고 있었다. 구호가 세 가지로 국한된 것으로 보아 철저히 조직되고 통제된 시위임이 분명했다.

10분도 지나지 않아 중앙특구개발지도총국 북측 간부들로 보이는 무리들이 차를 타고 나타났다. 멀리서 김지혜의 모습도 어슴푸레하게 보이는 것 같았다. 그들은 시위대의 리더가 확성기를 통해 구호를 선창하고 있는 단상으로 올라가려고 노력하는 것 같았다. 그러나 시위대는 그들을 순식간에 둘러싸고 단상에 접근하는 것을 차단했다.

구호는 점점 커지고, 시위대의 숫자는 기하급수적으로 늘어나고 있었다. 멀리 떨어진 생필품 공단지역에서도 구호가 들리는 것 같았다. 그 때야 강민국은 상황을 파악할 수 있었다. 이것은 공단 전 지역에서 동시 다발적으로 일어난 기습적인 대규모 시위였다. 구호의 대상은 김정은 정권이었다.

멀리서 사이렌소리가 들리고 인민보안부 소속의 순찰 및 경비차량이 들이닥쳤다. 수십 명의 인민보안부원들이 곤봉을 휘두르며 시위를 진압하려고 시도했다. 그러나 역부족임이 금방 드러나고 있었다. 시위대는 피켓을 휘두르며 인민보안부원과 맞서고 있었다. 그 때 김지혜의 모습이 단상 쪽에서 보이는 듯했다. 그녀는 시위 주동자의 확성기를 뺏기 위해 달려들고 있었다. 성공하는가 싶더니, 다른 시위대원에 밀려 단상 밖으로 내동댕이쳐졌다. 밖으로 던져진 그녀의 모습이 눈에서 사라졌다.

　강민국은 김지혜를 향해 달리기 시작했다. 불과 200미터 정도 떨어진 단상이지만 시위대에 막혀 앞으로 나가기가 쉽지 않았다. 그녀를 구해야 한다는 일념으로 시위대를 밀치며 앞으로 조금씩 나아갔다. 마침 시위대가 제1공단의 정문 쪽으로 조금씩 이동하고 있어 틈이 생기기 시작했다. 그녀는 정신을 잃은 듯 엎어져 있었다. 평소 말끔했던 그녀의 옷은 이미 많은 발자국으로 더럽혀져 있었다. 시위대가 이동하면서 엎어진 그녀를 밟고 지나간 흔적이었다. 얼굴도 발길에 채인 듯 피가 흐르고 있었다. 강민국은 그녀를 재빨리 둘러업었다. 강민국은 그의 사무실을 향해 움직이려고 하였으나, 시위대의 거대한 힘에 정문 쪽으로 밀려나고 있었다. 그 때 누군가 강민국에게 '이쪽이에요' 하고 소리 지르는 사람이 있었다. 강민국이 평소 아끼고 도와준 제3작업반의 김순애 반장이었다. 그는 김 반장이 건강이 안 좋은 것을 확인한 후로 종합영양제와 비타민 등을 구해 와서 슬그머니 그녀에게 주었다. 그녀는 알아보게 건강해졌고, 그 후로 그녀가 담당한 작업반의 실적은 매우 높아졌다. 김 반장은 소리를 크게 지르며 길을 트고 있었다. 강민국은 김 반장의 도움 덕분에 시위대의 물결에서 간신히 빠져나와 사무실 쪽으로 이동할 수 있었다. 짧은 시간이었지만 온몸은 땀에 흠뻑 젖어있었다.

김지혜를 소파에 눕히고 공장 소속의 응급의료반장을 불렀다. 군복무를 마치고 바로 투입된 젊은 의사였다. 운영 초기에는 간호사만 두고 있었는데, 공장 근무 인력이 3000명을 넘어서며 의사 한 명을 추가로 운용하고 있었다. 김 반장은 찬물수건으로 김지혜의 얼굴을 닦았다. 강민국은 브라우스 단추를 풀어 응급호흡을 시켰다. 봉긋하고 아름다운 젖무덤이 눈에 들어왔다. 김지혜는 아직도 정신을 차리지 못하고 있었다. 응급의료반이 도착했다. 그들도 갑작스러운 시위에 정신이 나간 듯했다. 강민국은 우선 그들부터 안정을 시켰다. 산소호흡을 시킨 후에야 김지혜는 겨우 정신이 돌아오는 것 같았다. 김지혜는 급히 일어나려 했으나 고통으로 다시 쓰러졌다. 심폐기능은 정상으로 회복되고 있으나, 갈비뼈가 부러진 것으로 판명되었다. 그녀는 시위를 중단시켜야 한다는 말을 되뇌이며 계속 일어나려고 했으나, 몸이 말을 듣지 않는 것 같았다. 김지혜가 정신을 차린 것을 확인한 김 반장은 동료들과 함께 행동해야 한다며, 죄송하다는 말을 남기고 뛰어 나갔다. 구급차를 불렀으나 지금 모든 차량이동이 차단되어 움직일 수 없다는 연락이 왔다. 우선 진통제와 신경안정제를 투약하고 잠을 재웠다.

김지혜가 잠든 것을 확인한 강민국은 우선 공장을 점검하기 시작했다. 모든 기계는 작동이 중단되어 있었다. 대부분의 근로자가 떠난 공장내부는 텅 빈 상태였다. 지사장과 남쪽 직원 20여 명은 무얼 어떻게 해야 할지를 모르고 우왕좌왕하고 있었다. 우선 공장의 시설은 이상이 없는 것으로 확인되었다. 시위에 참여하지 않는 근로자를 모아보니 500여 명이 되었다. 대부분 개성지역에 가정이 있거나 건강이 안 좋은 근로자들이었다. 강민국은 그들을 공장의 제일 큰 건물로 모이게 했다. 유사시에 대비해 신변을 보호해주어야 한다고 생각했다. 그리고 한국 직원들에게 공장의 이상 유무를 다시 한 번 철저히 확인하여 보고토록 했다. 혹시라도 사보타지가 있지 않았을까 우려되었다. 그리고 남은 근로자들을 안전하게 퇴근시킬 수 있는 차량을 확인토록 했다. 전화로 통일부에서 파견 나온 개성공단 본부와 다른 회사의 공장과도 접촉을 하도록 했다. 공장은 이상이 없었다. 차량이동은 철저히 통제되고 있었다. 다른 회사도 근로자들이 대부분 시위에 동참하고 있다고 알려왔다. 개성시에서도 개성시민들 다수가 점심시간 대에 시위를 시작하여 지금은 공단 시위대와 합류하고 있다고 연락이 왔다. 개성공단 남측 본부에서는 가능한 내부 단속을 철저히 한 가운데 위기상황에 준해 비상 대기하라는 통보가 있었다.

강민국은 그 때야 모든 상황을 하나하나 추적해보았다.

'근로자들은 김정은 정권에 반대하는 시위를 대대적으로 하고 있다. 시위는 어느 한 공장에서만 발생한 것이 아니고 모든 공장과 개성시민이 연계된 대규모 시위다. 그들은 비밀을 유지하기 위해 많은 노력을 하며 이를 준비했다. 그들이 휴식시간에 모여 서로 수군대던 것은 시위를 하기 위한 모의였다.'

강민국은 앞으로 무슨 일이 일어날 수 있을지 예측해보았다. '시위대는 군사분계선을 향해 남쪽으로 이동할 것이다. 인민보안부만으로는 현 시위를 진압하기가 어려울 것이며, 인민군대가 투입될 것이고 유혈충돌이 일어날 것이다. 사상자가 발생할 가능성이 높다. 공장은 당분간 정상적으로 운영되기 어려울 것이며, 대대적인 압수수색이 있을 수 있다. 지금 공장에 모여 있는 근로자들은 오늘 이동이 통제될 가능성이 높다. 그들의 숙식을 준비할 필요가 있다. 생각이 여기에 미치자, 강민국은 예상되는 상황에 대한 조치를 공장의 한국 측 직원들에게 하달했다. 공장내부를 철저히 뒤져 시위 관련한 문건을 파기토록 했다. 공장이 잠정적으로 운영이 안 될 것에 대비한 준비도 하도록 했다. 그는 본부에 현 상황을 보고했다.

어느 정도 선조치가 종료되자, 강민국은 갑자기 김지혜가 걱정되기 시작되었다. 강민국이 방에 들어서니 신경안정제의 효과로 잠들어 있는 그녀는 진땀을 흘리며 신음하고 있었다. 응급의사는 그녀의 옆에 앉아 맥박과 혈압을 체크하고 있었다. 차량과 인원이동이 통제된다면 김지혜에 대한 치료가 당분간 어려울 수 있다. 사태가 어느 정도 수습되면, 그녀는 감찰반장의 소임을 다하지 못한 책임을 추궁당할 것이다. 강민국은 의사와 함께 김지혜를 조심스럽게 그의 야전침대로 옮겼다.

카톡이 울리고 아버지 강 기자에게서 문자가 왔다. 개성공단 지역에 큰 시위가 발생하여 엄청난 혼란이 있다는데, 강민국의 공장은 상황이 어떠냐는 내용이었다. 강민국은 아버지께 지금까지 발생한 상황에 대해 간략하게 말씀드렸다. 강 기자는 내용을 종합하여 "개성공단과 개성시 지역 대규모 반 김정은 정권 시위 발생" 제목의 기사를 작성했다. 신문사는 가장 먼저 기사를 정리하여 호외로 뿌렸다. 특종 호외였다.

창밖으로 해가 뉘엿뉘엿 넘어갈 즈음 남쪽에서 총소리가 들리기 시작했다. 군대가 투입되어 철책으로 전진하는 시위대를 향해 발포한 거라 판단되었다. 김순애 반장에게서 문자가 왔다. 그녀는 남쪽의 손전화기를 갖고 싶어했었다. 공장근로자들은 남쪽 삼성전자나 LG전자에서 생산된 손전화기를 하나 갖는 것이 꿈이었다. 그녀의 생일에 주위사람 몰래 중고폰을 선물한 것이 지금 효과를 보고 있는 것이었다. 지금 그녀는 시위대와 함께 도라산역 방향으로 이동하고 있으며, 군인들이 바리케이드를 치고 공포탄을 쏘며 남쪽으로 진출하려는 그들을 막고 있다는 보고였다. 그리고 이 시위는 그들의 요구가 관철될 때까지 지속될 것이며, 공장장님께 사전에 보고를 드리지 못해 죄송하다는 내용이 포함되어 있었다. 강민국은 시위 중에도 그를 생각해준 김순애 반장이 무척 고마워 건강에 각별히 유의하라는 답신을 보냈다. 강민국은 새로운 상황이 발생하면 문자를 달라는 말씀대로 김순애 반장이 알려준 내용을 아버지께 전송했다. 강 기자 발신의 호외 2호가 뿌려졌다. 한국정부는 즉시 성명을 발표했다. 시위의 자유를 보장하고 시위대의 안전을 보장하라는 내용이었다.

우선 공장에 있는 근로자들의 저녁식사는 라면으로 대신했다. 그들은 집으로 복귀하고자 했으나, 공단 정문을 인민보안부 요원들이 지키며 차량과 인원의 통과를 철저히 차단하고 있었다. 다행히 간식용으로 준비해둔 라면은 7만 개 이상이 비축되어 우선 식사 걱정은 하지 않아도 되었으나, 잠자리가 문제였다.

김지혜는 오후 8시경이 되어 눈을 떴다. 창밖은 어둠이 내리고 있었다. 산발적인 조명탄 소리가 들렸다. 옆에는 강민국이 걱정스러운 눈으로 그녀를 바라보고 있었다. 그녀는 주위를 돌아보면서 이곳이 강민국의 사무실이란 것을 알았다. 일어나려고 힘을 주었으나, 통증이 너무 심해 도저히 움직일 수 없었다. 그녀는 당시 상황을 더듬어 보았다. 단상에 올라가 확성기를 뺏으려고 했다. 그 순간 리더로 보이는 여성의 주변에 있던 시위대원들이 순식간에 그녀를 단상 밖으로 내쳤다. 넘어진 그녀는 일어나려 했으나 일어날 수가 없었다. 시위대는 그녀를 밟으며 움직이고 있었다. 정신을 잃었다.

"시위대는요?"

김지혜는 걱정이 되는 듯 나직하게 물었다.

"지금 공단 밖으로 나가 남쪽으로 이동하며 시위를 하고 있소. 너무 걱정하지 말고 우선 쉬어요."

강민국은 걱정이 되는 듯 김지혜의 뺨을 어루만졌다. 그녀의 뺨은 눈물로 적셔지고 있었다.

"지금 시위대 곁으로 가야 해요. 그렇지 않으면 그들은 다 죽어요."

김지혜는 얼마 전에 로동당과 국가안전보위부에서 내려온 '시위억제 지침'이 생각났다. '시위 초기에는 공포탄으로 위협하여 해산시키되, 진압이 어려울 시는 제한된 범위에서 실탄사격도 허용한다'는 내용이 빨간 글씨로 선명하게 쓰여 있었다.

김지혜가 일어서려 할 때마다 고통은 더욱 커졌고 진땀이 났다.

"지혜씨! 지금 공단 정문은 인민보안부 요원들이 차단하고 인원과 차량을 철저히 통제하고 있어요."

강민국은 고통을 참고 일어나려고 기를 쓰는 김지혜가 안타까워 지금 일어나도 소용이 없다는 점을 강조했다.

"민국씨! 인민군대가 시위대를 향해 사격을 하는 일은 막아야 해요."

김지혜는 너무 안타까운 듯 눈물을 주르륵 흘렸다. 강민국은 그녀가 한사코 시위를 막으려 했던 이유를 어슴푸레하게 이해하게 되었다.

창밖 멀리서는 조명탄이 떠서 주변을 환하게 비추고 있었다.

강민국은 아버지 강 기자에게 '개성공단 지역의 우리 국민은 안전한 것으로 추정되나, 북한 인민보안부에 의해 이동이 통제되고 있다. 북한군은 시위가 통제할 수 없는 상태로 발전하면 시위대를 향해 사격을 할 것으로 예측된다'는 내용을 전했다.

강 기자는 지금까지의 상황을 종합하여 "개성지역 우리 국민 신변 이상 없어! 시위대 규모 10만 명 이상, 북한군 시위대에 실탄 사격 가능" 등의 내용을 담은 '호외 3호'를 발행했다. 이러한 내용은 외신을 타고 순식간에 세계에 퍼져나갔다.

김지혜의 고통은 더욱 심해지고 고열로 땀이 비 오듯 했다. 이

사태가 언제 진정될지 알 수 없는 상황에서 그녀를 치료할 수 있는 유일한 길은 정문을 통제하고 있는 인민보안부 요원에게 연락하여 개성 시내에 있는 공단의 종합병원에 가는 것이었다. 강민국은 이번 기회에 그녀를 데리고 북한을 탈출할까도 생각해보았으나, 그녀는 북한에서 앞으로 해야 할 일이 많다며 미안해했다. 헤어지면 언제 다시 만날지 모르는 두 사람은 부둥켜안고 한없이 눈물을 흘렸다.

인민보안부는 상부의 지시로 김지혜를 찾기 위해 혈안이 되어 있었다. 그들은 강민국이 신고를 하자마자 신속하게 응급차를 불러 그녀를 데려갔다. 강민국은 차량의 불빛이 시야에서 멀어질 때까지 그녀의 건강을 기원하며 그 자리에서 서 있었다.

위기를 호기로

　개성공단과 개성지역에서 대규모 시위가 발생한 그 다음 날인 수요일 오전 09:00시에 국가안전보장회의가 열렸다. 시위가 발생한 어제 저녁에 개최하는 방안도 검토하였으나, 상황이 보다 명확하게 파악되고 조치해야 할 내용도 깊이 있게 검토한 후 개최하는 것이 바람직하다는 국가안보실장의 건의가 받아들여진 것이었다.

　국가안전보장회의는 대통령 자문기관인 동시에 국가안전보장에 관련된 대외정책, 대북정책과 군사정책 및 국내정책사항을 국무회의 심의에 앞서 자문하는 역할을 하고 있었다.

대통령, 국무총리, 국가안보실장, 통일부장관, 외교통상부장관, 국방부장관, 국가정보원장과 대통령이 정하는 약간의 위원으로 구성되었다. 대통령이 의장으로서 필요하다고 인정한 때는 관계부처의 장과 합동참모회의 의장 등 기타 관계자를 회의에 출석시켜 발언하게 할 수 있도록 되어 있었다.

어제 비상 대기한 탓인지 참석자 대부분의 얼굴이 부스스했다. 오늘 회의의 주제는 북한에서 발생한 상황에 대한 우리 정부의 대응방안과 각 부처별 조치사항, 개성공단 지역에 체류하는 우리 국민의 신변보장대책, 주변국과 UN을 포함한 국제기구와의 협조방안, 시위대의 안전을 보장하는 대응책, 북한 김정은 정권에 대한 대응방안 등 다섯 가지로 정해졌다.

국가안보실 제1차장 겸 NSC 사무처장이 전반적인 상황에 대해 간단하게 보고했다.

"지금 북한의 전반적인 상황은 매우 혼란한 상태입니다. 북한의 식량난은 우리의 지원에도 불구하고, 약 100만 톤이 부족한 가운데 많은 기아자가 발생하고 있습니다. 어제 개성공단과 개성시 지역에서 발생한 시위는 약 10만 명이 참여한 가운데 계속되고 있습니다. 도라산역 방향으로 진출을 시도하고 있는 시위대는 '자유 쟁취, 생존 보장, 인권 개선' 등을 요구하고 있으며, 철책을 넘어 남쪽으로 이탈할 움직임을 보이고 있습니다. 북한군은 시위대의 진출을 막고 진압하기 위해 북방한계선 이북지역에 차단선을 설치하고, 시위대가 철책 지역으로 접근하는 것을 막으려고 노력하고 있습니다. 북한군은 공포탄을 쏘고 있으며, 어제 저녁에는 수백 발의 조명탄을 쏘아 시위대에 공포감을 조성하고 시위현장을 장악하려 하고 있습니다. 시위는 오늘도 계속될 것으로 판단되며, 시위대의 숫자는 더욱 늘어날 것으로 예측됩니다. 북한군이 이를 통제할 수 없다고 판단되면 시위대를 향해 실탄사격을 할 가능성이 있습니다. 그러면 다수의 사상자가 발생할 위험이 높습니다. 개성지역 외에도 신의주지구와 라진·선봉지구 등 북한과 우리와의 경협지역에서는 산발적이지만 소규모의 동조 시위가 계속되고 있습니다. 지금 개성공단지역으로 진입하는 도로와 철도는 북한 측에 의해 차단되었고, 개성공단의 가동은 중단되고 있습니다. 공단 내는 비교적 안전한 것으로 판단됩니다. 그러나 우리 국민의 이동도 북한 인민보안부에 의해 철저히 통제되고 있는 것으로 판단됩니다. 개성공단 내 우리 근로자들은 약 일주일 분량의 비상식량을 보유하고 있어 당장은 큰 문제는 없으나, 필요시 안전한 철수조치가 요구됩니다."

이어서 정민성 국방부장관이 북한군 동향과 전투태세 관련 내용을 보고했다.

"지금 국방부는 경계 및 감시태세를 한 단계 올려 전투태세를 강화했습니다. 다른 전선지역에서는 특별한 징후가 없습니다. 특히 북한군이 추가적으로 전투태세를 강화했거나 도발할 징후는 파악되지 않고 있습니다. 따라서 국방부는 연합사와 협조하면서 개성지역에서 일어나고 있는 상황을 주시하고 있습니다. 개성공단 지역의 우리 국민들이 안전하게 보호될 수 있는 방책을 추가적으로 강구하겠습니다. 그리고 상황이 더 악화되면 수송헬기를 활용하는 방안을 포함하여 모든 인원을 안전하게 철수시키는 방안도 강구하겠습니다. 만약에 시위대가 자유를 찾아 철책을 넘어온다면, 이를 안전하게 유도하고 보호하겠습니다. 우선 현 상황을 안정적으로 관리하기 위해 북한에 '장성급 군사회담'을 요구하고, 시위대에 사격을 하는 등 경거망동한 행동을 하지 못하도록 경고하겠습니다."

"국방부장관님! 특히 북한이 현 상황을 악용하여 도발하지 않도록 억제해주시고, 개성공단 지역의 우리 국민의 안전에 각별히 유의해주세요. 그리고 귀순자는 안전에 최대한 유의하여 보호될 수 있도록 철저하게 준비해주세요."

대통령은 국방부장관의 보고에 이어 지시사항을 하달했다.

"외교부는 현 상황을 주변국이 악용하지 않도록 조치하고 있습니다. 특히 중국이 이 상황을 이유로 북한에 군사적으로 개입하지 않도록 노력하고 있습니다. 미국과는 김정은 정권의 붕괴에 대비한 조치를, UN과는 북한의 인권보호에 대한 선언을 할 수 있도록 협조하고 있습니다. 가능한 내일까지 UN의 인권보호 선언이 발표될 수 있도록 협조하겠습니다. 러시아와 일본이 한국의 국익을 해칠 정도로 과도하게 북한에 개입하지 않도록 노력하고 있습니다. 앞으로 국제사회와의 협력을 강화해서 한반도 주변이 안정될 수 있도록 노력하겠습니다."

외교부장관이 필요한 조치사항을 보고했다.

"외교부장관님, 북한의 군사적인 도발 가능성이 높아진다면 즉시 UN안보리의 소집을 요구할 수 있도록 준비하는 것도 중요할 것 같습니다."

국가안보실장의 건의에 대통령은 이를 수렴하고 바로 지시했다.

"통일부는 그동안 남북한 간 협력해온 사안들이 이번 사태로 악영향을 받지 않도록 최선을 다하겠습니다. 이번 시위가 대부분 경제협력지구 근로자들의 주도로 이루어지고 있습니다. 북한 측에서 공단지역의 출입을 철저히 통제하고 있어, 당분간 공단의 가동은 어려울 전망입니다. 그러나 시위가 진정되면, 바로 공장이 가동될 수 있도록 북한 측과 협조하겠습니다. 특히 공단지역의 우리 근무인력의 안전이 보호되도록 협조를 하고 있습니다. 이번 사태가 평화통일로 이어지는 길목이 될 수 있도록 노력하겠습니다. 북한 주민들이 우리 대한민국 쪽을 바라보면서 우리와의 통일을 희망할 수 있도록 하기 위해서는 이번 사태의 평화적인 해결이 중요하다고 생각합니다. 그리고 시위대의 인명피해가 없도록 해야 하며, 귀순자에 대해서는 철저한 보호조치가 필요하다고 판단됩니다."

"북한 측으로부터 우리 근로자의 생명과 공단지역의 재산을 확실히 보호하겠다는 확답을 가능한 오늘 중으로 받을 수 있도록 협조하면 좋을 것 같네요."

그동안 통일부장관의 보고를 조용히 듣고 있던 국무총리가 국민의 안전이 걱정된 듯 의견을 제시했다.

"총리님 말씀에 전적으로 동의해요. 이번 사태의 해결과정에서 가장 중요한 것은 우리 국민의 생명과 안전을 보호 하는 일이에요. 모든 부서가 이 점을 최우선에 두고 임무를 수행해 주세요."

대통령도 국무총리의 의견을 존중하며 필요한 조치를 하달했다.

"국가정보원이 개성지역의 시위를 미리 예고하지 못해 죄송합니다. 저희도 개성공단지역의 근로자들의 움직임이 수상하다고 판단하였습니다만, 이렇게 조기에 많은 인원이 동원된 시위가 일어나리라고는 예측하지 못했습니다. 죄송합니다."

국가정보원장은 두 번씩이나 임무수행이 완벽하지 않았음을 사죄하며 말을 이어갔다.

"우선 이번 사태를 계기로 북한에 대한 정보수집 수단을 더욱 강화하겠습니다. 신의주와 라진·선봉지구의 경협지역에서도 시위가 더욱 확대되는 추세입니다. 북한은 우선 경찰력을 투입하여 이 지역의 시위를 제압하려 노력하고 있으나, 성공하지 못할 시는 군사력의 투입도 예상됩니다. 북한군은 너무 오랫동안 비상태세를 유지하고 있어, 모두가 상당히 지친 상태입니다. 2주 후로 예정된 남북정상회담이 이번 사태로 영향을 받지 않고 잘 진행될 수 있도록 노력하겠습니다."

"이 번 정상회담은 한반도의 안정에 중요한 의미를 갖고 있어요. 그리고 현 상황을 평화통일로 연결할 수 있는 연결고리를 만들 수도 있다고 판단합니다. 북한주민에 대한 인권문제를 직접적으로 거론할 수 있는 좋은 만남의 장이구요. 북한주민들에게도 대한민국이 그들을 적극적으로 돕고 있다는 것을 느낄 수 있도록 하는 계기가 될 수도 있어요. 김정은 위원장에게도 도움이 될 수 있다는 걸 인식시켜야 합니다. 차질이 없도록 신중하게 추진하세요."

"예. 최대의 성과를 낼 수 있도록 추진하겠습니다."

대통령의 상세한 지시에 국정원장은 송구스러운 듯 말했다.

이어서 국가안보실장이 앞으로의 계획과 부처별 협조사항을 보고했다.

"지금 일어나고 있는 일들은 모든 부서가 서로 긴밀히 협조해야 극복할 수 있습니다. 따라서 당분간은 제가 주관하여 실무조정회의를 자주 열겠습니다. 각 장관님들께서는 다른 부처와 협조사항이 있을 시는 수시로 토의안건을 제기해주시기 바랍니다. 제가 필요한 사항을 조정하겠습니다. 그리고 오늘 회의 후에는 '대북성명서'를 발표하는 것이 바람직하다고 생각합니다. 통일부에서 준비해주시는 것이 바람직하다고 생각해서 건의 드립니다."

"국가안보실장님의 의견에 동의합니다. 통일부에서 시위대에 발포해서는 안 된다는 내용을 포함한 대북성명서를 준비하셔서 오늘 중으로 발표해주세요. 그리고 국가안보실에서는 오늘 회의 내용을 국무회의에 상정할 수 있도록 준비해주세요. 혹시 배석한 합참의장께서 하실 말씀은 없으신가요?"

대통령이 제복을 입고 뒷자리에 앉아 있는 합참의장을 돌아보며 물었다.

"대통령님! 완벽한 군사대비태세를 유지하여 평화를 잘 지키겠습니다. 북한의 도발을 억제하기 위해 연합사령관과 협조하여 유사시 대비태세를 갖추겠습니다. 북한의 도발에는 단호히 응징토록 할 계획입니다."

합참의장은 절도 있고 단호한 목소리로 답변했다.

"고맙습니다. 수고 많으셨습니다. 우리 모두 시대적인 소명감을 갖고 이 위기를 평화통일의 길로 연결할 수 있도록 함께 노력해주시기 바랍니다."

회의는 10시 30분에 끝났다.

회의 후 통일부가 준비해서 발표한 대북성명서 내용은 다음과 같았다.

"대한민국 정부는 북한에서 발생하고 있는 모든 사태를 예의주시하고 있다. 우리는 혼란이 조속히 종결될 수 있도록 함께 노력할 것이다. 개성공단에 근무하는 대한민국 국민들의 안전을 위해 최선을 다해줄 것을 촉구한다. 우리는 북한동포들의 집회와 시위의 자유가 보장되고, 안전이 최대한 보장되기를 바란다. 북한 동포에게 인권은 최대한 보장되어야 하며, 어떠한 경우에도 시위대에 발사하는 일은 반인륜적인 행위임을 분명히 밝혀둔다. 대한민국 정부는 국제사회와 함께 북한을 돕기 위해 최선을 다할 것이다."

인권을 지켜라

"아버지, 시위대에 사격을 가하도록 지시하시면 안 됩니다. 절대 안 됩니다. 인민의 인권을 지키세요."

김지혜는 병원으로 달려온 아버지의 손을 잡자마자 이렇게 당부했다. 그리고는 정신을 잃었다. 개성공단지역에 시위가 발생하자, 그녀의 눈앞에는 상부에서 내려온 사격명령이 아른거렸다. 어떻게든 시위가 발생하는 것을 막아야 한다는 생각이 앞섰다. 그녀는 생명을 존중하는 사상은 인권의 가장 기본임을 남쪽의 신문을 통해 배웠다. 그리고 인권이 중시되는 나라가 민주주의 국가라고 생각되었다. 우리 공화국도 최소한 인민의 인권을 중시하는 민주주의 국가가 되어야 한다고 생각했다.

여기까지 생각이 미치자, 시위대에 군의 사격명령을 철회할 수 있는 유일한 사람은 아버지라고 생각되었다. 그래서 개성공단 병원에서 응급치료를 받고는 바로 평양으로 후송을 원했었다. 의사들은 내부출혈과 고열로 생명에 지장을 줄 수도 있으니, 일주일 정도 입원 치료 후 어느 정도 회복되면 이동하는 것이 바람직하다는 의견을 제시했다. 그러나 그녀는 요지부동이었다. 동이 틀 무렵 김진성이 보내준 구호헬기를 타고 평양으로 후송되었다.

김진성은 딸의 부상 소식을 듣고 걱정이 되어 병원으로 바로 달려왔다. 그런데 김지혜의 뜬금없는 말에 귀를 의심할 수밖에 없었다. 공화국의 위대성을 누구보다 자랑스럽게 생각하며 주체사상과 선군사상을 중시하던 그녀가 아니던가? 김정은 정권과 체제를 지키는 최선봉에 서 있던 딸이 아니던가? 그런데 정권과 체제를 위협하는 반란세력에게 사격을 하지 말라니! 얘가 미친 것인가? 큰 부상을 당하더니 정신이 이상해진 것인가? 딸이 수술을 받고 있는 동안 김진성의 머리는 무거웠다. 생각에 잠겨 있는 동안 의사가 다가와 수술이 성공적으로 끝났음을 알려왔다. 갈비뼈 두 대가 골절되었는데 잘 봉합되었고, 내부 출혈은 멈추었으나, 아직은 혼미한 상태이니, 최소한 일주일 동안은 입원치료가 필요하다고 보고했다.

그 다음날 로동신문과 북한의 언론매체들은 김지혜의 영웅적인 행동을 대대적으로 보도했다. 젊은 여자의 몸으로 시위를 막기 위해 처절한 노력을 다해 갈비뼈가 부러지고 중상을 당해 병원에 입원치료 중이라고 보도했다. 이런 정신이 바로 공화국의 영웅정신이라고 치켜세웠다. 특히 그녀의 아버지가 바로 김진성 총참모장이어서 공화국의 군인정신을 이어받은 여전사라고 호평했다. 점심때에야 깊은 잠에서 깨어난 김지혜는 어머니가 가져다준 로동신문을 보며 그저 씁쓸하게 웃을 뿐이었다. 그리고 어머니에게 시위대에 사격을 가했는지 물었다.

김진성은 오전 내내 깊은 고민에 빠졌다. 지금 시위는 격화되고 있었다. 개성시민들까지 시위대에 가담해 시위자는 10만 명을 넘어서고 있었다. 예하 부대장과 참모들은 시위대에 사격을 가해서라도 강제해산시키는 길이 최선이라고 건의하고 있었다. 그는 남쪽 정부가 발표한 성명서를 들추어보았다. '시위대에 발사하는 것은 반인륜적 행위이다' 라는 문구가 더욱 크게 눈에 들어왔다. 그리고 '시위대에 사격을 하면 절대 안 된다' 는 딸의 절박한 목소리가 계속 귓전을 때리고 있었다. 그는 결정하기 전에 딸의 의도를 정확히 알고 싶었다.

"그래 한고비 넘겼다는 의사의 이야기를 들었다. 수고가 많았구나!"

딸이 깨어났다는 연락을 받은 김진성은 바로 병원으로 달려가 딸의 머리를 쓰다듬으며 물었다.

"그런데 시위대에 사격은 안 된다니 무슨 뜻이냐?"

"아버지! 공화국의 인민에게도 인권이 있지요?"

김지혜는 고개를 김진성에게 돌리며 아직 말하기가 쉽지 않은 듯 나직한 목소리로 말했다.

"그래 당연한 이야기 아니냐."

"아버지! 그런데 인권 중에서 가장 소중한 것이 무엇이라고 생각하세요?"

"…."

"바로 살아갈 수 있는 권리예요. 즉 생존의 권리지요."

"그러나 지금 개성지역의 시위대는 우리 공화국의 정권과 체제를 위협하는 반란자들이지 않느냐? 조선민주주의인민공화국 사회주의헌법 제12조에 '국가는 계급로선을 견지하며 인민민주주의독재를 강화하여 내외적대분자들의 파괴책동으로부터 인민주권과 사회주의제도를 굳건히 보위한다'고 되어 있지 않느냐. 즉 공화국 헌법을 어긴 반란자에게 생존의 권리는 없다'는 것은 나보다 네가 더 잘 알 것 아니냐?"

"아버지! 그러나 사회주의헌법 제8조에는 '국가는 착취와 압박에서 해방되어 국가와 사회의 주인으로 된 로동자, 농민, 군인, 근로인테리를 비롯한 근로인민의 리익을 옹호하며 인권을 존중하고 보호한다' 고 명시되어 있어요. 그리고 제67조에서는 '공민은 언론, 출판, 집회, 시위와 결사의 자유를 가진다. 국가는 민주주의적 정당, 사회단체의 자유로운 활동조건을 보장한다' 고 명기하고 있지요. 그들은 반란자가 아니에요. 단지 사람답게 살 수 있는 자유를 열망하는 공화국의 공민들이에요. 군대가 사격을 가해 일시적으로 시위를 잠재울 수 있을지 몰라도 그 다음은 더 걷잡을 수 없는 시위가 일어날 거예요. 그리고 사격에 대한 책임은 앞으로 아버지를 계속 괴롭힐 거예요. 아버지 루마니아의 차우셰스쿠의 몰락을 생각해보세요. 인민들의 요구에 귀를 기울여보고, 평화적으로 해결할 수 있도록 노력해주세요."

김진성은 사회주의헌법을 조목조목 대며 근로인민의 인권을 이야기하는 딸이 처음에는 이해가 안 되었으나, 차우셰스쿠의 사례를 떠올리며 딸이 무엇을 걱정하고 있는지 어렴풋이 알 수 있었다.

김진성 총참모장은 그 날 오후 사태의 평화로운 해결과 남북

정상회담의 성공적인 개최를 위해서는 인민군대가 인민들을 향해 사격하는 일은 가능한 피해야 한다는 점을 들어 김정은 최고사령관을 설득할 수 있었다. 그리고 그는 헬기를 타고 시위현장에 내려가 해질 무렵 시위대의 대표와 마주앉아 그들의 요구사항을 청취했다. 그들은 자유탄압 중지, 일할 권리 인정, 평화적인 시위의 보장을 요구했다. 김진성은 즉답을 할 수 없는 사항이지만, 요구사항을 최대한 존중하며 노력하겠다고 말했다. 인민군 총참모장이 시위대와 마주앉는 것은 북한공화국 역사상 처음 있는 일이었다. 김진성의 이러한 노력의 결과로 시위대의 분노는 어느 정도 가라앉았고, 그날 밤 그들은 스스로 해산 결정을 했다.

시위대가 해산되고 자유로운 통행이 허용되던 날 강민국은 개성병원 측으로부터 한 통의 편지를 받았다.

"민국씨! 제가 부상을 핑계로 떠나오게 되어 죄송해요. 그동안 너무 고마웠어요. 우리 꼭 다시 만나요. 건강하세요. 지혜드림."

고통 속에서 김지혜가 흘겨 쓴 메모였다.

둘은 하나 되고

　강 기자는 새벽에 일어나 하늘을 보았다. 별이 유난히 반짝이
는 맑고 청명한 오월의 날씨였다.

　"참 좋은 징조야!"

　강 기자는 속으로 중얼거렸다. 오늘은 판문점의 북쪽에 있는
통일각에서 남북한 정상회담이 있는 날이다. 그는 수행기자단에
포함되어 취재하기로 되어 있었다. 우리 측에서는 한우리 국가안
보실장과 통일부장관이 공식 수행원이었다. 북측에서는 당을 대
표해서 최철해 정치국 상무위원이, 군을 대표해서는 황칠서 총정

치국장이 참여하게 되어 있었다. 회담은 오전의 공식적인 회담과 오후의 정상간 비공식 양자회담, 그리고 저녁 만찬으로 이어지도록 계획되어 있었다.

그는 회담의 공식적인 의제는 현재 북한의 시위상황과 관련된 조치 내용, 북한 인민들의 인권개선 문제, 식량과 비료 등을 포함한 생필품의 지원 문제, 남북한 경협사업의 확대 문제, 국제적인 지원을 위한 한국정부의 노력 등이라고 파악하고 있었다. 그러나 강 기자의 관심은 비공식 회담의 의제였다.

'비공식적인 양자 정상회담의 주제가 무엇일까?'

강 기자가 며칠째 이것을 파악하기 위해 청와대, 국정원과 통일부 등을 찔러보았으나, 아직까지도 오리무중이었다. 함께 참석한 D일보의 이 기자도 이 점이 몹시 궁금한 듯 만나는 사람에게 질문공세를 펼치고 있었다.

'북한의 김정은 위원장은 지금 무척 불안하다. 정권과 체제가 흔들리고 있다. 김정은을 둘러싸고 있는 체제수호 세력도 흔들리고 있다. 개성지역의 시위는 잠재워졌지만, 불씨는 내부에서 활활 타고 있다. 따라서 회담의 주도권은 우리 대통령이 잡을 수 있을 것이다. 이조국 대통령이 주도권을 활용하여 김정은 위원장을 평화통일의 구도 속에 끌어들이느냐가 회담의 성공여부와 연결될 것이다.'

강 기자는 여기까지는 생각할 수 있는데, 그 다음 수를 찾기가 쉽지 않았다.

"그동안 무척 뵙고 싶었습니다. 이조국 대통령님, 오시는 데 불편은 없으셨는지요?"

김정은 위원장은 서른 살이나 연상인 한국의 이조국 대통령에게 예의를 갖추어 정중하게 말했다. 그는 그동안 마음고생으로 인해서인지 몸무게가 많이 줄고 얼굴도 핼쑥해 보였다.

"예! 저도 오늘을 무척 기다렸습니다. 위원장님을 이렇게 뵙게 되니 참 좋습니다. 오늘 날씨가 화창한 것은 하늘조차도 우리의 만남을 축하해주는 것이라 생각됩니다."

"저도 그렇게 생각합니다. 오늘의 소중한 만남을 통해 그동안 실무자선에서 막혔던 모든 문제가 해결되기를 바랍니다."

"이곳 판문점은 여러 가지 의미를 갖는 장소입니다. 바로 이곳에서 휴전협정이 조인이 되었지요. 지금도 이곳은 대결의 현장이면서 평화의 상징이기도 합니다. 오늘 이런 뜻 깊은 곳에서 정상회담이 열리게 되어 한반도에 평화가 정착되고 남북한 간에도 좋은 일이 있으리라고 생각합니다."

"존경하는 대통령님의 말씀에 동의합니다. 지난 3월 남북특사가 만나 정상회담을 논의한 이후 회담장소 문제는 초미의 관심사였습니다. 평양이나 서울, 혹은 제주도보다는 이곳이 가장 적합하다고 생각했습니다. 특히 저희 쪽 통일각으로 양보해주서서 감사합니다."

"저는 지난번 개성지역에서 시위가 발생하여 정상회담이 열릴 수 있을까 하고 내심 걱정을 많이 했습니다. 시위가 평화적으로 해결될 수 있도록 결단을 내려주서서 감사합니다."

이조국 대통령은 북한의 인권문제를 제기하기 위한 전초전으로 조심스럽게 시위문제를 언급하였으나, 김정은 위원장은 크게 유념하지 않고 바로 식량문제로 넘어갔다.

"대통령님! 잘 아시겠지만 지금 저희는 많은 어려움에 직면하고 있습니다. 저는 인민들의 먹는 문제 해결을 위해 그동안 많은 노력을 해왔습니다. 그러나 지난 4년간의 흉작으로 삼시세끼를 해결하지 못하는 인민들이 늘어나고 있습니다. 억장이 무너지고 있습니다. 통 큰 결단을 내리서서 많이 도와주서야겠습니다."

"여부가 있겠습니까. 북한의 인민들도 바로 우리 동포지요. 우리는 언젠가는 함께 살아가야 할 국민들이지요. 우리의 국민들이 굶주리고 있다는 데 우리의 아픔이 있지요. 최선을 다해 돕겠습니다."

간단한 인사말과 덕담이 오간 후 회담은 바로 핵심주제로 들어가고 있었다.

"지난달에 비료를 지원해주서서 모내기하는 데 큰 도움이 되었습니다. 앞으로 20만 톤 규모를 추가로 지원해주신다면 밭농사에도 큰 도움이 될 것 같습니다. 그리고 보릿고개에 있는 저희 입장을 고려해서서 후반기에 지원되도록 되어 있는 식량 20만 톤도 좀 앞당겨 지원해주셨으면 합니다."

"그렇게 하겠습니다. 또 인도적 지원과 관련된 다른 요구는 없으신지요? 의약품도 많이 부족한 것으로 알고 있는데요."

김정은은 그동안 많은 고민을 했던 제의를 이 대통령이 호의적으로 받아주는 것에 대해 조금은 의아해하면서도 감사함과 무한한 신뢰감을 느꼈다.

"예, 부끄러운 일이지만 작년부터 장티푸스와 결핵이 창궐하여 지금도 잡히지 않고 있습니다. 그리고 영양부족으로 소아 사망률이 급격히 높아져 걱정이 많습니다. 긴급구호약품을 충분히 보내주셨으면 합니다. 그리고 가능하시다면, 라면 등 식품을 더 지원해주셨으면 감사하겠습니다."

"그렇게 하지요. 아직도 남북이산가족이 자유롭게 만나지 못하고 있습니다. 정례적으로 이산가족이 만날 수 있도록 제도화하시지요. 우리는 이 번 개성지역 시위가 평화롭게 해결된 것을 높이 평가합니다. 특히 개성공단이 정상적으로 가동하게 되어 참 다행입니다. 앞으로 우리는 북한의 헌법이 명시한 대로 평화로운 시위와 인민들의 인권이 충분히 보장되었으면 합니다. 그리고 북한 내부의 안정이 유지되기를 희망하지요. 위원장님께서 그렇게 조치해주신다면, 우리 국민들은 저의 대북 및 통일정책을 대대적으로 지지해줄 것입니다."

"대통령님! 저도 우리 인민들의 안전과 인권을 보장하기 위해 노력해 왔습니다. 말씀하신 대로 앞으로 더욱 노력하겠습니다. 특히 인민들의 인권과 평화적인 시위는 보장하려 합니다. 그리고 이산가족의 만남이 정례화 될 수 있도록 제도화하는 방안에 동의합니다."

"감사합니다. 만약 평화적인 시위가 보장되고 내부적인 안정이 유지된다면, 우리 기업들의 대대적인 투자가 이루어지도록 협조하겠습니다. 금년 안으로 그동안 합의한 사업에 대한 20억 달러의 투자를 정상적으로 집행하는 데 앞장서겠습니다. 그리고 위원장께서 추진하시고자 하는 사업을 보다 적극적으로 협조하겠습니다. 자세한 사항은 장관급회담을 통해 해결할 수 있으리라 생각합니다."

"대통령님! 감사합니다. 가능한 조기에 투자가 이루어지도록 해주십시오."

"그렇게 노력하겠습니다. 혹시 최철해 정치국 상무위원님이나 황칠서 총정치국장님께서는 하실 말씀이 없으신지요?"

이 대통령은 김 위원장의 좌우에 앉아 지금까지 말없이 경청하고 있던 두 사람을 둘러보며 다정하게 물었다. 그들은 이 대통령과 연배가 비슷했다.

"저희는 오늘 정상회담에 배석할 수 있는 것만으로도 영광스럽습니다. 여기서 결정되는 사항을 충심으로 이행하겠습니다."

최철해는 최대한의 예의를 갖추어 정중하게 말하며 고개를 조아렸다.

두 시간 반 이상이 걸린 공식적인 회담이 끝난 후 기자 브리핑이 이어졌다. 강 기자는 김정은 위원장에게 진정으로 평화적인 시위를 보장할 수 있는지와 평화통일을 원하는지를 물었다. 그는 앞으로 평화시위를 보장할 것이며, 두려운 일이나 평화통일의 길은 이미 열리기 시작했다고 대답했다. 강 기자는 합의사항을 확인한 후 "평화적 시위 보장, 통일의 길 열려" 제목의 기사를 타전했다.

오찬이 끝나고 두 정상은 북한 측에서 준비한 소나무로 기념 식수를 하고, "조국의 평화통일 염원"이라고 명기된 한국 측에서 준비한 기념석을 세웠다.

오후 3시부터 시작된 비공식 정상회담은 오후 6시까지 계속되었다. 그 후 계속된 두 시간 동안의 만찬에서는 서로가 손을 잡고 '우리의 소원은 통일'을 불렀다. 강 기자는 손을 잡은 북한 기자가 눈물을 흘리는 것을 보았다.

비공식 회담은 만찬 이후에도 속개되어 밤늦게야 끝났다. 때
로는 함께 웃고, 때로는 함께 걱정하며, 때로는 함께 눈물을 흘린
가장 인간적인 회담이었다. 김 위원장은 아버지와 같은 이 대통령
의 포근한 인간성에 감동했다. 이 대통령은 아들과 같은 김 위원
장의 솔직함에 매료되었다.

이 대통령은 주변 4국의 움직임을 자세히 설명했다. 북한이
어려움에 빠지면 중국이 국경을 건너 군사력을 투입할 가능성이
있음을 경고했다. 김정은 위원장도 그 점을 특히 염려한다는 말
을 했다. 이 대통령은 평화통일의 필요성을 강조하였고, 김정은
위원장도 이 점에 동의했다. 이 대통령은 북한이 핵을 포기할 자
세를 가져야 국제사회가 한반도 통일을 지지하며 북한을 도울 수
있을 것이라고 강조했다. 김 위원장도 조만간에 결단을 내릴 각
오가 되어 있다고 말했다. 이 대통령은 지금 한반도의 평화를 해
치고 있는 북한의 비상전투태세명령을 해제한다면, 김 위원장이
원하는 추가적인 지원을 할 명분이 생길 것임을 강조했다. 김 위
원장은 적극적으로 검토하겠노라고 대답했다. 이 대통령은 북한
의 정치범수용소의 수감자들을 석방할 수 있다면, 한국이 일정
금액을 제공하며 모셔올 수 있다고 제안했다. 김 위원장은 실무

검토를 시키겠노라고 답변했다. 이 대통령은 '통일헌법'을 준비하자고 제안했다. 김 위원장은 양측의 책임 있는 전문가들로 '통일준비위원회'를 구성하자고 역제안을 했다. 김 위원장은 유사시 친족들의 안전을 보장해줄 수 있는지를 물었다. 이 대통령은 김 위원장이 앞으로 인민들의 인권과 평화적인 시위를 보장하고, 평화적인 통일을 위해 노력한다면 한국의 국민들도 충분히 이를 원할 것이라고 말했다. 이러한 합의사항은 한국의 국회와 북한의 최고인민회의의 승인을 받아야 하는 사항이 포함되어 있으므로 앞으로 두 정상이 이를 주도적으로 추진하기로 했다. 그리고 적당한 시기에 '평화통일선언문'을 준비해서 국제사회에 발표하자고 합의했다. 이를 위해 수시로 특사를 교환하여 양 정상 간의 입장을 조율하기로 했다. 양 측의 특사로는 지난 3월에 훌륭한 역할을 해낸 한우리 국가안보실장과 김정철 특별비서 체제를 유지하기로 합의했다. 남북한 정상은 손을 꼭 잡고 이제 조국과 민족 앞에 한 점 부끄럼이 없도록 평화통일을 위한 역사적인 사명을 다해 나가자고 다짐했다.

강 기자는 기사를 마무리 한 후 새벽 2시에야 잠자리에 들었지만, 잠은 오지 않았다. 역사적인 현장에 함께 했다는 설렘이 아직도 요동치고 있었다. 평생을 고대하던 통일이 다가오는 발자국 소리가 계속 귀전을 때리고 있었다. 여러 가지 걱정이 꼬리를 물고 이어졌다. 그 순간 정읍 현감을 지낸 이순신 장군의 고뇌하는 모습이 떠올랐다. 이순신 장군의 사당은 강 기자가 자란 동네에 있어, 학창시절 가끔 그곳에 들려 조국을 위해 백의종군을 하겠다고 다짐을 했었다. 그 후 그는 조국을 지키기 위해 목숨을 바친 이순신 장군의 위국헌신의 길을 본받아야 된다고 생각하며, 조국통일의 일념으로 평기자의 생활을 해왔다. 그는 이순신 장군이 우국충정의 심정을 표현한 '한산도가'를 되뇌며, 밤을 새워 시 한 수를 지었다.

우리가 있다

조국이여!
걱정마라.
여기,
우리가 있다.

변화해야 산다

　차를 타고 돌아오는 김 위원장의 마음은 만감이 교차했다. 이
조국 대통령의 그 너그러운 자태가 떠오르며 포근한 마음이 그리
워졌다. '그래, 그는 믿을 만한 분이다. 그와 합의한 사항을 지키
기 위해 이제 나부터 변해야 한다. 할아버지와 아버지의 소원이었
던 조국의 평화통일을 위해 우선, 나부터 변해야 한다. 공화국 인
민들의 인권을 보장하고 삶의 질을 개선하기 위해 나부터 변화해
야 한다. 내가 변하고, 우리 가족이 변하고, 그리고 나를 둘러싸고
있는 권력지도층이 변해야 한다.' 생각이 그 곳에 미치자 그는 다

음 날 아침 바로 가족회의를 소집하도록 지시했다.

가족회의에는 부인 리설주, 여동생 김여정 비서실장과 그 남편, 형 김정철 특별비서와 그의 부인 등 6명이 참석했다. 김정은은 어제 정상회담 결과를 비교적 소상하게 설명했다. 그리고 본인의 뜻을 솔직하게 말했다. 그렇지 않아도 궁금해 하던 가족들은 김정은의 설명을 연신 고개를 끄덕이며 들었다.

"위원장님 참 잘 되었습네다. 모든 합의내용이 좋지만, 특히 평화적인 통일을 위해 통일헌법과 통일준비위원회를 준비하기로 한 점에 대해 너무 잘 된 일이라고 생각합네다."

김정철이 각별히 조심하면서 먼저 공감하는 발언을 했다.

"형! 정말 고마워요. 그리고 우리끼리 있을 때는 앞으로는 형, 그리고 아우로 불러요."

김정은은 김정철의 손을 꼭 붙잡으며 고마움을 표했다. 김정철은 김정은이 갑자기 형으로 호칭하는 바람에 어리둥절했다. 김정은은 아버지의 급작스러운 사망으로 자리를 물려받아 위원장이 된 이후 지금까지 공적인 자리는 물론이고, 사적인 자리에서도 김정철을 형이라고 불러 본 적이 없었다. 비서동지 혹은 특별비서동지로 호칭했다. 더 크게 놀란 것은 김정철의 부인이었다. 그는 시동생에게서 오늘처럼 친절한 대접을 받아본 적이 없었다. 항상 경계를 하고 멀리서 접근을 차단하는 차가운 느낌을 받았다. 그런데 남편에게 형이라고 부르다니! 세상은 오래 살고 볼 일이라고 생각했다.

"정말로 남한 대통령이 한 말을 믿을 수 있을까요? 그들이 우리의 신변안전을 보장할 수 있다고 믿으세요? 무엇을 믿고 우리가 무장해제를 해야 하나요? 핵무기를 보유한 우리가 이렇게 쉽게 양보해야 하나요? 최소한 그동안 우리가 주장해온 '연방제 통일 방안'을 관철시켜 체제를 유지해야 하지 않나요?"

김여정은 오빠가 한 말이 미덥지 않은 듯 속사포로 여러 의문을 강하게 제기했다.

"지금 우리가 핵무기로 할 수 있는 일은 아무것도 없다. 핵무기가 이제는 도리어 공화국의 생존에 걸림돌이 되는구나. 이 순간 우리에게 절실히 필요한 것은 식량과 비료 및 생필품이라는 것은 너도 잘 알고 있지 않느냐? 그것을 남쪽에서 주겠다고 약속을 했으니, 우리도 약속을 지켜야 하지 않겠느냐. 금년에 20억 달러를 투자하겠다고 했으니, 이 또한 얼마나 기쁜 일이냐! 그리고 연방제 통일방안을 주장할 명분은 없는데…. 앞으로 더 생각해 보자구나."

"남한의 전직 대통령들이 과거에도 몇 차례 약속을 해놓고 어기지 않았나요? 그리고 평화통일이 그렇게 쉽게 될 수 있나요? 군부의 반대는 어떻게 대처할거예요?"

"나는 남쪽 이조국 대통령에게서 무한한 신뢰와 인간적인 포근함을 느꼈다. 그는 조국통일을 위한 철학과 민족을 위한 신념이 있었다. 우리 할아버지와 아버지의 평생소원은 통일이었다. 이제는 우리가 이것을 이루어야 한다. 군부의 반대는 내가 나서서 설득하겠다. 그리고 형이 특사로서 남북한의 문제를 잘 조율하리라 믿는다."

"여보! 당신 생각이 옳은 것 같아요. 지난 4년간의 흉작과 국제적인 고립으로 이제 우리의 힘만으로 이 난관을 헤쳐 나가기는 역부족인 것 같아요. 그리고 인민들의 자유와 인권을 보장해주는 것도 참 잘한 일 같아요."

"당신이 그렇게 생각해주니 너무 고맙소."

김정은은 아내의 성원에 힘이 난 듯했다.

"당신은 스위스에서 유학하면서 인민들의 행복이 보장되는 좋은 사회를 몸소 체험했잖아요. 저도 남쪽에 응원 갔을 때, 불과 며칠 동안이지만, 우리보다는 삶의 질이 월등하고 행복해하는 남쪽 사회를 보았어요. 지금 우리 인민들 중에는 아사자가 속출하고 있어요. 그래서 우리를 등지고 중국으로 탈북하고 있지요. 바로 우리가 이 문제를 풀어야 해요. 마침 남쪽 대통령이 당신을 믿고 함께 통일의 문을 열어가고 싶어하니 적극적으로 나서세요."

리설주는 남편을 적극 응원하며 힘을 보탰다.

"아우님! 나도 그렇게 결단한 것을 높이 평가합네다. 우리는 할아버지 때부터 약 80여 년을 이 나라를 통치해 왔습네다. 핵을 만들면 국가안보가 튼튼해지고 강성대국이 되리라 믿고 모든 역량을 거기에 소진했지요. 군사력을 강화하고 군을 내세워 선군정치를 하면 체제가 강화되리라고 생각했었지요. 이제는 그것이 잘못된 정책이라고 판명이 되었습네다. 아우님이 이제라도 그렇게 방향전환을 한 것은 잘한 일이라고 생각됩니다. 너무 훌륭한 조치 같습네다. 내가 아우님의 특사로서 우리 조국과 평화통일을 위해 남쪽과 협상을 잘 해나가겠습네다."

김정철은 아직도 아우라고 하기에는 멋쩍은 듯 아우님으로 호칭하며, 정상회담 결과를 높이 평가하고, 본인의 역할에 대해 신념을 표명했다.

"형이 그렇게 이야기하니 힘이 나네요."

김정은은 고마운 눈빛으로 형을 바라보았다.

"내일 정치국 상무위원회와 국무위원회를 열어 정상회담 결과를 설명하고 신속하게 당의 정책방향을 확정하는 것이 중요하다고 생각합네다. 정치국 상무위원회는 큰 어려움이 없을 터이지만 국무위원회는 이의제기가 많을 터이니 잘 준비해야 되리라봅니다."

"나도 그렇게 생각하고 있어요."

"오빠들이 그렇게 판단한다면, 저도 최선을 다해 정은이 오빠를 도울 거예요."

김여정도 적극적으로 나섰다.

다른 참석자들은 말은 삼가고 있었지만, 연신 고개를 끄떡이며 김정은의 입장을 옹호하고 있었다.

"그러면 어제 정상회담과 오늘 가족회의에서 결정된 사항을 공화국 정책으로 추진하겠습니다. 여기 있는 가족 모두가 함께 뒷받침해야 합니다."

그 다음날 오전 정치국 상무위원회는 정상회담에서 합의한 사항을 추인했다. 통일헌법과 통일준비위원회를 만드는 데 합의하고 순조롭게 마무리되었다. 조선노동당 중앙위원회 정치국 상무위원회는 노동당 핵심 의사결정기구로, 상무위원은 김정은 로동당 위원장과 헌법상 국가수반인 김건양 최고인민회의 상임위원장, 최철해 정치국 상무위원과 황칠서 총정치국장, 박주봉 내각총리 등 5명으로 구성되어 있었다. 김정은과 정상회담에서 동행했던 최철해 정치국 상무위원과 황칠서 총정치국장이 앞장서서 지지했다. 김건양은 김영남이 고령으로 직책수행이 불가능해지자 이를 받아 형식적인 국가수반의 역할을 하고 있었으나, 김정은의 얼굴마담의 역할을 하는 데 불과하였으므로 정책결정에 무조건 동의했다.

　문제는 오후에 계획된 국무위원회에서 어떤 반론이 나오느냐에 있었다. 북한 사회주의헌법에서 규정한 국무위원회의 임무와 권한은 선군혁명노선을 관철하기 위한 국가의 중요정책을 세우며, 국가의 전반적 무력과 국방건설사업을 지도하는 것으로 명시되어 있었다.

　국무위원회는 위원장, 제1부위원장, 부위원장과 위원들로 구성되는데, 직속기관으로 국가안전보위부, 인민무력부와 인민보안부를 통괄하고 있었다. 김정일 위원장이 사망한 이후 위원장은 공석이었으나, 제1부위원장은 김정은이 맡고 있었다. 문제는 부위원장 4명과 위원 6명을 포함해 10명 중 7명이 군 장성 출신으로 구성되어 있다는 데 있었다.

　그러나 우려했던 군의 반발은 의외로 쉽게 마무리되었다. 김정은은 정상회담의 결과를 담담하게 설명했다. 그리고 오전의 정치국 상무위원회에서 정상회담 내용을 추인했다고 발언했다.

　뒤이어 공군사령관과 해군사령관 등이 유일영도체제의 수호와 중국과의 유대강화를 내세워 정상회담의 합의사항이 문제가 있음을 지적했다. 특히 군부 내 대표적인 중국통인 공군사령관은 북한은 남한보다는 중국과의 관계개선을 통해 유사시 중국과의 연대를 추진하는 것이 국익에 도움이 된다고 주장했다. 그들은 '북한이 핵을 포기하면 바로 주변국의 위협에 당면할 수 있으며, 대남전투태세를 약화시키면 정권과 체제수호에 문제가 있다' 고 발언했다. 국가안전보위부장은 평화적인 시위를 허용하면 엄청난 혼란이 야기될 수 있다는 주장을 강하게 내세웠다. 다른 군 장성 출신의 국방위원들도 연방제 통일방안을 거론하며 일부 동요하는 모습이 역력했다.

이를 잠재운 것은 김진성 총참모장이었다. 그는 김정은 위원장의 그동안의 업적을 내세운 후, 공화국 내부의 어려운 사정과 중국 등 주변국의 군사위협 등을 강조했다. 이제 인민들의 평화적인 시위를 탄압할 명분은 없으며, 인민들의 인권과 삶의 질을 개선하기 위해서 노력해야 한다고 강조했다. 지금 우리가 살길은 정상회담에서 합의한 사항을 준수하는 것이 최선의 방책이라고 설명했다. 평소 군의 입장을 가장 잘 대변해오며 군 장성들로부터 존경을 받아왔던 총참모장의 발언이라 동요하던 참석자들은 다시 잠잠해졌다. 중국과의 유대강화를 주장했던 공군사령관과 해군사령관도 침묵을 지켰다. 김진성은 만장일치로 이를 추인하자고 제안했고, 군 장성들은 내부의 불만을 더 이상 표출하지 못했다.

김진성 총참모장은 회의 후 딸 김지혜의 얼굴을 떠 올렸다. 공식적인 석상에서 인민의 인권을 개선해야 한다는 말을 처음으로 하면서 본인 스스로도 놀랐다. 그녀는 아직 병상에 있었으나, 퇴원하게 되면 기자가 되어 인민들의 인권 보호와 개선을 위해 노력하겠노라고 말해왔다. 김진성은 강력하게 반대했으나, 아직 딸의 고집을 꺾지 못하고 있었다. 그런 그의 입에서 인민의 인권을 개선해야 한다는 말이 부지불식간에 튀어 나온 것이다. 아무도 그의 말에 이의를 달지 않은 것은 천만다행이라고 생각했다.

협조를 넘어 협력으로

북한에서는 남북한 정상회담 결과가 주민들에게 엄청난 환영을 받았다. 정치국 상무위원회의와 국무위원회에 이어 최고인민회의에서도 안건이 통과되었다. 특히 통일헌법과 통일준비위원회 구성에 관한 안건은 절대 다수로 통과되었다. 대한민국 국회에서도 통일헌법과 통일준비위원회 건에 대한 표결에 붙여 논의 끝에 다수로 통과되었다.

북한에 지원하기로 약속한 식량과 비료는 적시에 지원되었고, 영유아를 위한 분유와 산모를 위한 의약품 등은 조기에 추진되었다.

　남북한 특사는 수시로 만나 애로사항을 해결하고, 필요사항을 협조했다. 통상적으로 북한의 김정철 특사가 애로사항을 토로하면 남한의 한우리 특사가 이를 지원하는 형식으로 이루어졌다. 그러나 반대급부로 추진되는 우리의 요구사항도 대부분 관철되었다.

　서울과 평양에는 '임시대표부'가 설치되었다. 북한은 정치범을 석방하기 시작하였다. 남한은 개인당 약 3만 달러를 제공하고 희망자를 극비리에 남쪽으로 데려왔다. 이미 아흔 살이 넘은 전쟁포로 열 명이 제일 먼저 넘어왔다. 이산가족은 정상회담이 끝난 직후부터 매달 한번 씩 정례적으로 만나기로 했다. 그리고 4촌 이내 이산가족 중 70세 이상 고령자는 희망한다면, 상호방문을 하도록 했다. 남한을 방문하는 북쪽 이산가족은 정부에서 비용 일체를 지원했다. 그리고 귀국할 시는 선물과 현금으로 약 1000달러를 지급했다. 남북한의 주민의 왕래도 대폭 완화되었다. 북한을 방문하길 희망하는 사람들은 서울에 설치된 북한의 임시대표부를 통해 허가증을 발급받을 수 있었다. 남한을 방문하길 희망하는 북한의 주민 중 70세 이상자는 바로 허가증이 발급되었다. 그동안 차단되었던 철도와 도로는 개방되었다. 경의선과 경원선은 연결되었다.

통일헌법을 작성하기 위한 '통일헌법위원회'는 국민 수의 비례원칙을 존중하여 남한 쪽에서 7명을 북한 쪽에서 4명을 지명했다. '통일준비위원회'는 30명으로 구성했다. 남한 쪽에서 20명을 북한 쪽에서 10명을 지명했다. 각 위원회의 위원장은 남한 측 인사가 부위원장은 북한 측 인사가 맡았다. 북한의 김정은 위원장의 주도하에 노동당 정치국과 국무위원회가 이번 조치를 적극적으로 지원했다. 국무위원회는 통일과정에서 무력사용금지조항을 통과시키고, 핵과 미사일에 대한 통제대책을 수립했다.

통일헌법은 자유민주주의와 시장경제체제를 기반으로 한 남한의 헌법을 모델로 선정하여 이를 수정하는 방식으로 추진되었다. 전문에는 통일의 역사적인 의의와 남북한이 공동으로 지향하는 통일 후 일류국가의 의미를 명시하기로 했다. 국가는 단일정부를 형성하는 것을 원칙으로 하되, 과거 8도의 개념을 적용하여 자치단체장의 권한을 강화하기로 했다. 모든 정당의 활동을 보장하는 다당제 형태를 유지했다. 4년 중임제 대통령에 추가하여 부통령 제도를 도입하여 당분간 남한과 북한 출신이 고루 기용되도록 했다. 통일 후 정국이 안정되면, 의원내각제를 적극 검토하기로 합의했다. 통일헌법은 남북한 주민이 참여한 직접투표로 결정하기로 했다.

이러한 일들은 여러 가지 우여곡절이 있었지만, 통일준비위원회에서 해결하지 못하는 사항은 장관급 회담과 총리회담을 통해 하나 하나 해결해 나갔다. 이러한 근본적인 조치들이 취해지는 몇 개월 동안 북한 주민들은 우선 남한으로부터의 적극적인 식량지원으로 배고픔의 문제를 해결할 수 있었다. 또한 각종 생필품의 지원으로 짧은 기간에 생활수준이 조금씩 향상되기 시작했다. 그들은 남쪽을 바라보며 12월 1일로 예정된 투표일을 손꼽아 기다렸다.

합종연횡(合從連衡)

　　남북한 간의 통일협상이 급박하게 돌아가던 7월 중순에 중국
의 북경에서는 미국, 중국, 일본, 러시아 등 주변 4국의 외무장관
회담이 개최되었다.　명목적으로는 아시아태평양경제협력체
(APEC) 정상회담의 사전 준비회담의 성격을 지녔다. 금번 정상회
담의 핵심주제는 '한반도 문제의 평화적인 해결방안'으로 정해져
있었다.　이 준비회담을 제의한 것은 중국이었다. 그렇지 않아도
한반도 사태가 예상보다 빠르게 진행되는 것에 불안을 느끼고 있
던 미국, 일본과 러시아는 중국의 제안에 '얼씨구나 좋다' 하고 이

를 받아들인 것이었다. 남북한도 이 회담에 참관인 자격이라도 참석하기를 희망하였으나, 그들은 이를 거절했다.

　강 기자는 이 소식을 30년 지기인 북경에 있는 중국의 신화통신 등샤오기 기자에게서 연락을 받았다. 등 기자는 북한 김일성대학을 나와서 북한 담당 기자를 하다가 남한까지 취재를 담당하게 된 한반도 전문기자였다. 그들은 취재차 서로 만나면 소주와 고량주로 우정을 나눴고 정보를 공유했다. 그는 지금 국제사회에 특별한 현안 문제가 없으니, 한반도 문제해결을 위한 정상회담의 준비회담이 아니겠냐고 친절한 설명까지 붙였다. 강 기자는 급히 북경으로 날아갔다. 회담이 열리는 북경의 외교부 건물에는 어디서 낌새를 챘는지 십여 명의 기자들이 모여 있었다. 신화통신사의 등 기자도 먼저 와서 반갑게 그를 맞았다. 그의 옆에는 생면부지인 절세미인이 기자완장을 차고 서 있었다. 등 기자는 그녀가 북한 로동신문의 여 기자라고 소개했다.

　"반갑습니다. 저는 한국의 H신문사의 강 기자입니다."
　"안녕하세요? 저는 북조선 로동신문의 김지혜 기자입네다."
　"그러면, 김 기자님은 로동신문의 북경특파원이세요?"
　강 기자는 김지혜라는 이름을 어디서 들었다는 생각을 하며 물었다.

"아닙네다. 한반도 문제 해결을 위한 특별회담이 열린다고 해서 평양에서 달려왔습네다."

"친구 미안하네. 아무래도 이번 회담은 남북한에 엄청나게 중요한 영향을 미칠 것 같아, 내가 북한 쪽 오랜 친구인 로동신문 이 기자에게 연락을 했더니 바로 신출내기인 김지혜 기자를 보내준 거야. 서로 잘 해보라우."

둥 기자는 무엇이 그리 즐거운지 호탕하게 웃음을 터트렸다.

"아니 신출내기라면 기자 생활한지 얼마나 되었습니까?"

강 기자는 경계를 늦추지 않고 조심스럽게 물었다.

"예, 수습기자로 생활한지 약 한 달이 되었습네다."

강 기자는 지금까지 수많은 로동신문 기자를 접했다. 그들은 남성으로 대부분 지긋한 나이에 행동거지도 노숙했다. 남북한 간에 사이가 안 좋을 때는 그들도 전쟁을 했고, 남북한 간에 화해와 협력의 분위기가 무르익을 때는 그들도 함께 노래하며 술을 나누었다. 그러나 이렇게 미모가 뛰어난 젊은 여성 기자를 만난 것은 처음인 것이었다. 특히 수습기자가 이렇게 중요한 회담을 취재하러 온다는 것 자체가 이해가 안 되는 것이었다. 북한이 변화를 하고 있다고는 하지만, 무언가 잘못되었다고 판단하며 강 기자가 물었다.

"아니? 로동신문에서는 수습기자도 외국에 보냅니까?"

"회담의 중요성을 고려하여 특별히 저를 보내신 것 같습네다."

회담이 중요하면 중요할수록 노련한 기자를 보내야 하는 것 아닌가? 미인계를 쓰려면 모를까? 이렇게 중요한 회담의 취재에 한 달도 안 된 신출내기 수습기자를 보냈다니 알다가도 모를 일이라고 강 기자는 골똘히 생각했다.

"저는 강 기자님을 존경합네다."

"저를 언제 보았다고 그런 말씀을 하십니까?"

강 기자는 깜짝 놀라며 되물었다.

"처음 뵙지만 존경합네다."

'이렇게 아름답고 젊은 북한의 여기자가 남한의 평생 말단 평기자 출신인 나를 존경한다니 말이 되는 이야기인가? 내가 미인계에 홀리는 것은 아닐까?' 강 기자의 머리는 점점 복잡해졌다. 그들의 대화는 미국의 국무부장관이 도착하면서 중단되었다. 기자들은 그에게서 무언가 정보를 얻기 위해 우르르 몰려갔다.

회담은 외교부의 특별실에서 개최되었다. 중국의 외교부장이 먼저 이번 회담의 의의를 설명했다.

"오늘 우리는 한반도의 미래 문제를 논의하기 위해서 모였습니다. 최근 몇 년 동안 북한에는 식량부족으로 촉발된 시위 등으로 많은 어려움이 있었습니다. 불안이 가중되었고, 중국으로 탈북자가 증가했습니다. 북한의 급변사태가 우려되는 시점이었습니다. 그런데 지난 남북 정상회담 이후로 한반도 정세는 엄청난 속도로 변화하고 있습니다. 남북한 간에 서로 짝짜꿍이 되어 우리의 국익을 침해하는 일이 발생하고 있습니다. 오늘 회담은 앞으로 정상회담을 준비하는 차원에서 한반도 문제를 어떻게 해결해 나갈 것인가를 놓고 허심탄회하게 상의하는 자리입니다."

"우리 미국은 한반도 문제가 지금처럼 너무 빠르게 추진되는 것을 바라지 않습니다. 동북아의 안정을 위해 남북한은 당분간 분단된 가운데 있어야 합니다. 만약 통일의 분위기가 가속화된다면 우리가 통제 가능토록 통일의 속도를 조절해 나가야 합니다. 특히 북한의 핵문제 해결이 통일의 선결조건이 되어야 합니다."

미국의 국무부장관이 다른 3국의 외무부장관을 둘러보며 의미심장한 미소를 지었다.

"우리 일본은 미국의 의견에 동의합니다. 다만 북한의 핵과 미사일 등 주변국을 위협할 수 있는 대량살상무기(WMD)는 가능한 신속하게 폐기되어야 합니다. 북한이 통제가 불가능한 혼란상태에 빠질 경우에는 일본을 포함한 우리 4개국이 북한 지역에 진입하여 북한을 통제해야 한다고 생각합니다. 평양과 원산을 잇는 선을 중심으로 그 남쪽은 미국과 일본이, 그 북쪽은 중국과 러시아가 분할하여 통제하는 방안도 의미가 있다고 생각합니다."

일본의 외무상은 미국 국무부장관의 눈치를 보며 평소에 생각했던 내용을 서슴없이 주장했다.

"저는 일본 외무상의 의견에 반대합니다. 지금 북한은 UN에 가입한 독립국가입니다. 그리고 남북한은 같은 민족이 거주하는 지역입니다. 따라서 남북한이 서로 평화적인 방법으로 통일을 희망한다면, 우리 주변국은 이를 적극 지원해주어야 한다고 생각합니다. 북한 지역에 우리 4개국이 진입한다면 한반도의 자주적인 통일은 어렵게 될 것입니다. 만약 그 과정에서 북한 지역에 통제가 불가능한 상황이 발생한다면, UN군이 들어가 통제하는 것이 최선의 방안이라고 생각합니다."

러시아 외교장관이 일본 외무상의 저의를 이해한다는 투로 다른 안을 제시했다.

"우선 남북한의 통일은 우리가 나서서 통제가 가능한 범위에서 속도조절이 필요하다는 데 의견이 일치되었습니다. 북한의 핵문제 해결은 통일의 선결조건이라는 데도 이견이 없었습니다. 북한에서 급변사태 등 통제 불가능한 상황이 발생할 때 처리 방법에는 우리 4개국 중심으로 해야 한다는 안과 UN 중심으로 해야 한다는 안이 나왔습니다. 우리 중국은 그동안 북한에 대한 기득권을 갖고 있었습니다. 과거부터 북한 지역은 우리 중국의 영토에 해당

되는 지역이었습니다. 당연히 우리 중국이 주도적으로 북한 문제를 해결해야 한다고 생각합니다. 따라서 일본이나 러시아의 안에 반대합니다. 북한에서 통제가 불가능한 사태가 발생하면, 중국이 모든 수단을 동원하여 이를 해결할 것입니다."

요즈음 국력에서 미국을 추월하게 된 중국의 외교부장은 동북공정의 의도를 노골적으로 드러내며 북한지역에 대한 우선권을 주장했다. 그는 이 주장에 동의를 바란다는 표정으로 미국 국무부장관을 힐끗 쳐다보았다.

"우리 미국은 우선 중국이 북한에 대한 우선권을 갖고 있었다는 데 동의하지 않습니다. 만약 중국이 그러한 주장을 하려면 북한의 핵문제와 인권문제 등을 앞장서서 풀었어야 합니다. 지금의 이 혼란 상황도 사실은 중국이 제 역할을 다하지 못했기 때문에 발생한 것이라고 생각합니다. 북한에 급변사태가 발생하면 우리 미국도 북한 지역에 들어갈 것입니다. 어쩌면 일본 외무상의 주장이 가장 합리적인 대안이 될 수 있다고 생각합니다. 오늘은 북한 핵문제를 어떻게 해결할 것인가를 우선적으로 논의합시다."

미국의 국무부장관은 중국 외교부장의 주장이 터무니없다는 듯이 결의에 찬 목소리로 말했다.

"우리 러시아도 중국의 주장에는 어폐가 있다고 생각합니다. 북한 지역에 관한 기득권은 중국 못지않게 우리 러시아도 갖고 있습니다. 그러나 우리는 현 시점에도 우리의 기득권을 주장하지 않습니다."

중국의 주장을 반박하고자 때를 노려보고 있던 러시아의 외교장관이 말했다.

"우리 일본도 사실은 한반도에 대한 일정분의 기득권을 갖고 있다고 생각합니다. 그러나 우리도 과거의 기득권을 주장하지 않고 있습니다. 따라서 중국의 주장은 터무니없다고 생각합니다."

미국과 러시아의 지원을 받은 일본의 외무상은 때를 놓칠 새라 중국의 주장을 강하게 반박하고 나왔다.

상황이 이렇게 돌아가자 무척 난감해진 중국의 외교부장은 답변을 보류한 채 화제를 북한의 핵문제로 돌렸다.

"북한의 핵문제는 한반도 안정을 위한 선결과제입니다. 만약 남북한이 합의하여 통일이 이루어진다면, 북한 핵이 제거되어야 한다는 점을 전제조건으로 명시하는 것이 어떻겠습니까?"

중국의 외교부장이 말을 마치자마자 미국의 국무부장관이 말을 받았다.

"당연히 그래야 한다고 생각합니다. 단지 지금 남북한의 밀착 상황으로 보면 통일의 시기가 뜻 밖에 앞당겨질 수 있다고 판단합니다. 남북한 정부에게 통일은 북한 핵문제가 먼저 해결되어야 가능한 일임을 미리 알려주는 것이 바람직 할 것입니다."

"우리 일본은 북한의 핵과 미사일 문제 못지않게 통일 후 군사력의 규모에도 관심이 많습니다. 통일 후 한국군의 규모는 50만 명 이내로 유지되어야 한다고 생각합니다. 통일한국의 인구는 약 8천만 명입니다. 거기다 통합된 군사력은 100만 명이 넘을 것으로 예상됩니다. 이것은 일본의 안보뿐만 아니라 동북아 전체에도 위협이 된다고 생각합니다."

일본의 외무상은 당연한 것 아니냐는 듯 미국 국무부장관을 바라보았다.

"군사력의 규모까지를 통제하는 것은 통일한국의 주권을 훼손하는 일이라 생각합니다. 핵 문제는 워낙 민감한 문제이고 그동안 이를 해결하기 위해 우리가 머리를 맞대왔기 때문에 여기서 논의할 수 있다고 할 수 있지만, 군사력 규모에 관한 문제는 통일한국에 위임해야 하지 않겠습니까?"

러시아의 외교장관이 주권의 문제를 들어 일본 외무상의 제의가 문제가 있음을 지적했다.

"그렇지 않습니다. 독일 통일 당시 바로 소련은 통일 독일의 군사력 규모를 37만 명으로 제한한 적이 있지 않습니까?"

일본 외무상이 맞받아치며 말했다.

"그것과는 상황이 다르지요. 그 당시 동독지역에 약 38만 명의 소련군이 주둔하고 있었어요. 병력규모는 독일 콜 총리와 고르바

초프 소련 대통령과의 합의에 의해서 결정된 사항입니다. 전승국이 이를 통제했거나 소련이 일방적으로 제한한 사안이 아니지요. 따라서 이곳에서 병력규모를 이야기 하는 것은 바람직하지 않다고 생각합니다."

러시아의 외교장관은 당시 상황을 들어 논리적으로 설명했다.

"나도 러시아 외교장관의 의견에 동의합니다. 여기서 통일 한반도의 군사력의 규모를 논하는 것은 바람직하지 않다고 생각합니다."

중국의 외교부장이 러시아의 편을 들며 말했다.

그날 4개국 외교장관은 격론 끝에 다음 5개 항에 합의했다. 첫째, 남북한의 통일은 가능한 저지한다. 둘째, 저지가 불가능할 경우에는 속도를 조절한다. 셋째, 북한의 핵문제 해결은 통일의 전제조건이다. 넷째, 북한에 급변사태가 발생 시는 가능한 4개국 합의하에 유엔을 통해 문제를 해결한다. 다섯째, 통일한국은 가능한 중립국의 형태를 유지하되 상황의 추이를 보며 구체적으로 논의한다.

강 기자는 신화통신의 등 기자 등 여러 경로를 통해 회담의 윤곽을 잡을 수 있었다. 그는 "주변 4개국 한반도 통일저지, 속도조절 희망"이라는 제목으로 기사를 송고했다. 서둘러 귀국 길에 오르면서 그를 존경한다는 북한의 김지혜 기자의 얼굴이 아른거렸다. 기사 때문에 급히 헤어지느라 말을 더 나누지 못한 것이 몹시 아쉬웠다.

다음날 북한의 로동신문은 "민족의 자존과 자결권 존중되어야"라는 제목의 기사를 실었다. 주요 내용은 '한반도의 통일은 남한과 북한이 합의에 의해 진행되는 사항으로 중국, 미국, 러시아와 일본 등 주변국이 왈가왈부할 사항이 아니다. 핵문제는 남북한이 합의하여 주변국의 안보에 악영향을 미치지 않는 범위 내에서 처리할 것이다. 그러나 그들이 나서서 한반도의 통일을 방해한다거나 속도를 조절하겠다는 망상을 가지고 있다면, 이는 한민족의 이름으로 용서하지 못할 것이다. 특히 한반도 통일 후 군사력의 규모를 제한하는 것은 천만부당한 처사이다. 우리는 중국과 미국 등 주변국이 통일과정에서 간섭하는 것을 철저히 배제할 것이다. 북한은 통일의 그 날까지 인민의 인권과 살 권리 개선을 위해 최선을 다할 것이다' 등이었다. 기사 작성자는 김지혜 기자로 되어 있었다.

각개격파

    이조국 대통령은 주변국들이 남북한을 제쳐두고 자기들끼리 한반도 통일문제를 논의했다는 데 크게 격분했다. 그러나 힘의 논리가 작동하는 국제정세 속에서 남북한 주도의 평화통일을 달성하기 위해서는 주변국과 UN지도자를 설득하는 일이 매우 중요하다는 것을 깨달았다. 그는 7월 중순에 계획된 아시아태평양경제협력체(APEC) 정상회담을 최대한 활용하여 그들을 설득하기로 계획했다.

가장 먼저 만난 미국 대통령은 통일 후에도 한미동맹은 보다 강화되어야 하며, 주한미군은 계속 주둔해야 한다고 주장했다. 필요시 주한미군의 주둔지를 평양으로 추진하는 방안도 제시했다. 그는 통일의 필요성에 대해 인정을 하면서도, 한반도 비핵화에 미국이 주도적인 역할을 수행해야 한다고 주장했다. 남북한이 통일시는 자유민주주의 시장경제 체제로 통일되어야 하며, 기존의 미국의 이익이 보장되어야 한다고 강조했다.

두 번째로 만난 중국의 국가주석은 북한지역에 혼란이 가중되고 탈북이탈주민이 통제 불가능할 정도로 증가할 때는 어쩔 수 없이 중국군이 북한지역으로 진입해야 한다고 주장했다. 그는 남한이 진정으로 통일을 희망한다면, 한미동맹은 약화되어야 하며, 주한미군은 가능한 한반도에서 철수해야 한다고 강조했다. 만약 주한미군이 잠정적으로 주둔 할 경우에는 지금까지 주둔하고 있는 지역에 잔류해야 하며, 북한지역으로 진출은 절대 안 된다고 말했다. 그는 중국과 북한이 체결한 모든 조약은 통일한국이 승계해야 하며, 중국이 투자한 자본과 이권에 대해서는 존중되어야 한다고 강조했다.

세 번째로 만난 일본 총리는 한반도 지역의 안정에 일본의 핵심이익이 달려 있다고 주장했다. 따라서 한반도 사태가 불안정할 경우에는 주일 미군과 함께 일본자위대가 한국에 파견되어 지원해야 한다고 말했다. 즉 집단적 자위권 차원에서 일본군의 파견 및 주둔을 요청한 것이었다. 일본은 아베정권 말기에 전수방위개념을 포기하며, 자위대를 보통군대로 전환시키고, 명칭도 일본국군으로 변경했었다. 그는 한반도의 비핵화가 통일의 전제조건이라고 주장했다. 그는 한반도 통일과 관련한 모든 정보는 한미일 정보보호협정에 따라 일본 측에 제공하라고 협박성 발언을 했다. 그는 통일한국의 군사력은 50만 명 이상을 유지할 수 없다고 강조했다.

네 번째로 만난 러시아 대통령은 한반도 문제에 대한 러시아의 이익을 존중해줄 것을 요구했다. 러시아가 북한과 맺은 조약을 승계할 것과 북한지역에 투자한 투자금액을 보장해줄 것을 요구했다. 라진 · 선봉지구의 항만과 철도 등 임차지의 기득권 보장을 요구했다. 그는 이러한 조건들이 받아들여질 경우에는 한반도 통일을 지지할 것이라고 말했다.

마지막으로 만난 UN사무총장은 남북한의 평화적인 통일에 관심이 매우 컸다. 그는 반기문 전 UN사무총장과 한국정부의 적극적인 지지를 받아 UN사무총장에 당선되었기 때문에 한국에 매우 우호적이었다. 자유민주주의 체제로의 통일이 진행된다면 적극적으로 지원할 것이라고 말했다. 그는 한반도의 비핵화과정에서 IAEA 등 핵심적인 국제기구를 적극적으로 지원할 것이라는 점을 분명히 했다. 그는 한국의 요구가 있을 시는 UN평화유지군을 파견할 수 있도록 노력하겠다고 말했다.

이조국 대통령은 우선 주변국들이 한반도 문제에 관심을 가져주는 것에 대해 감사를 표했다. 그는 한반도의 통일이 주변국의 국익에 도움이 된다는 것을 강조했다. 그는 통일한국은 주변국의 권익을 최대한 보장할 것이라고 약속했다. 기존에 남북한과 체결한 조약을 승계할 것임을 분명히 했다. 또한 남북한에 투자한 자산과 권리를 보장할 것을 약속했다. 북한의 핵문제는 북한과 협조를 통해 우선 핵시설을 동결시키고, 점진적으로 폐기절차를 이행할 것임을 선언했다. 미국 측에는 한미동맹은 통일 후에도 중요하며, 주한미군은 계속 주둔하되, 주둔지는 휴전선 이남으로 국한한다는 점을 설득했다. 중국 측에는 북한의 급변사태 시 중국군이 북한 지역에 진입한다면 심각한 대결국면으로 전환될 것이며, 이는 미군의 북한지역 진입을 촉진하고 일본군의 집단자위권 행사 차원의 한반도 진출의 호기를 줄 것임을 설명했다. 일본에는 한반도 통일을 방해한다면 통일 후에 일본의 한반도 투자와 대륙철도 이용을 제한할 것임을 분명히 했다. 러시아에는 기본 이권을 철저히 보장하며, 통일 후에는 북한지역 개발을 위해 러시아의 투자를 보다 활성화하여 적극적인 경제협력을 할 것임을 약속했다. UN 사무총장에게는 그가 앞장서서 국제사회에 한반도 통일의 당위성을 설득해주도록 당부했다. 한반도는 비핵화 할 것임을 약속하고, 자유민주주의와 시장경제의 체제하에 통일이 되도록 노력할 것이라고 말했다. 이대통령은 남북한의 합의하에 이루어지는 한반도 통일과정에서는 민족의 자주권과 자결권이 존중되어야 함을 설득했다. 그는 세계에서 마지막 남은 냉전지역인 한반도 통일은 주변국 모두의 축복 속에서 이루어져야 함을 강조했다. 통일한국은 국제사회의 일원으로서 역할을 보다 충실히 할 것임을 다짐했다.

처음에는 자국의 이익만을 강조하던 각 국의 정상들은 이조국 대통령의 확신에 찬 설명과 신뢰감을 주는 태도에 의해 점점 우리 측의 입장을 이해하려고 노력했다. 그들은 외교장관 회담에서 합의한 사항을 떠나, 남북한이 주변국의 국익을 존중하며 평화적으로 통일을 시도할 경우에는 이를 지원할 것임을 약속했다. 미국은 통일한국이 한미동맹의 가치를 계승 발전시키며, 주한미군의 주둔을 계속 용인할 것이라는 데 고무되었다. 중국은 그들의 이권을 보장해주고, 주한미군의 주둔지역을 휴전선 이남으로 제한한다는 점을 높이 평가했다. 러시아는 그들의 기득권을 보장하고, 통일 후에는 경제협력을 보다 확대할 것이라는 데 기뻐했다. 일본 총리는 불만이 가장 많았지만, 그래도 핵문제 해결을 확약하고, 군사력 규모를 주변국에 위협이 안 될 정도로 조정하겠다는 데 고무되었다.

이조국 대통령의 각개격파 전법에 따른 주도적인 노력으로 남북한이 추진하는 평화통일은 주변국의 지원을 얻어가며 급물살을 타기 시작했다.

평화통일 선언문

　　이조국 대통령과 김정은 위원장 사이에는 정상회담 이후에 직통전화가 설치되어 수시로 통화가 가능해졌다. 이 대통령은 1주일에 한 번씩은 김 위원장에게 전화를 걸었고, 김 위원장도 자주 전화를 걸어 그의 입장을 설명했다. 오늘은 어제 끝난 아시아태평양경제협력체(APEC) 정상회담의 내용을 설명하기 위해 이 대통령이 먼저 전화를 걸었다. 북한은 그동안 국제회의에 철저히 배제되어 있었다.

　　"김 위원장님! 그동안 편안하신지요? 이번 주 지원한 생필품은 잘 받으셨는지요?"

"예, 대통령님! 여러 가지로 감사합니다. 특히 식량과 의약품 등 생필품의 지원으로 이제 숨통이 조금씩 트이는 것 같습니다."

"지난 번 외교장관 회담의 내용에 대해 우려가 크셨죠?"

"사실 남북한 간에 이루어지고 있는 합의통일을 방해하려는 주변국들의 움직임에 크게 분노했습니다."

"어제 종료된 아시아태평양경제협력체(APEC) 정상회담에서 저는 주변국 정상들에게 한반도 통일의 중요성을 설명했습니다. 남북한이 함께 추진하고 있는 한반도의 통일은 우리의 주권이 존중되어야 하며, 우리의 주도하에 이루어질 것임을 명백히 했습니다."

"참 잘하셨습니다. 저도 대통령님의 뜻에 전적으로 공감하고, 그러한 노력을 높이 평가합니다."

"그들은 처음에는 우리의 입장을 고려하지 않으려 했으나, 진지한 설명에 동의하는 모습을 보였습니다."

"대통령님의 훌륭한 인격과 소통의 리더십으로 그들을 설복할 수 있으리라 생각하고 있습니다."

"한 가지 어려운 점은 그들이 한결같이 남북한 통일의 전제조건으로 핵문제의 해결을 들고 나오고 있는 점입니다."

"물론 당연한 일이라고 생각합니다. 저희도 핵문제가 남북한 통일의 걸림돌이 되리라고 생각하고 있습니다. 현존하는 핵은 점진적으로 폐기해나가되, 핵능력을 유지할 수 있는 현명한 방법을 모색해야 된다고 생각하고, 다양한 방안을 연구하고 있습니다."

"참 잘된 일입니다. 혹시라도 가능하시다면 우리와 공동으로 연구하실 수 있나요?"

"좋으신 제안이십니다. 통일의 문제는 우리 남북한 공동의 문제이고, 핵능력을 보유하는 것도 통일한국의 문제이니 남북한의 전문가들이 머리를 맞대고 연구를 하는 것도 바람직하다고 생각합니다. 다음 장관급회담에서 이 문제를 의제로 선정하시면 좋을 것 같습니다."

"제안을 선뜻 받아주셔서 감사합니다."

"무슨 말씀을요. 대통령님은 저의 제안이 합리적이고 통일 지향적이라면 항상 받아주셨지 않습니까? 제가 더 깊이 감사드려야죠."

"주변국은 남북한이 과연 합의에 의해 평화적으로 통일을 할 수 있을까 우려하고 있어요. 통일의 과정과 통일 후에 그들의 국익이 손상되는 일이 없을까 전전긍긍하고 있지요. 그래서 통일과정에 관여하고 싶어 하고, 통일을 방해하거나 지연시키려고 하고 있어요. 우리가 그들을 안심시킬 수 있는 노력을 함께 해야 된다고 생각합니다."

"참 옳으신 말씀입니다. 그렇다면, 생각하시고 계시는 방안은 있으신지요?"

"예! 위원장님과 제가 함께 '한반도 평화통일 선언'을 하면 어떨까 생각하고 있습니다."

"예! 고민을 좀 해봐야…. 아니, 대통령님의 뜻에 동의합니다. 인민들에게 확실한 비전을 심어주고, 국제적으로 우리의 의지와 통일의 방향을 인식시킬 수 있는 좋은 안이라고 생각합니다. 그리 하시지요."

"그러면, 다음 장관급회담과 총리회담에서 선언문을 검토한 후 가능한 빨리 발표하도록 하는 안에 대해서는 어떻게 생각하시는지요?"

이 대통령은 이 달 말에 계획된 남북 장관급회담과 다음 달 초에 계획된 총리회담을 염두에 두며 상대의 의견을 물었다.

"좋습니다. 대통령님 그렇게 하시지요."

김 위원장은 처음에는 조금 망설이는 듯했으나, 예의 호탕한 목소리로 이 대통령의 제안을 흔쾌히 받아 들였다.

"직통 라인이라고 하지만 도청의 위험이 있으니, 더 긴한 말씀은 특사를 통해 나누시지요."

"좋습니다. 양 특사가 중재 역할을 잘 하고 있으니 필요한 사항은 위임하셔도 좋을 것으로 생각합니다."

"다음 통화할 때까지 더욱 건강하세요. 여러 가지 동의해주서서 감사합니다."

"대통령님께서도 건강을 잘 보살피십시오. 필요하시면 언제라도 뵙겠습니다."

통화가 끝난 후 이조국 대통령은 김정은 위원장의 시원시원한 성격이 참 좋다고 생각했다. 아들 같은 그의 모습이 떠올랐다. 이 대통령은 앞으로 약자의 입장에 서있는 상대방의 체면과 권위를 세워주면서 통일의 길을 함께 가야 된다고 다짐했다.

김정은 위원장은 항상 상대방의 입장을 배려하면서 소통하려고 노력하는 이 대통령의 모습에서 아버지와 같은 정을 느꼈다. 항상 주도권을 쥐고 있으면서도 중요한 결정은 혼자서 하지 않고, 상대방의 의견을 먼저 물어보는 지혜와 배려가 부러웠다. 그는 김 위원장의 권위를 존중해주며, 당면한 문제를 해결해주려고 노력하고 있었다. 김 위원장은 이 중요한 시기에 훌륭한 분을 만난 것은 우리 민족과 조국에 큰 복이라고 생각했다. 그리고 저런 인격을 가진 분이라면 통일 이후에도 가족과 친위세력의 안전을 보장해줄 수 있을 것이라 믿었다.

남북 장관급회담과 이어진 총리회담에서는 '평화통일 선언문' 에 대한 집중적인 논의가 이루어졌다. 그리고 9월 1일 월요일 서울과 평양에서 공동발표를 하게 되었다. 그 주요 내용은 다음과 같았다.

하나, 한반도에 거주하는 한민족은 자결권에 의해, 자주적이고 평화적인 통일을 추진한다.

둘, 통일한국의 영토는 한반도와 그 부속도서로 한다.

셋, 통일한국의 국민은 통일한국의 영토에 거주하는 자로 하며, 해외에 거주하는 교포 중 남북한의 국적을 가진 자는 모두 국민으로 인정한다.

넷, 통일한국의 주권은 국민에게 있고, 모든 권력은 국민으로부터 나온다.

다섯, 통일한국은 자유민주주의와 시장경제 체제를 존중한다.

여섯, 통일한국은 한반도의 비핵화를 점진적으로 추진한다.

일곱, 통일한국은 주변국의 국익을 존중하며, 우호적인 정책을 추진한다.

여덟, 통일한국은 남북한이 체결한 조약을 준수하고 이행한다.

아홉, 통일과정에서는 통일헌법을 준수하고, 통일준비위원회에서 필요한 통일정책을 결정하여 추진한다.

열, 통일과정에서 필요한 기구의 대표는 인구비례의 원칙을 적용해 선출하고, 자유, 평등, 비밀선거를 보장한다.

이조국 대통령과 김정은 위원장의 서명이 담긴 '평화통일 선언문'은 남북한에서 동시에 발표되었다. 그 내용은 국제적으로 특종이 되었다. 특히 북한 주민들에게는 이제 통일의 시기가 가시화 되고 있음을 알려주었다. 남한의 주민들에게는 통일준비에 더욱 헌신적으로 참여해야 된다는 각오를 다지는 계기가 되었다.

장관급회담과 총리회담의 취재기자로 서울을 방문하게 된 김지혜 기자는 서울의 발전상에 너무 놀랐다. 김일성대학을 다닐 때만 해도 평양이 서울보다 훨씬 발전된 아름다운 도시라고 교육을 받았다. 자본주의는 두 얼굴을 가진 악마로 잘 사는 자들을 위한 도구라고 부르짖었다. 그동안 개성공단에서의 근무를 통해 남한 기업들의 우수성은 알고 있었다. 그러나 평양이 서울보다 아름다운 도시라는 막연한 환상을 갖고 있었다. 그러나 실제로 서울에 와서 보니 이곳이야말로 사람들이 사는 천국이 아닌가 하고 느낄 정도였다.

강 기자는 이미 구면이 된 김지혜 기자를 이곳저곳으로 안내했다. 우뚝 솟은 건물들과 수많은 자동차의 행렬, 마트마다 가득 찬 생필품들은 그녀의 눈을 혼란시켰다. 명동의 길거리에서 마주친 사람들의 복장은 말끔했고, 표정은 밝았다. 한강 유람선을 타면서 바라 본 한강 주변의 풍경은 대동강에 비할 바가 아니었다.

남산 타워에서 바라본 서울 밤의 정경은 저절로 감탄이 나왔다. 남한이 잘 사는 줄은 알았으나, 이렇게 잘 사는 줄은 꿈에도 몰랐다. '70년대 초반까지는 분명히 우리 북쪽이 더 잘 살았다. 그러나 지금의 모습은 비교할 바가 아니다. 무엇이 잘못된 것일까?' 김지혜 기자는 곰곰이 생각해보았다. 그것은 자유민주주의와 시장경제체제의 힘이라고 생각했다.

김지혜 기자는 피켓을 들고 시위를 하고 있는 집단들을 목격했다. 어떤 사람은 구호가 적힌 띠를 두르고 혼자 서서 외치고 있었다. 지나가는 사람들은 눈길은 주면서도 무덤덤한 표정이었다. 모두가 제 자리에서 자기 일을 하고 있었다. 이러고도 체제가 유지되는 것이 신기하기만 했다. '인권을 보호한다는 것은 바로 집회의 자유를 인정하는 것이란 말인가? 자유민주주의의 장점은 바로 표현의 자유가 보장되는 것인가?' 그녀는 다소 혼란스러웠지만 논문에서 신랄하게 비판했던 자유민주주의의 의미를 어느 정도 이해할 것 같았다.

강 기자는 그녀가 떠날 때는 종합비타민과 건강식품 등 이런 저런 선물을 준비해주었다. 호주머니가 넉넉지 못한 그녀를 위한 배려였다. 그녀는 아버지와 같은 포근함을 느끼며, 민국씨는 참 행복한 사람이라고 생각했다. 불현듯 그가 무척 그리웠다.

주도권

　'평화통일 선언문'이 발표되자 제일 먼저 반응을 보인 것은
미국 정부였다. 미국은 국무부 대변인 성명을 통해 남북한의 평
화적인 통일을 지지하며, 필요한 지원을 적극적으로 하겠노라고
발표했다. 중국은 아직도 확신이 서지 않는 모습을 보였다. 중국
의 외교부 대변인은 아직 북한에 혼란이 지속되는 상황에서 평화
적인 통일은 몹시 어려운 과제라고 언급했다. 그러나 한반도에
평화가 정착될 수 있다면 통일을 적극 지원하겠다는 입장을 발표
했다. 러시아의 외교부 대변인은 한반도의 평화통일 선언문을 지

지한다고 발표했다. 일본의 외무성 대변인은 한반도의 평화적인 통일은 지지하나, 핵문제 해결이 선결조건이 되어야 한다고 다시 한 번 강조했다. 이조국 대통령의 각개격파전법이 효력을 발휘하고 있었다.

　　이조국 대통령은 남북한의 합의에 의한 평화적인 통일을 성공적으로 추진하기 위해서는 미국과 중국의 적극적인 지지와 협력이 필요하다는 것을 알고 있었다. 그는 김정은 위원장에게 남북한과 미국 및 중국이 참여하는 2+2회담의 필요성을 설명했다. 김 위원장도 적극적으로 찬성했다. 문제를 신속하게 해결하기 위해 외교장관회담을 거치지 않고 정상회담으로 직행하기로 합의했다. 장소는 김정은 위원장의 희망을 받아들여 제주도로 결정했다. 이 대통령은 우선 역사적인 회담의 장소를 남한에서 하고 싶었다. 그 가운데 김정은 위원장이 마음 편하게 올 수 있는 지역이 제주도라고 생각했다. 그는 그의 아버지 김정일 위원장과는 다르게 비행기를 타는 것을 싫어하지 않았다. 미국과 중국의 정상들이 한반도 지역에 오면 남북한의 입장을 더 고려하며 행동할 것이라고 판단했다. 세계에서 몰려올 기자들에게도 평화통일의 홍보 효과를 극대화시킬 수 있었다.

회담의 주도권을 잡기 위해 중국은 처음에는 북경을 고집했고, 미국은 워싱턴을 주장했으나, 이 대통령의 역사적인 의미를 곁들인 간곡한 청을 거절하진 못했다. 김정은 위원장이 처음으로 남한 땅을 밟는 회담이 된 것이다.

10월초의 제주도의 하늘은 높고 바다는 푸르렀다.

회담은 서로의 입장을 타진하는 탐색전을 거쳐 한 걸음씩 진전을 보며 진행되었다.

우선 미국의 대통령과 중국의 주석은 북한의 핵문제는 통일 이전에 해결해야 한다고 주장했다. 그들은 북한이 현재 보유중인 핵을 폐기하는 것은 물론이고, 핵재처리 시설 등 관련시설을 폐기하고, 북한의 핵 기술자를 양국으로 인도해야 한다고 말했다. 통일 후 군사력의 규모는 주변국을 위협하지 않는 규모로 축소해야 한다고 주장했다. 그리고 통일한국은 양국의 국익을 해치지 않는다는 점을 약속해야 한다고 강조했다.

미국의 대통령은 중국이 북한에 내정간섭을 해서는 안 되며, 절대로 국경선을 넘어오는 일이 발생해서는 안 된다는 점을 강조했다.

중국의 주석은 미국도 북한에서 급변사태가 발생할 때 북으로 진입해서는 안 된다고 주장했다. 그리고 통일 후에는 한미동맹을 해체해야 하며, 주한미군은 철수해야 한다고 말했다.

북한의 김정은 위원장은 핵은 미국과 중국도 보유하고 있는
데, 통일한국이 보유할 수 없다는 것을 인정할 수 없다고 주장했
다. 그는 북한은 주권국가로서 중국이나 미국이 통일을 방해하거
나 통일과정에서 내정간섭을 하는 것을 용서하지 않을 것임을 분
명히 했다. 그는 남북한의 통일과정은 남북한 국민의 뜻을 받아
남북한 지도자가 합의하에 통일을 이루어나가는 과정이므로 미국
과 중국을 포함해서 국제사회가 이를 환영하고, 적극적으로 지원
해야 할 사항이라고 말했다.

　　이 모든 주장들을 융합하고 해결책을 제시한 것은 이조국 대
통령이었다. 그는 이러한 주제들이 나올 것을 사전에 예측하고,
해결방안을 치밀하게 준비했으며, 김정은 위원장과의 사전 조율
도 거쳤다.

　　그는 북한의 핵문제는 동북아의 안정을 위해 해결되어야 할
과제임을 분명히 했다. 그러나 핵 처리 과정은 시간이 소요됨으로
그 때까지 통일을 늦출 수 없음을 명확히 했다. 과거 우크라이나
의 사례를 들어 통일정부에서 이를 추진할 것임을 약속했다. 핵재
처리 시설의 폐기문제는 통일정부의 뜻에 맡겨야 하며, 핵 기술
인력도 통일한국의 국민이므로 양국에서 인도를 주장하는 일은
주권을 침해하는 일이라고 주장했다. 통일과정에서 미국과 중국

의 내정간섭은 있어서는 안 되며, 남북한이 합의하여 통일하는 과
정이므로 주권을 존중해야 한다는 점을 강조했다. 한미동맹은 통
일 이후에도 지속될 것이며, 필요시 통일한국과 중국이 전략적인
동맹을 체결할 수 있다는 점을 들어 중국을 설득했다. 주한미군은
당분간 유지하되, 지금까지 사용한 주둔지를 이용할 것임을 명확
히 했다. 통일한국군의 군사력 규모는 통합과정에서 75만 명을 유
지하되, 점진적으로 50만 명 규모로 감축해 나가는 방안을 제시했
다. 이조국 대통령은 미국과 중국이 평화통일을 방해하지 않는다
면, 통일한국은 미국과 중국의 국익을 보호하고 필요시는 협력하
는 역할을 분명히 할 것임을 약속했다.

　미국의 대통령과 중국의 국가주석은 핵문제 해결의 지연 등
몇 가지 이의를 제기했다. 그러나 통일의 한 축인 김정은 위원장
이 이조국 대통령의 제의에 적극적으로 찬성하고 나섬으로써 그
들의 주장은 더 이상 명분을 가질 수 없었다. 그들은 남북한이 합
의하에 진행하는 평화통일을 지지하며 필요한 분야에서 주도적으
로 지원할 것임을 강조했다.

　오전 10시부터 회의는 시작되었다. 제주도식 오찬 후 서귀포
해안의 산책으로 이어졌다. 서로의 가슴을 열고 마음을 터놓을 기
회를 마련하기 위한 이조국 대통령의 배려였다. 속개된 오후 회담

과 만찬 후 이어진 저녁회담을 거쳐 밤 10시에 공동선언문 낭독으로 종료되었다. 오래 동안 서로의 입장을 주장하고 밀고 당기며 조율하는 데 많은 시간이 소요된 것이다. 역사적인 회담의 성공은 이조국 대통령 주연, 김정은 위원장 조연의 합작품이었다.

각국에서 몰려온 500여 명의 내외신의 기자는 "한반도 통일 가시화", "미국과 중국, 한반도 통일 적극 지지", "이조국 주연, 김정은 조연, 연출 기막혀", "한반도 통일 순풍에 돛대 달아", "통일로 미래로" 등 각종 제목을 달아 기사를 송고했다.

회담을 지켜보던 강 기자와 김지혜 기자를 포함한 남북한 기자들은 서로 얼싸안고 '우리의 소원은 통일'을 합창했다. 이제는 나이를 뛰어넘어 동료가 된 강 기자와 김지혜 기자는 흐르는 눈물을 주체하지 못하면서도 서로의 손을 꼭 잡아 주었다. 그렇게 멀게만 느껴졌던 통일의 길에 큰 걸림돌 하나가 제거된 것이다. 이제는 남과 북이 서로를 배려하며, 손을 잡고 함께 걸어가는 일만 남은 것이다.

재회와 결합

큰 소요와 시위가 있고 난 후 개성공단은 열흘이 지난 후에야 정상화되었다. 말이 정상화이지, 아직도 시위의 여파가 많이 남아 있었다. 다행히 근로자의 대부분은 복귀하였으나, 일손이 잡히지 않는 듯 업무성과는 뚝 떨어져 있었다. 근로자들은 자기들이 이루어 놓은 성과에 흡족해 하면서도, '혹시나 기관에서 조사를 나오지 않을까? 또 다른 보복 조치는 없을까?' 하고 전전긍긍하고 있었다.

강민국은 그러한 근로자들을 다독이며 업무실적을 높이기 위해서 평소보다 몇 배로 노력했다. 시위 직후 임금은 한국정부와 기업들의 노력으로 일괄적으로 20%를 높였으나, 아직 성과는 뚜렷하지 않았다.

어느 때부터인가 강민국은 오후 4시쯤 되면 자꾸만 문 쪽을 바라보는 습관이 생겼다. 김지혜가 환한 얼굴로 금방 나타날 것 같았다. 요즈음은 꿈에서도 그녀를 만나는 날이 많았다. 강민국은 그녀가 부상의 고통 속에서 떠난 후에 남긴 메시지를 소중히 간직하고 있었다. '그녀는 완쾌된 것일까? 그녀는 무엇을 하고 있을까? 그녀도 나를 그리워할까?' 하루에도 몇 번씩 그런 질문들이 그를 괴롭혔다. 가끔은 차를 마실 때마다 그녀가 바로 옆에 있다는 환상을 가지곤 했다. 밥맛도 없어지고, 지금까지 아파본 적이 없던 몸은 조금씩 야위어 갔다. 이것이 상사병인가 하고 생각해보았다. 개성공단의 일이 더욱 힘들어져 그러려니 생각하는 그의 어머니 조영숙은 이제 개성공단의 일을 마무리하고 빨리 본사로 나오라고 성화였다. 남북한 간에는 짧은 시간에 몰라보게 가까워지는 것을 공단의 근로자들 사이에서도 느낄 수 있었다. 그들은 스스럼없이 강민국에게 다가와 말을 붙였고, 조그만 배려에도 고맙다는 표현을 자주 사용했다. 의심하고 불신하던 눈초리도 많이 사그라졌다.

김지혜 대신 내려온 감찰반장은 다른 공장과 비슷하게 무뚝뚝한 50대의 남성이었다. 그는 자기 일에만 몰두하는 지, 통성명을 한 후에 만나도 그냥 지나칠 정도였다. 공장에 들려서도 근로자의 동태를 확인하고 작업대를 돌아보고는 획 나가는 것이었다. 그는 차를 한 잔 같이 마시자는 강민국의 제안을 일언지하에 거절했다. 시위가 재발하지 않을까 노심초사하는 모습이 역력했다. 강민국은 그에게 전임자인 김지혜의 안부를 물었으나, 잘 모른다고 무뚝뚝하게 대답했다.

그러던 9월 어느 날 그가 불쑥 나타나서는 내일 개성공단지역의 실태를 조사하기 위해 상부에서 온다는 말을 하고는, 혹시 이곳에 들리면 잘 이야기해달라고 부탁을 하는 것이었다. 강민국은 개성공단에도 수백 개의 공장이 있고, 그 중 북한 측에서 제일 중요하게 생각하는 곳은 새로 생긴 공장들이기 때문에 이곳은 들리지 않을 것이라고 생각하며 지나가는 투로 그러자고 대답했다.

그 다음 날 아침 강민국이 출근하자, 감찰반장이 나와서 그를 기다리고 있었다. 자기들은 새로 생긴 공단지역을 안내하려 계획을 다 세워 보고했는데, 어제 저녁에 상부에서 P실업 공장을 꼭 둘러보고 싶다는 연락이 왔다는 것이었다. 누가 오느냐는 질문에는 묵묵부답이었다. 국가안전보위부 요원들이 나와서 공장 내부를 살펴보며 설쳐대는 것을 보니, 제법 높은 인사가 오는 것 같았다.

강민국은 감찰반장과 함께 브리핑할 내용을 점검하고 안내할 장
소를 확인했다.

　　오후 한 시가 되자 개성개발총국장과 국가안전보위부 개성시
지부장이 도열을 하고 그들을 기다리고 있었다. 그들이 도착하겠
다고 통보한 오후 2시에 사이카 경호대 두 대가 요란한 소리와 함
께 앞장서고 차량 4대가 공단으로 들어섰다. 주빈 차량으로 보이
는 검정 벤츠 세단 2대와 수행원 차량으로 보이는 차량 2대가 뒤
를 이었다. 강민국은 두 번 째 차량에서 내리는 사람을 보고 깜짝
놀랐다. 바로 언론에서 많이 접한 북한 로동당비서이며, 선전선동
부 부장이고, 김정은의 비서실장의 역할을 하고 있는 김정은의 여
동생인 김여정이 수심이 가득한 얼굴로 내리는 것이었다. 원동연
조선아시아태평양평화위원회 위원장이 그녀를 1보 뒤에서 수행
하고 있었다.

　　강민국은 김여정에 두어 발 앞서 선도하여 공장내부로 안내했
다. 김여정의 뒤로 다른 수행원들이 줄줄이 따라왔으나 눈길을 줄
여유가 없었다. 강민국은 공장의 현황을 이야기하고, 근로자들의
근무상태를 설명했다. 김여정은 각 작업반의 공정을 죽 둘러보며
자동화된 시설에 특히 관심을 갖고 둘러보았다. 그의 오빠 김정은
을 닮아서인지 직접 근로자들의 손을 다정하게 잡고 격려하며 대

화를 나누었다.

"공장의 생산성은 베트남이나 캄보디아에 비해 좋은가요?"

그녀는 약 1시간 동안 체류하면서 꼼꼼하게 공장의 내부를 살핀 후 궁금하다는 듯 질문을 했다.

"예! 이곳에 근무하는 저희 동포들은 근무태도도 우수하고, 숙련공으로서 작업능률도 높습니다. 다른 해외공장에 비해 생산성이 높다고 생각합니다."

강민국이 조용하나 침착한 어조로 그녀를 똑바로 바라보며 웃는 얼굴로 설명했다.

"동포라고 해주셔서 고마워요! 지난 오월 대대적인 시위 이후로 공장 근로자들은 안정이 되었는지요?"

"시위 직후 열흘 동안은 약간 어려움이 있었지만, 지금은 조금은 더 안정된 모습으로 열심히 일하고 있습니다."

"지금 남북한 간에는 통일 분위기가 무르익고 있는데, 통일이 된다면 공장은 어떻게 운용될 것인가요?"

"저희 회사는 통일이 되면 개성지역 공장을 더욱 확장할 계획입니다. 뿐만 아니라 신의주지역과 라진·선봉지역에도 추가적으로 공장을 지을 계획을 갖고 있습니다. 아마 근로자들의 노임도 상대적으로 상승할 것으로 생각합니다."

"참 좋은 일이군요."

그녀는 잘 왔다는 흡족한 표정으로 수행원들을 바라보았다.

"강민국 동무! 지금도 이곳에는 국가안전보위부 요원들과 감찰반장이 있어 근로자의 일거수일투족을 감시감독하나요?"

강민국은 갑자기 뒤에서 들려온 낯익은 목소리에 놀라 뒤를 돌아보았다. 지금까지는 김여정의 안내에 집중하느라 몰랐는데, 모자를 깊게 둘러쓴 로동신문 기자복장을 한 여기자가 도도하게 서 있었다. 모자 밑에 슬쩍 비친 얼굴의 윤곽과 도도한 자세 및 목소리는 오매불망하던 김지혜와 너무 비슷하다고 생각했다. '강민국 동무라니? 누가 나의 이름을 이렇게 부를 수 있단 말인가?' 그러나 더 이상 생각할 틈이 없었다.

"예! …. 지금도 그들이 근로자들을 감시, 감독하고 있습니다."

강민국은 저 멀리서 안절부절 못하며 이곳을 응시하고 있는 감찰반장을 바라보며 솔직하게 대답했다.

"근로자들도 자유롭게 일할 자유가 있지 않나요? 남쪽에서도 근로자들이 국가기관의 감시를 받으며 일하나요?"

로동신문 기자는 더욱 당돌하게 질문했다.

"아닙니다. …. 남한의 근로자들은 자발적으로 근무합니다. 우리는 그것이 일의 능률을 높이는 데 크게 기여한다고 생각하고 있습니다."

강민국은 자유라는 말을 쓰기가 부담스러워 에둘러 답변했다.

"근로자의 인권이 보호되어야 한다는 말씀인가요?"

그녀는 강민국을 점점 궁지로 몰아가고 있었다. 지금 한마디 잘못 답변하면 북한체제를 비판하는 정치적인 발언으로 비춰져 예상치 못한 일이 일어날지도 모른다는 생각이 머리를 스쳤다.

"남한에는 근로자들의 인권을 보호하기 위해 노동3권을 보장하고 있습니다."

"노동3권이라고 말했는데 그 뜻이 뭐예요?"

갑자기 김여정이 끼어들며 물었다. 삽시간에 주변은 쥐 죽은 듯이 조용해졌다.

"노동자의 권익과 근로조건의 향상을 위하여 남한 헌법 제33조에 보장되는 기본권으로서 단결권, 단체교섭권과 단체행동권을 말합니다."

"고마워요! 우리도 적극적으로 이를 검토해 볼 필요가 있지 않나요."

김여정이 옆에서 받아쓰고 있는 원동연을 바라보며 검토지시를 하달했다. 김여정은 몇 명의 근로자들과 십여 분 동안 더 이야기를 한 후 공장을 떠났다. 원래 계획했던 30분을 훌쩍 지나 1시간 이상을 공장에 머무른 것이다.

그들이 떠난 후 강민국은 한동안 자책감에 빠졌다. '내가 왜 남한의 노동3권까지를 이야기했다는 말인가? 국가안전보위부와 감찰반장의 감시문제까지를 거론했으니 그들이 공장에 보복 조치를 취하지는 않을까?' 이러한 후회가 머리를 짓눌렀다. 그리고 그 답변을 유도했던 로동신문 여기자가 눈앞에 어른거렸다. 얼굴은 자세히 볼 수는 없었지만, 그 목소리하며 도도한 자태가 김지혜와 맞아 떨어지는데, 쌍둥이도 아닐 것이고, 또 로동신문기자라니 귀신이 곡할 노릇이었다.

그때 김순애 작업반장이 급히 다가와서는 오늘 질문한 여기자가 김지혜 감찰반장 같다고 말했다. 멀리서 보았고, 모자를 깊이 눌러써 확실하지는 않지만 직감적으로 그녀가 틀림없다는 것이었다. 강민국도 이상하다고 생각을 하면서도, 시간적으로 급박하여 이곳에 오지 못한 회사 회장과 사장에게 급히 경과 보고서를 썼다. 막 보고서를 메일로 보내고, 한 숨 돌리며 차 한 잔을 마시려는데, 감찰반장이 헐레벌떡 사무실을 들어서는 것이었다. 올 것이 왔구나 생각하며 그의 곤혹스런 표정을 살피고 있는데, 편지봉투를 하나를 건네주고는 아무 말 없이 다시 돌아서서 급히 달려 나가는 것이었다.

발신불명의 편지를 뜯어 본 강민국은 입이 다물어지지 않았다.

"보고 싶었던 민국씨! 잘 지내셨죠? 오늘 저녁 7시에 민국씨 공장사무실에서 만나요. 많이 기다려지네요! 곧 뵈어요! 지혜."

정성을 드린 김지혜의 필치가 분명한 편지를 강민국은 읽고 또 읽었다. '그렇다면 그 노동신문 기자가 김지혜란 말인가? 그녀는 어떻게 신문기자가 되었는가? 내가 그토록 보고 싶어했던 그녀를 코앞에서도 정확하게 알아보지 못했단 말인가?' 그는 한 편에는 설렘과, 다른 한 편에는 자책감을 가지고 오늘 일들을 되돌아보았다. 아무리 생각해봐도 이것은 김지혜 연출, 김여정과 강민국 주연의 한 편의 드라마와 같았다.

근무를 마친 그는 콧노래를 부르며 공장의 샤워장에서 부지런히 샤워를 하고 몸단장을 했다. 김지혜가 좋아했던 라면과 과자를 점검하고, 찻잔을 준비했다. 헤어진 지 약 4개월이 지났지만, 그는 그녀를 한시도 잊은 적이 없었다. 4개월이 4년처럼 길게 느껴졌었다. 그 가운데 한 가지 희망은 곧 통일이 다가올 수 있다는 믿음이었다. 통일이 되면 제일 먼저 그녀를 찾고 싶었다. 사랑한다고 말하고 싶었다. 그런데 그녀가 이렇게 갑자기 나타난 것이다.

그는 직원들이 모두 퇴근한 공장들을 둘러보고, 사무실로 들어오는 공장 내부의 길을 쓸었다. 오후 6시 40분부터 그는 밖으로 나와 그녀를 기다렸다. 혹시나 앞서 도착하는 그녀를 안내하지 못할까봐 조바심이 났다. 7시가 다 되어가자 멀리서 휘파람 승용차

한 대가 빠르게 다가서더니 강민국 앞에서 멈추어 섰다.

"민국씨! 미안해요. 보고 싶었어요."

차에서 내리자마자 김지혜는 우선 미안하다는 말을 먼저 꺼냈다. 그녀는 하얀 원피스 차림이었다. 그녀의 모습을 가두고 있던 기자복장과 모자를 벗어버린 긴 머리칼은 바람에 휘날리고 있었다. 매혹적인 검은 눈동자는 젖어 더욱 아름다웠다.

"지혜씨! 저도 미치도록 보고 싶었어요."

그는 김지혜를 꼭 껴안았다. 그리고 정신없이 입술을 더듬었다. 그녀는 처음에는 움찔하는 듯 했으나, 곧 눈을 감고 입술을 맡겼다. 그녀의 입술은 촉촉하고 달콤했다. 오랫동안 꿈꾸어 온 키스였다. 그들은 그렇게 한참을 껴안고 있었다. 그냥 감정에 내맡기고 싶었다.

"민국씨! 누가 보겠어요."

눈을 뜬 김지혜가 갑자기 부끄러운 듯 몸을 빼며 말했다. 그때서야 강민국도 어렴풋이 정신이 돌아왔다. 그는 그녀의 사랑으로 그득한, 젖어서 더욱 매혹적인 눈을 다시 한 번 들여다보았다.

사무실에 들어서자마자 강민국은 김지혜를 뜨겁게 껴안으며 키스세례를 퍼부었다. 입술이 훨씬 더 촉촉하게 느껴졌다. 한 손으로는 온몸을 쓰다듬었다. 처음에는 부끄러운 듯 몸을 빼던 김지혜도 목을 껴안고 몸을 밀착시켜왔다.

"지혜씨 사랑해요! 너무 보고 싶었어요!"

"민국씨! 저도 보고 싶었어요. …. 사랑해요!"

"지혜씨! 우리 결혼해요."

강민국은 그녀의 원피스 속에 손을 넣어 온 몸을 애무했다. 그의 몸은 불처럼 달아올랐고, 그녀의 심장과 입술을 자극하고 있었다. 그녀의 입은 서서히 열렸다.

"사랑해요!"

"사랑해요!"

서로의 몸을 찾으며 둘은 뜨겁게 달아올랐다. 사랑을 나누는 가운데서도 김지혜는 무척 아파하는 것 같았다. 어깨를 밀치려다 목을 다시 껴안았다. 창밖에는 어둠이 내리고 있었다.

먼저 눈을 뜬 것은 김지혜였다. 처음으로 남성에게 몸을 허락한 그녀는 야전침대에 묻은 피를 휴지로 정성스레 닦아냈다. 강민국은 그런 그녀를 감사의 눈빛으로 바라보고 있었다.

"지혜씨 고마워요! 사랑해요! 너무 사랑해요"

그를 위해 순결을 지켜 준 그녀에게 한없는 신뢰와 사랑을 느끼며, 사랑한다는 말을 계속했다.

"어머! 그대로이네요!"

뜨거운 사랑에서 깨어난 김지혜는 감회가 새로운 듯 사무실을 천천히 둘러보았다. 그녀가 지난 강민국의 생일 때 선물했던 묘향산의 목각인형도 그녀를 바라보고 있었다.

"지혜씨 지난 번 다친 곳은 어때요? 걱정되어 죽는 줄 알았어요."

차를 준비하면서 왜 연락이 없었냐며 투정하는 투로 강민국이 물었다.

"제 건강이 걱정되시면서 그렇게 격렬하세요. 갈비뼈 두 개가 나가고 내부출혈이 있었는데 민국씨가 응급조치를 잘 해주셔서 바로 회복할 수 있었어요. 지금은 이렇게 건강해보이잖아요. 민국씨 고마워요."

그녀는 속살이 드러난 몸을 한 바퀴 돌며 건강함을 과시했다. 비너스 몸매는 어둠 속에서 더욱 빛났다. 그녀의 얼굴은 햇볕에 그을려 건강미가 넘쳐흘렀다.

"지혜씨! 식사는 했어요?"

옷을 차려입은 민국은 그녀가 제일 좋아했던 정읍의 자생녹차를 내밀며 물었다.

"민국씨의 김치라면이 그리워서 막 달려왔어요."

"나의 공주님! 그러면 제 숙소로 모셔도 될까요."

그는 오랜만에 만나 뜨거운 첫사랑을 나눈 그녀를 사무실에서 라면으로 대접하고 싶지는 않았다.

"…. 왕자님! 고마워요."

김지혜는 3년 이상을 함께 하면서도 한 번도 숙소를 방문한 적이 없었기 때문에 처음에는 망설이는 듯했다. 그러나 강민국에 대한 신뢰감과 그의 삶터에 대한 호기심으로 곧 제안을 받아들였다.

"아! 민국씨의 향기로운 냄새!"

김지혜는 기숙사에 들어서자 감탄사를 연발했다. 기숙사는 침실과 거실 및 부엌으로 되어 있었다. 거실은 깨끗하게 정리되어 있었다. 거실에는 강민국의 가족사진이 걸려있었다. 낯익은 강 기자와 어머니 조영숙, 그리고 두 동생이 함께한 단란한 사진이었다. 그녀는 사진을 자세히 들여다보았다. 모두가 활짝 웃고 있는 행복한 모습이었다.

"응! 막내 동생이 고등학교에 입학한 기념으로 찍은 사진이에요."

김지혜의 사진에 대한 관심을 느끼며, 냄비에 밥을 안치고 있던 강민국이 설명했다.

"공주님! 내가 바로 식사를 대령할 테니 잠깐만 기다려요."

강민국은 능숙하게 김치를 썰며 김지혜를 돌아보았다. 김지혜는 조금 열려 있는 침실을 들여다보았다. 강민국의 성격을 말하는 듯 방은 깨끗하게 정돈되어 있었다. 한 쪽에는 침대가 있고, 창문 쪽으로 책상이 놓여 있었다. 책상 위에는 두 개의 예쁜 사진틀이 놓여 있었다. 호기심으로 가까이 다가서던 김지혜는 깜짝 놀랐다. 왼쪽 사진틀에는 김지혜의 독사진이 들어있었고, 오른쪽 틀에는 김지혜와 강민국이 함께 찍은 사진이 들어 있었다. 독사진은 작년에 강민국의 사무실에서 강민국이 너무 예쁘다고 놀리며 찍은 사진이고, 오른쪽 사진은 금년 초에 강민국의 사무실에서 추억을 남겨야 한다며 셀카로 찍은 사진이었다.

"지혜씨가 너무 보고 싶어서 지난달에 뽑아 놓았어요. 허락을 받지 않고, 미안해요!"

언제 들어왔는지 강민국이 김지혜의 어깨를 뒤에서 감싸안으며 속삭이듯 말했다. 그의 눈은 젖어 있었다.

"고마워요! 그리고 연락을 바로 못 드려 너무 미안해요."

김지혜도 그의 깊은 사랑을 느끼며 눈물이 핑 돌았다.

"아! 너무 맛있어요. 우리 민국씨 요리 솜씨가 최고예요."

냄비밥에 장조림, 시원한 물김치와 총각김치, 멸치고추조림, 북어찜으로 번갈아 손이 가며, 두 연인은 너무 맛있게 밥을 먹었다. 조영숙이 아들의 건강을 위해 정성껏 준비해준 밑반찬이었다.

"그동안 민국씨가 너무 보고 싶어서, 김여정 비서를 오늘 이곳으로 모시고 왔어요. 그리고 북한에도 인권이 중요하다는 것을 알리고 싶었어요. 질문에 연출을 너무 잘해주셔서 고마워요."

김지혜는 이곳을 오게 된 연유를 설명했다.

"김여정 비서는 먼 친척인 제가 김일성대학의 후배로서, 예쁘고 똑똑하다고 생각해서인지 무척 귀여워했어요. 마침 김정은 위원장이 개성지역 군부대를 1박2일로 방문하도록 계획되어, 김여정 비서에게 공단방문을 건의했어요. 그녀도 관심이 많아 승인이 되었는데, 검토과정에서 새로 생긴 기계공단 지역으로 결정되었어요. 제가 어제 그 사실을 전해 듣고 P실업 공장으로 다시 건의하여 변경되었지요. 이곳에 오면 틀림없이 민국씨를 만날 수 있으며, 민국씨에게 인권에 대해 질문하면 정확하고 알기 쉽게 설명해줄 수 있을 거라고 생각했어요. 지금 김정은 위원장과 김여정 일행은 개성지역의 김정은 별장에서 쉬고 있어요. 자연히 내일 오전 10까지 시간이 있어서 이렇게 오게 되었어요."

강민국은 그녀의 말을 들으면서 오늘 일어난 일이 이해되기 시작했다.

그녀는 기자가 된 이유에 대해서도 상세하게 설명을 했다. 기자로서 최근 몇 달 동안 활동한 일과 강 기자님을 뵙게 되고, 더욱 존경하게 된 사연을 이야기했다. 그녀는 앞으로 통일의 촉매제 역할을 하면서 북한의 인권 개선을 위해 최선을 다할 거라는 다짐도 했다.

그들은 밤새워 미래를 설계하며, 통일이 되면 결혼을 하기로 다짐했다. 다시 헤어져 견우와 직녀가 되어야함을 아쉬워하며, 서로의 모든 것을 원하는 불타는 사랑도 나누었다.

그 다음날 강민국은 개성지역 각 공장에서 운영되고 있었던 감찰관제도가 폐지된다는 연락을 받았다. 그리고 일주일 후에는 국가안전보위부 요원들의 개성공단 감시감독 임무도 제한된다는 사항도 알게 되었다. 공단지역 근로자들의 인권을 어느 정도 보장하는 조치였다. 김여정이 그 필요성을 김정은에게 바로 보고하여 결정된 사항이었다. 개성지역 근로자들은 손뼉을 치며 이를 환영했다.

우리는 하나다

남한의 헌법을 모태로 하여 남북한 '통일헌법 준비위원회'의 합의에 의해 만들어진 통일헌법은 남한의 국회와 북한의 최고인민회의의 의결을 거쳐 국민투표에 회부되었다.

그것은 중국과의 통합을 희망했던 북한의 친 중국파의 패배를 의미했다. 그동안 남한의 전폭적인 지원과 배려로 북한의 주민들이 남쪽을 바라보며 남한과 통합하기를 희망하는 것이 직접적인 요인이 되었다. 그리고 또 다른 중요한 요소는 김정은 위원장을 포함한 북한의 핵심지도층이 남한과의 통일을 적극 받아들였다는 데 있었다.

투표일인 12월 1일은 겨울 날씨 치고는 포근하고 청명했다. 날씨까지도 축하해주는 것 같았다. 투표는 남북한 모든 선거구에서 동시에 실시되었다.

통일헌법은 '평화통일선언문' 10개 조항의 주요 내용을 포함하였다. 통일한국은 자유민주주의와 시장경제체제를 기반으로 하는 민주공화국임을 명시했다. 국기는 1991년 제41회 세계탁구선수권대회에서 최초로 사용한 이래 그동안 남북이 함께 사용해 왔던 '한반도기'를 채택했다. 국가는 애국가를, 국화는 무궁화를 사용하기로 했다. 국호는 여러 가지 제안이 나왔으나, 최종적으로 '대한민국', '통일한국'과 '통일조선' 등 세 개가 남았다. '대한민국'은 남한의 국호라는 점이, '통일한국'은 통일이 지향하는 가치관이 남한의 헌법에 기인한다는 점이 부각되었다. '통일조선'은 남북한이 고조선의 전통을 이어받는 한민족이라는 점과 많은 것을 양보한 북한 측에서 선호한 점이 부각되었다. 다수결에 의한 합의에 이르지 못해 국민투표로 결정하기로 했다.

국민투표는 문항이 두 개였다. 첫 번째 문항은 국호에 대한 문항이었고, 두 번째 문항은 통일헌법에 대한 문항이었다. 공정한 투표를 위해 '투표관리공동위원회'를 두고 각 투표소에는 남북한 동수의 참관인이 투표과정을 감시했다. 투표 집계도 남북한 양쪽의 관리위원들이 공동으로 참여하여 실시했다. 투표결과는 그 다음날 아침에야 집계가 완료되었다. 북한지역이 오지가 많았고, 아직 정보화와 자동화가 덜된 탓이었다. 통일헌법은 95%의 절대 다수의 지지로 통과되었다. 그러나 국호에 대한 문항에서는 '통일조선'이 68%, '통일한국'이 20%, '대한민국'이 9%, 기타 3%로 나왔다. 다수결의 원칙에 의해 '통일조선'으로 결정되었다. 선거결과가 발표된 날 남북의 국민들은 거리로 뛰어나와 감격의 행진을 했다.

남북한은 투표결과를 받아들여 조건 없는 통합을 하기로 했다. 공식적인 통일의 날짜는 이듬해 10월 3일 개천절로 결정했다. 통일 이전까지는 남북한은 현 체제를 유지하면서 필요한 통합과정을 신속하게 추진하기로 했다. 남북이 공동으로 설치한 통일준비위원회의 기능과 조직을 강화하여 업무처리의 효율성을 극대화시키기로 합의했다.

그동안 남북한의 통일을 방해하고 최대한 지연시키려 했던 주변 국가들은 투표결과를 받아들이며 호의적으로 보도했다. 세계의 눈은 한반도로 쏠리고 있었다. UN도 투표결과를 환영하고, 남북이 통일되는 시점에 새로운 국호를 인정하여 '통일조선'을 UN 회원국으로 공식적으로 인정한다고 발표했다.

통일의 과제

강 기자는 국민투표의 결과를 어느 정도 예측했지만, 기대 이상의 결과에 흡족했다. 그는 평화롭고 효율적인 통일과정을 진행하기 위해서 이제 우리가 무엇을 어떻게 할 것인가를 정하는 것이 무엇보다 중요하다고 생각했다. 망년회를 겸해 12월 모임을 갖기로 했다.

"어머! 오빠는 얼굴 잊어버리게 생겼어요. 얼굴이 홀쭉해지셨어요. 그동안 무척 바쁘셨지요? 오빠의 멋진 기사 잘 읽었어요."

약속시간 보다 조금 일찍 정읍식당에 들어서자 신 대표가 기다렸다는 듯이 문 앞에 나와 맞으며 눈을 흘긴다.

"그래 고마워."

"그래도 밥은 챙겨 드셔야 되잖아요."

"미안해! 정말 미안해! 요즈음 이리저리 뛰어다니느라 밥 먹는 것도 가끔 잊곤 했지. 누구 왔어?"

강 기자는 신대표의 손을 꼭 붙잡고 다정하게 물었다.

"오빠처럼 30분 일찍 오실 분이 어디 있어요. 오빠 참 잘 되었지요. 이제 정말로 통일이 되는 거지요?"

"그럼. 이제는 서로 손을 잡고 앞으로 나가는 일만 남아 있지."

둘이 다정하게 대화하는 사이에 친구들이 하나 둘 도착했다. 모두가 자기의 역할을 다해서인지, 몸은 빠졌지만 얼굴은 빛나고 있었다. 오후 7시가 되자, 마지막으로 박겨레 장군이 도착했다.

"친구들 그동안 너무 수고가 많았소. 오늘 모처럼 이렇게 모인 것은 국민투표 결과를 자축하고, 앞으로 다가올 일에 대해 토의하기 위해서요. 오늘은 시간이 있으니까, 좀 여유 있게 토론했으면 하네. 먼저 최근에 우리 친구 사이에 경사가 두 건 있었네. 황만주 담당관이 국정원 차장으로, 이대한 국장이 외교부 정책실장으로 승진했소. 우리 모두 축하합시다. 우리 친구들의 건승과 발전을 위하여!"

"건승과 발전을 위하여!"

"식사 전에 국민투표의 결과를 황만주 차장이 분석해주면 어떻겠소?"

"친구들의 축하 고맙네. 모두가 친구들 덕분인 것 같네. 통일의 시점에서 더욱 열심히 하라는 조국의 명령이기도 할 것이네. 국민투표 결과를 결론부터 말하면, 남북한 모두가 통일을 열망하는 국민의 마음이 표출된 것으로 생각하네. 투표율이 90%가 넘고, 그 중 95%가 통일헌법을 찬성한 것은 바로 그 징표라고 생각하네. 그만큼 우리는 통일에 굶주려 있었던 거지. 따라서 남북한 정부는 물론이고, 국민들도 통일은 필연적인 것으로 받아들이리라 생각하네. 단지 국호를 '통일한국'으로 했으면 하는 개인적인 바람이 있었으나, 고조선의 전통을 이어받는 차원에서 '통일조선'으로 한 것이 북한의 국호와 연결되어 조금은 꺼림칙하네. 그러나 그것은 남북한 국민들의 뜻이니 잘 받아들여야 할 것으로 생각하지. 우리 친구 강 기자의 말대로 앞으로 다가올 일에 대한 철저한 준비가 필요한 시점이라 생각되어, 오늘 우리 모임이 더욱 중요할 것이라 보네."

그는 미래지향적으로 간단하고 명료하게 현재 상황을 분석했다.

"오빠들 금강산도 식후경이라고, 배고프신데 식사 먼저 하시

고 토의하세요. 오늘 식사는 제가 오빠들의 노고를 치하하는 의미
에서 최고의 양양식인 '더덕 굴비 젓갈정식'으로 준비했어요."

신대표가 상을 차려나오며 거들었다. 전식에는 올 가을에 산
골에서 캔 팔뚝만한 더덕에 굴비가 나왔다. 주식은 정읍 단풍미인
햇살 오곡밥에 새우젓, 밴댕이젓, 가리비젓, 꼴뚜기젓, 명란젓, 청
어알젓과 꽃게탕이 나왔다. 요즈음의 상황을 고려해서 술은 정읍
의 전통 오디술로 한 잔씩만 하기로 했다.

"역시 우리 신 대표가 최고야. 신 대표를 위해 우리 모두 박수
한 번 칩시다."

식성 좋은 이대원 실장이 침을 다시며 제안했다.

"오빠들 고마워요! 두 오빠의 승진을 축하해서 오늘 밥값은
제가 낼 거예요."

"무슨 이야기야? 축하를 받았으니 우리가 내야지."

"내가 오늘 가능한 일찍 복귀하여 혹시 모를 상황에 대처해야
하니, 먼저 이야기를 하겠네."

식사가 어느 정도 끝나가자, 군인정신이 충일한 박겨레 장군
이 임무를 내세워 먼저 말문을 열었다.

"앞으로 다가 올 일 중에 가장 중요한 것은 군사통합이라 생각
하네. 평화적인 통일은 군사통합이 성공적으로 추진되느냐, 그렇

지 못하느냐에 달려 있다고 봐도 과언이 아닐 것일세. 우리 군은 그동안 평화적인 군사통합을 위해 많은 시나리오와 계획을 준비해왔네. 친구들도 잘 알다시피, 지난번 장관급 회담에서 인구비례의 원칙에 따라 국군 50만 명에 북한군 25만 명으로 통합군을 편성하고, 통일 후 10년 이내에 50만 명으로 축소조정하기로 했었지. 우리 군은 지금 약 55만 명 규모이니 의무복무자를 전역시키면 큰 문제가 없지만, 북한군은 120만에 가까우니 이를 25만 명으로 축소시킨다는 것은 대단히 어려운 일이지. 다행이 우리보다 앞서서 독일이 통일 당시에 성공적으로 군사통합을 완료한 사례가 있네. 그때는 서독연방군의 규모는 약 48만 명이었고, 동독인민군은 약 18만 명이었지. 그들의 군사통합은 동독 국방부장관의 군 해체 명령 이후 서독연방군이 동독인민군을 선별적으로 인수하는 형태로 진행했었네. 우리는 김정은 북한군 최고사령관이 북한군을 재편성하고 재조직하는 과정을 눈여겨봐야 할 것이네. 필요하면 우리가 적극적으로 그를 지원해야 한다고 생각하네. 만약 어느 지휘관이 명령에 불복하여 부대를 이끌고 저항을 한다면, 난감한 상황이 벌어질 수 있지. 따라서 우리는 모든 우발 상황을 염두에 두면서 지금 계획을 검토하고, 장성급 회담을 통해 북한군을 선도하고 있다네."

박 장군은 여기까지 말하고는 물을 한 잔 마시며 숨을 돌렸다.

모든 친구들도 근심 반 우려 반으로 그의 발언을 주시하고 있었다.

"또 한 가지 어려운 일은 철책을 걷어내고 지뢰를 제거하는 일일세. 남북한 양쪽은 그동안 군사분계선 일대에 3중 철책을 치고 많은 지뢰를 매설했었지. 이 제거작업이 빠르고 원만하게 추진되어야 통일조국의 국민들이 마음 놓고 서로 통행 할 수 있을 것이네. 이 과정에서 우리의 인력만으로 절대 부족하여 북한군의 인력을 함께 활용해야 하는데, 그들이 지뢰지대에 대한 정확한 자료를 가지고 있는지와 적극적으로 협조할 수 있을지도 의문이네. 지금 우리는 군사실무 회담을 통해 이러한 문제를 하나하나 풀어나가고 있다네.

남북한 군의 서로 다른 장비와 물자를 통합하는 일과 불필요한 장비와 탄약의 폐기도 큰 어려움이 예상되고 있지.

이러한 사례를 보았을 때 우리가 얼마나 어려운 일을 눈앞에 두고 있는지 충분히 알 수 있을 것이네. 그래서 우선 나부터 솔선수범하며 휴일을 반납하고 계획을 점검하고 있지. 다행인 것은 김정은 최고사령관의 협조지시에 따라 북한군 지휘관들도 우리에게 적극적으로 협조를 하고 있다는 점일세."

박 장군의 설명에 여러 친구들이 건설적인 제안과 질문을 했고, 필요한 분야에서 토의가 이어졌다. 군사적인 분야에서의 소결

론은 남북한 군이 서로 손잡고 함께 노력해야 군사통합의 어려운 과제를 성공적으로 완수할 수 있다는 것이었다.

　"나는 박 장군의 의견에 동의하지만, 경제적인 통합이 군사적인 통합 못지않게 중요한 요소라고 보네."

　경제전문가인 김상웅 회장이 강 기자가 박 장군을 배웅하고 들어오자 발언권을 이어받았다.

　"군사적인 통합은 일시적인 과제일 수 있으나, 경제적인 통합은 통일과정은 물론이고, 통일 후 수십 년 동안 영향을 미칠 수 있는 요소이지. 지금 북한이 휘청거리는 것은 김정은 정권이 먹고 사는 문제를 해결하지 못한 것이 주요 원인이라고 보네. 북한 동포들의 통일에 대한 열망은 바로 우리도 남한 국민들처럼 잘 살아보자는 마음에서 나왔다고 봐야하지 않겠나? 그런데 남북한이 평화적인 통일을 달성한 이후에도 삶의 질이 빠르게 나아지지 못한다면, 그들은 많은 실망을 할 것이네. 북한지역을 개발하는 문제와 북한주민들의 소득을 높이는 문제도 결코 만만치 않은 과제라 할 수 있지.

　우리가 독일의 사례를 잘 알듯이, 독일은 처음에 몇 가지 큰 실수를 했었지. 먼저 서독은 동독의 경제수준을 너무 높이 평가 했었네. 그리고 동독의 마르크화를 서독의 마르크와 1대 1로 교환해

주어 초기 통일자금이 많이 들어갔었지. 동독의 기업들은 경쟁력의 부족으로 줄도산을 했고, 통일 후 20여 년 동안 약 2조 달러에 달하는 통일비용을 쏟아 부었지.

문제는 북한의 경제가 과거 동독 보다 훨씬 심각하다는 데 있네. 동독은 사회주의 경제의 우등생이었네. 당시 국민소득이 1만 달러에 가까웠지. 즉 먹고 사는 문제는 해결한 나라였는데, 지금 북한은 먹고 사는 데도 어려움이 있네. 즉 통일 후에 우리에게 경제적인 부담이 훨씬 클 것이라는 점을 인식해야 하네. 통일 당시 서독은 세계 3위의 경제권을 갖고 있었네. 우리보다 인구도 많았었지. 그럼에도 불구하고 많은 어려움을 겪었네. 우리도 이러한 사례를 잘 분석하여 초기에 실수를 최소화하는 방안을 찾아야 한다고 생각하네."

"경제 전문가다운 참 좋은 의견이야. 그러나 통일비용 못지않게 편익비용도 있지 않겠나?"

이대한 외교부 정책실장이 끼어들며 말했다.

"그렇지. 장기적으로 보면 통일의 편익비용은 통일비용에 비하면 엄청날 걸세. 지금 유럽의 지도국가로 활동하고 있는 독일의 상황을 보면, 그 편익비용이 어떻게 효과를 내는지 알 수가 있지. 우리가 북한의 자원만을 고려했을 때, 약 7000조 원의 매장량이 있다고 보고되고 있지. 또한 분단 관리비용도 절감할 수 있지. 장기적으로 보면 통일은 돈으로 계산할 수 없는 엄청난 이익을 우리 민족에게 줄 수 있을 걸세. 그래서 통일은 희망적이라고 볼 수 있겠네."

"참 좋은 이야기야! 김 회장의 말은 우리에게 많은 희망과 시사점을 던지고 있네. 철저히 준비된 통일만이 초기 혼란을 최소화하면서 편익비용을 극대화할 수 있다는 점을 명심해야 한다고 생각하네. 그러한 점에서 볼 때 앞으로 몇 년 동안이 외교 차원에서 가장 중요한 시기라고 볼 수 있지."

먹성 좋게 식사를 마친 이대한 정책실장이 말을 받았다.

"지금 남북한 정부와 국민들이 하나가 되어 통일의 길을 걸어왔네. 주변국은 우리를 방해하기 위해 갖은 노력을 다해 왔다고 봐도 될 것일세. 그러나 그들은 우리의 통일의지를 꺾을 수 없었지. 앞으로도 그들의 국가이익을 확보하기 위한 노력은 더욱 강화될 것일세.

미국은 끊임없이 한만 국경선 지역으로 진출하려고 노력할 것이네. 한미일 삼각동맹체제를 구축해서 우리가 중국으로 다가서는 것을 방해하려 할 거라고 생각하네. 남한 지역에 주둔하고 있는 주한미군을 북한지역으로 추진배치하려고 노력할 것이고, 고

고도 방공미사일체제를 추가 배치하여 중국과 러시아를 견제하려는 시도를 더욱 강화할 것이라 판단되네.

중국은 통일조선을 자기 영역으로 끌어들이기 위해 끊임없이 노력할 것이네. 앞으로도 북한지역에 대한 영유권 주장을 계속하면서 한미동맹을 약화시키고 한중동맹 체제로 끌어들이기 위해서 노력할 거라고 예측되네. 경제적인 예속을 가속화하기 위해 경제동맹을 강요할 걸세. 경제적인 패권을 쥐고, 한반도 지역에 대한 정치적인 패권을 강화하려고 할 것이네.

일본은 미국을 등에 업고, 통일조선의 힘이 더 강해지기 전에 독도문제를 해결하기 위해 노력할 것이네. 특히 한반도의 핵능력을 완전히 제거하기 위해 많은 노력을 할 것일세. 앞으로 주한미군을 지원한다는 명분을 내세워 한반도에 주둔을 하려고 시도할 것이네. 그리고 중국의 남진을 막기 위해 한반도 지역에서 전쟁도 불사하려는 의도를 드러낼 것일세.

러시아는 북한과의 조약을 근거로 북한지역에서의 기득권을 계속 주장할 것이네. 특히 북한지역에 투자한 항만과 지하자원에 대한 소유권을 강화하고, 남한지역까지 영향력을 확장하기 위해 노력할 것이네. 통일조선이 미국과 일본에 너무 기울지 않도록 하기위해 중국과의 협력을 높여 나가면서, 동해와 서해지역에서 중국과 연합훈련을 강화할 것으로 예측되네. 즉 우리가 외교를 잘못하면 한반도를 둘러싸고 미일과 중러가 서로 충돌하는 상황이 발생할 수 있다는 데, 우리의 고민이 있네.

아세안 국가를 포함해서 동아시아와 유럽의 국가들은 통일조선에 영향력을 행사하기 위해 북한지역에 경제적인 투자를 활성화할 것이네. 특히 경제 분야에서 의존도를 높이기 위한 조치를 강화할 것으로 판단되네.

우리는 이러한 의도를 헤아리면서 통일조선의 국익을 극대화할 수 있는 적극적이고 효율적인 외교를 펼쳐나가야 할 것이네. 경청 고마워."

이대한 정책실장은 다가올 미래의 모습이 벌써부터 훤히 그려지는 듯 심각한 표정으로 말을 마쳤다.

"친구들 이야기를 잘 들었네. 그리고 많이 배웠지. 나는 당장 가장 시급한 문제는 정치통합이라고 봐."

지금까지 이야기를 열심히 메모하며 듣고 있던 황만주 국정원 차장이 친구들을 돌아보며 말했다.

"다행히 투표에 의해 통일헌법이 통과되어 정치통합의 큰 틀은 잡혔지만, 지금부터 할 일이 산 넘어 산이라고 생각하네. 앞으로 대통령과 부통령 선거를 치러야 하고, 이어 바로 국회의원과 지방자치 단체장의 선거가 이어지도록 일정이 잡혀 있잖아. 이 모든 것이 10개월 이내에 시행되도록 되어 있으니 상당히 벅찬 일정이지.

특히 북한 주민들은 민주주의에 의한 비밀선거와 직접선거에 익숙하지 않아 선거과정에서 어떤 문제가 발생할지는 예측하기가 쉽지 않네. 그리고 다당제에 기반을 둔 정당제도에도 익숙하지 않아 북한지역에 어떤 정당이 만들어질지도 가늠하기 어렵고 말이야.

남북한은 80년 이상을 분단 상태로 있었기 때문에 서로를 잘 모르고 있지. 즉 남한의 유명한 인사가 북한지역에 출마해서 당선될 가능성이 당장은 매우 낮다는 것이네. 그 반대의 현상이 나타날 수도 있지. 잘못하면 '북한 지역당'과 '남한 지역당'으로 나뉘어져 파벌이 형성될 위험성도 있네. 국회 내에서도 서로 머리를 박고 싸울 가능성도 높다고 봐야할 걸세. 다행히 북한주민들이 '북한 로동당'을 선호하지 않아 로동당이 존재할 수는 없으리라 판단하고 있네. 그러나 이를 대체하는 당이 나올 수 있는 소지는 충분하다고 볼 수 있지.

우리가 잘 알고 있듯이, 통일독일에서도 통일 후 모든 정당의 존재를 인정했었지. 통일과정에 불만을 품은 동독인들이 구 동독 공산당SED의 후신으로서 민주사회당을 창당했었지. 민주사회당이 초기에 구동독지역에서 높은 지지율을 보인 것은 독일국민들이 공산주의로 회귀하기를 바랐다기보다는 통일 이후 실업률 증가와 상대적인 박탈감 그리고 미래에 대한 불확실한 전망 등으로 불안을 느꼈기 때문이었네. 지금은 '독일 좌파당(Die Linke)'으로 통합되어 일정한 역할을 하고 있지. 다행이 독일에는 헬무트 콜과 앙겔라 메르켈 총리와 같은 출중한 지도자가 있어 국민을 통합하며 어려움을 극복할 수 있었지.

우리에게도 비슷한 문제가 발생할 수 있으리라 예견되네. 이러한 통일과정을 잘 관리하며, 통일의 후유증을 극복하고 일류국가로 도약하기 위해서는 훌륭한 지도자를 선출해야 된다고 보네. 차기 통일조선의 대통령은 남북한을 누구보다 잘 알면서, 특히 소통과 통합을 중시하는 지도자가 되어야 할 것이네. 누구를 배척하고 편 가르기 하는 지도자가 나와서는 어려운 국면을 타개할 수 없다고 생각하네. 국민 모두에게 존경받는 그러한 지도자가 필요한 시점이네."

"모두들 좋은 의견이야. 우리 모두가 정신을 똑바로 차리고 진정으로 조국을 위하고 헌신할 수 있는 훌륭한 지도자를 선출해야지."

친구들의 이야기를 경청하며 메모를 열심히 하던 강 기자가 말을 받았다.

"나는 사회와 문화의 통합이 장기적으로 보면 매우 중요한 사항이라고 생각하네. 남북은 분단이 된 이후 공산주의와 자유민주주의의 극단적인 이념의 대결을 거치며 사회적으로 크게 분열되어 있지. 특히 한국전쟁을 거치면서 서로 상대를 적으로 증오하고, 타도해야 할 대상으로 여기면서 상대방의 체제와 제도를 부정해왔네. 우리는 자본주의와 시장경제를 도입하여 엄청난 속도로 발전하면서 이제는 원조를 받던 나라에서 원조하는 나라로, 배우던 나라에서 가르치는 나라로 변화되었지. 그러나 북한은 공산주의 사상에 뿌리를 둔 김일성의 주체사상으로 고립주의를 표방하며 먹고사는 문제도 해결하지 못하는 사회로 전락하였네.

독일이 통일 후 큰 어려움을 느꼈던 문제의 하나가 사회통합이었지. 우리 모두가 잘 알다시피 동서독 주민들이 반대편을 '오시'와 '베시'로 부르며 비난하고 통일독일의 어려움이 그들로부터 생겼다고 상대방을 공격하였지. 그러한 현상은 동독 출신 총리인 메르켈이 등장하고 나서 많이 개선되었지만, 30년 이상이 지난 현 시점에도 서로를 반목하고 질시하는 현상은 여전히 남아 있네. 그만큼 사회통합이 어렵다는 이야기이지.

문화통합 또한 쉬운 문제가 아닐 것이네. 분단의 고착화로 문화의 기조를 이루는 사상과 철학이 서로 크게 달라졌고, 문화를 표현하는 언어도 많이 달라졌네. 문제는 이러한 문화적인 차이는 제도적인 통합을 통해 쉽게 해결될 수 없다는 점일세. 즉 많은 시간과 엄청난 노력이 소요된다는 점이네. 서로 인내를 갖고 상대방의 문화를 존중하는 의식을 가져야할 것이네. 상대방의 문화를 폄하하고 우리 문화를 일방적으로 강요하게 되면, 갈등이 증폭되어 또 다른 분열이 생길 수 있을 걸세. 다행히 우여곡절을 겪은 끝에 최근에 '겨레말 큰 사전' 편찬 사업이 성공적으로 마무리되고 있네. 남북한 언어를 하나로 종합하고 정리한 경험이 있기 때문에, 이를 적용하면 각 분야별 문화사업을 성공적으로 추진해나갈 수 있으리라 기대되네. 그리고 김대중 정부부터 추진했던 철도와 도로의 개설과 개성공단을 포함한 남북한 교류협력 사업은 서로를 이해하는 데 큰 역할을 하고 있지. 이번에 통일의 촉진제 역할을 했던 개성지역의 시위도 사실은 그동안의 접촉을 통해 남한 사회를 보다 잘 이해했던 공단의 근로자들과 개성지역 시민들이 함께해서 이루어낸 쾌거라고 볼 수 있을 것일세.

사회와 문화통합은 상대방을 존중하고 이해하면서 소통을 통해 점진적으로 통합해 나가야 할 사업 분야네. 특히 서로 다른 점을 인정할 용기와 아량이 필요하지. 우리가 즐겨 부르는 '아리랑'이라는 이름으로 전승되는 민요는 약 60여 종에 3,000여 곡이 있는 것으로 추정된다고 하네. 즉 인간의 창의성과 표현의 자유에 대한 존중이 남북이 함께 부르는 아리랑이 지닌 가장 훌륭한 덕목

중 하나라고 볼 수 있네. 우리는 사회와 문화를 통합해가는 과정에서 홍익인간 정신을 이어 받아야 한다고 생각하네. 경청해주어 너무 고맙네."

강 기자는 말을 마치고 친구들에게 다른 의견이 있는지 물었고, 친구들은 오늘 토의가 모두 생산적이었다며 공감을 표했다.

"그러면 내가 마무리를 하겠네. 우리 친구들의 건설적인 의견은 참 좋았네. 친구들 말대로, 앞으로 10개월 동안이 우리에게 무척 중요한 시기가 될 것 같네. 우리가 통일조국을 향해 서로 맡은 바 역할을 다하며 최선을 다하세. 통일은 희망적이네. 통일 후 우리의 조국 '통일조선'은 일류국가가 될 수 있을 것이라 확신하네. 우리 그 날을 위해 남은 잔으로 건배하세. 내가 '희망찬 일류국가' 하면 친구들은 '통일조선'으로 답해주기 바라네."

강 기자의 결론과 건배로 4시간 동안의 건설적인 토의는 마무리 되었다.

"오빠들 덕분에 우리나라가 무리 없이 통일 될 것 같아 너무 기대가 돼요. 나는 오빠들이 자랑스러워요. 통일과정에서 우리 모두 서로 손을 잡고 하나가 되어야, 통일 후 일류국가가 될 수 있지요. 여기 후식이에요."

신 대표는 건배로 토의가 다 끝난 것을 알고, 모시송편과 식혜를 내왔다.

"조금 전에 아리랑 이야기가 나왔는데, 후식을 드시는 동안 제가 오빠가 작사한 '통일아리랑' 제2절을 불러드릴게요."

아리랑 아리랑 아라리요
아리랑 고개로 넘어 간다
우리 모두가 주인이 되어
참다운 통일을 이루어 보세
아리랑 아리랑 통일아리랑
통일의 고개를 잘 넘어 간다
아리 아리랑 통일아리랑
통일의 고개를 잘 넘어 간다

그들은 명창인 신대표의 제안에 따라 서로서로 손을 잡고 강 기자가 작사한 '통일아리랑' 제2절을 부르고 또 불렀다. 아리랑은 민족의 염원과 한이 담긴 우리 겨레의 노래이다. 아리랑의 가사는 지역에 따라 조금씩 차이가 있지만, 남북한 주민이 함께 부르고 있다. 그 주민들이 함께 손을 잡고 가면 평화통일도 이룰 수 있다. 강 기자는 통일의 염원을 담아 제목을 '통일아리랑'이라고 지었다. 가사는 1절과 2절로 편성하였다. 1절에서는 평화통일의

목표를, 2절에서는 평화통일을 위한 각오와 주인정신을 부각시
켰다.

친구들은 '통일아리랑'을 함께 부를 때마다 민족의 정체성을
재확인하였고, 통일 후에는 한민족의 힘을 결집하여 일류국가를
건설해야 한다는 사명감을 느꼈다. 시계는 열한시 삼십분을 가리
키고 있었다.

동상이몽

통일헌법이 남북한 국민투표를 통해 통과 되자, 주변국의 한반도 담당자들은 비상상황에 돌입하였다. 이제는 그들이 한반도 통일을 막을 명분이 없어졌기 때문에 통일과정에서 어떻게 하면 그들의 국익을 극대화할 수 있느냐가 핵심이슈였다.

12월 중순 연합사령관의 사무실에서는 연합사령관과 참모장 그리고 작전참모가 비밀회의를 가졌다.

"지금 남북한 통일은 대세로 굳어져가고 있는 것으로 판단되

는데, 우리가 그동안 추진했던 한미일 동맹은 어려운 상황으로 치닫고 있네. 대안은 무엇인가?'

케이시 연합사령관은 최근 업무에 대한 부담감으로 잠을 제대로 자지 못한 듯 눈꺼풀을 만지며 침울하게 앉아 있는 작전참모부장을 향해 물었다.

"말씀하신 대로 우리는 한미일 삼각동맹체제를 구축하기 위해 외교와 군사 등 모든 수단을 동원하여 노력했습니다. 그러나 확고한 반대 입장을 견지하고 있는 이조국 대통령이 있는 한 어렵다고 판단됩니다. 따라서 그 대안으로 한미동맹을 보다 강화하는 방안과 주한미군을 증강하면서 북쪽으로 추진 배치하는 안을 검토했습니다."

솔리건 작전참모부장은 작성된 계획을 책상에 펼쳐 놓으며 계획을 보고했다.

"작전참모부장의 보고내용은 현실성이 부족하다고 생각합니다. 우선 주한미군을 증강하기 위한 예산이 부족합니다. 북쪽으로 추진하는 방안도 중국과 러시아가 적극적으로 반대하고 있고, 한국정부도 부정적인 입장을 보이고 있습니다. 한미동맹을 강화하기 위해서는 미국이 통일의 지지세력으로 역할을 다해 한국인의 마음을 얻어야 한다고 생각합니다."

보고를 듣고 난 맥카더 참모장이 고개를 가로 저으며 말했다.

"나도 이제는 연합사가 나서서 보다 적극적으로 한반도 통일을 지지해야 한다고 생각합니다. 그래야만 한국정부와 국민들이 연합사를 신뢰하고, 한미동맹을 강화해야 한다는 미국의 입장을 이해할 수 있을 것입니다. 특히 우리 연합사는 재향군인회 등 보수세력을 적극 이용하여 한미동맹의 중요성을 부각시킬 수 있도록 노력해야 할 것입니다. 그리고 가능한 한국의 국방부나 합참 측에서 주한미군이 증강되고, 북쪽으로 추진 배치해야 한다는 이야기가 나올 수 있도록 해야 할 것입니다. 그렇게 된다면 증강배치 비용을 한국정부가 댈 수 있도록 협상할 수 있을 것입니다. 이렇게 추진계획을 세웁시다."

케이시 연합사령관은 통일을 저해하는 최선의 방책이 어려워지자, 차선의 방책을 구체화하도록 지시했다.

12월 말에는 일본 대사관 소회의실에서 대화그룹의 비밀모임이 있었다.

"연말에 바쁘실 텐데 오시느라 수고가 많았습니다. 우리가 그토록 노력했지만, 이제 남북한의 통일은 막을 수 없는 상황에 이르렀습니다. 여러분도 잘 아시다시피, 이번 선거를 통해 한반도 통일의 날이 내년 10월 3일로 결정되었습니다. 오늘은 앞으로 남은 기간 동안 우리가 일본의 국익을 극대화하기 위해 무엇을 해야 할 것인지를 주요 과제로 토론해 봅시다."

아베 하치로 일본공사는 곤혹스러운 표정과 의미심장한 미소를 지으며 주변을 돌아보았다.

"저는 한반도의 비핵화문제와 통일조선군의 규모 문제 그리고 일본 국방군의 한반도 진출문제가 가장 중요하다고 생각합니다."

이또 히라시 국방무관이 주저 없이 말문을 열었다.

"저도 국방무관님의 제안에 동의합니다."

서로 짜 맞추기라도 한 듯 지난 달 육군무관으로 보직된 요시다 신따로 일등육좌가 바로 말을 이어받았다.

"군사적으로 보면 국방무관님이 제안하신 안건이 중요합니다. 그러나 경제적으로 보면 통일의 초기단계에서 일본 자본과 기업의 북한 쪽으로의 진출이 매우 시급하다고 생각됩니다. 특히 북한정부의 기능이 살아있는 내년 중반까지 집중적으로 투자기반을 확대해야 이윤을 극대화하면서 경제예속화를 가속화할 수 있을 것입니다."

이케다 신죠 노무라 증권 지사장이 중요사항이라는 점을 강조하기라도 하는 듯 조금 언성을 높여 발언했다.

"저도 지사장님의 말씀에 동의합니다. 군사적인 문제에 못지않게 경제적인 문제도 시급하다고 생각합니다. 지사장님의 말씀에 추가하여 희토류를 포함하여 북한지역의 지하자원을 선점할 수 있도록 노력해야 할 것입니다. 이미 중국과 러시아 측에서 20여 년 전부터 북한 땅에 진출하여 많은 기득권을 갖고 있으므로 후발주자인 우리는 앞으로 더욱 노력을 해야 할 것입니다."

말을 마치고 난 다나카 에이지 미쓰비시 중공업 지점장은 입술을 굳게 다물었다.

"저도 여러분 의견에 동의합니다. 모두가 중요한 안건입니다. 그러나 외교차원에서 보면 미일동맹을 강화하면서 한미일 동맹으로 발전시키고, 통일조선이 중국 쪽으로 기우는 것을 막는 것이 매우 중요하다고 생각합니다. 그리고 만약 통일과정에 혼란사태가 조성된다면, 이 호기를 이용해 독도를 선점하거나 한반도에 군사력이 진출하는 방안도 함께 검토가 되어야 한다고 생각합니다."

아베 하치로 공사는 극도의 보안이 요구된다는 듯 목소리를 최대한 낮춰가며 말했다.

"참 좋은 말씀입니다. 남북이 통일되는 과정에서 혼란이 온다면, 우리 일본에게는 독도문제를 해결할 수 있는 호기가 올 수 있다고 생각합니다. 국방성에서도 철저히 준비하고 있습니다."

이또 히라시 국방무관이 의미심장한 표정을 지으며 말을 받았다. 일본은 아베 정권 말기에 미국을 모방하여 방위성을 국방성으로 고치며, 자위대를 국방군으로 개칭하였다.

"시급한 핵심적인 의제는 다 나온 것 같습니다. 그러면 앞으로 2주 동안 세부계획을 발전시켜 다음 모임에서 시행방안을 논의할 수 있도록 합시다."

공사는 보안에 특별히 유의하라는 주의를 주며 회의를 마무리 했다.

중국의 선양군구는 북한지역에 급변사태가 일어날 때 긴급투입을 하기 위해 한만국경지역에 군사력을 증강배치하고 있었다. 그러나 남북한 전역에서 통일에 관련된 국민투표가 끝나고, 한반도 통일이 결정된 시점에서 그 가능성은 희박해졌다. 선양군구에서는 핵심 관계자가 모여 앞으로의 업무방향을 검토하고 있었다.

"이제 금년을 마무리하는 시점에 서 있습니다. 그동안 수고가 많았어요. 남북한의 상황은 우리가 예측하지 못했던 방향으로 달려가고 있습니다. 우리가 관여할 수 있는 틈새를 주지 않고, 남북한 지도자가 한 통속이 되어 통일의 열차를 타고 있습니다. 이제는 열차를 멈추기는 어려울 것 같습니다. 우리도 달리는 열차에 올라탈 수밖에 없게 되었습니다. 지금부터 앞으로 남은 기간 동안 무엇을 할 것인지가 매우 중요합니다."

왕젠핑 선양군구 사령원은 깊은 한숨을 몰아쉬었다.

"사령원님! 저희는 X플랜이 가동될 수 있는 상황이 오리라고 기대했었습니다. 그러나 이제는 그 기대를 접어야 할 것 같습니다. 북한지역에서 급변사태가 발생할 가능성은 이제는 거의 없는 것으로 판단됩니다. 선거 이후로 한만국경을 월경하는 탈북자들도 이제는 거의 없습니다. 북한의 상황은 안정을 되찾아 가고 있습니다. 따라서 사령원님의 말씀대로 한반도 통일과정에서 우리의 국익을 구현할 수 있는 방책을 강구하겠습니다."

시 샤오핑 작전참모는 기다렸다는 듯이 본인의 생각을 말했다.

"그래 이제는 어쩔 수 없는 일이지 않은가? 자네가 생각하는 최선의 방책이라는 것은 무엇인가?"

"저는 한미동맹을 약화시키면서 가능한 주한미군이 이번 기회에 한반도에서 철수하도록 하는 방안이 최선책이라고 생각합니다. 그리고 호시탐탐 미국을 등에 업고 한반도 진출을 꿈꾸는 일본의 의도를 좌절시키는 것도 매우 중요하다고 생각합니다. 이를 위해 우선 북한에 있는 '친중국파'를 최우선적으로 활용해야 합니다. 그들이 통일과정에서 가능한 중국에 유리한 방향으로 역할을 다하도록 유도할 수 있을 것입니다. 일단 통일이 되돌릴 수 없는 방향이며 북한지역에 급변사태의 가능성이 없다면, 국경선 지역에 증강 배치했던 군사력을 일단 철수시켜 남북한 정부에게 호의적인 영향력을 행사할 필요가 있다고 판단됩니다. 이를 통해 주한미군이 북한지역으로 들어올 명분을 없앨 수도 있다고 생각됩니다. 그 다음 조치는 통일과정에서 중국이 주도적인 조정자 역할을 할 수 있도록 통일을 지지하면서 필요한 지원조치를 강화해나가는 것이 바람직하다고 판단됩니다. 계획이 완성되면 결재 후 상부에 보고할 계획입니다."

"사령원님! 참 좋은 아이디어라고 생각됩니다. 저도 작전참모의 판단에 적극적으로 동의합니다. 국경선지역에 증강 배치된 병력을 철수하는 방안과, 남북한 통일과정에서 '친중국파'를 활용하여 주도적인 역할을 할 수 있는 방안을 강구하여 연초 중앙 간부회의에서 건의하면 좋겠습니다."

지금까지 조용하게 이야기를 듣고 있던 장평화(張風和) 선양군구 정치국 서기가 나서며 말했다.

"장 서기도 그렇게 생각한다니 다행이요. 그러면 최선의 건의안을 만들어 보시오."

사령원은 정치국 서기가 동의하여 흐뭇한 듯 바로 지시를 하달했다.

"예! 최선의 방책을 구현할 수 있도록 건의안을 만들어 보고드리겠습니다."

"계획이 밖으로 새어 나가지 않도록 극도의 보안조치를 하면서 작업하시오."

"예! 철수 준비명령은 기계화군단장에게만 통보하고, 철저히 보안을 유지하면서 작업을 추진하겠습니다."

그들은 지는 해를 바라보며, 한반도의 차기 대통령으로 확실시 되는 이조국 대통령의 통찰력과 주변국을 관리하는 지도력에 감탄을 하며 찻잔을 비웠다.

통일의 원년, 1월초가 되자 주 북한 러시아 대사관은 정보수집과 대책 마련에 혈안이 되어 있었다. 북한의 상황이 예상 밖으로 돌아가고 있고, 김정은의 행보도 예측 밖에서 진행되고 있다는 데 그들의 고민이 있었다.

"작년 초반까지만 해도 우리의 예측은 그리 틀리지 않았는데, 중반 이후는 계속 빗나가고 있습니다. 본국에서는 정확한 보고서를 올리라고 야단입니다."

죠셉 푸틴 공사는 곤혹스런 표정으로 머리를 긁적이며 말문을 열었다.

"저희 국방부 본부에서도 요즈음 질책이 이어지고 있습니다. 하도 예상 밖에서 북한군부가 행동하기 때문에 저희도 엉뚱한 예측을 할 수 밖에 없었습니다. 매우 곤혹스럽습니다."

이바 노반 국방무관도 심각한 표정을 지었다.

"한국 정부 측에서는 러시아가 투자한 사업에 대해서 아직도 명확한 입장을 표명하지 않아 애가 타는데, 북한 측에서도 우리를 확실하게 대변할 움직임을 보이지 않고 있습니다. 다시 한 번 북한 정부에 명확한 보장을 요구해야 할 것 같습니다."

알렉산도르 졸린스키 러시아자원개발관리공단 이사장은 애가 타는 듯 공사를 바라보며 간청조로 말을 했다.

"우리가 할 수 있는 일은 아직 10개월 정도 명줄이 남은 북한 김정은을 계속 압박하여 러시아의 입장을 관철시키는 것입니다. 그런데 문제는 김정은이 호락호락하지 않다는 점입니다. 지금까지 투자한 것에 대해서는 통일조선의 정부에서 보장을 하리라고 예측됩니다. 그러나 러시아의 이익을 극대화하기 위해 투자할 부분을 챙겨서 선투자를 해야 하는데 한 발짝도 앞으로 나가지 않고 있습니다. 노력이 강화되어야 할 것 같습니다."

죠셉 푸틴 공사는 말을 하면서도 확신이 서지 않는 듯 표정이 매우 어두웠다.

"북한군이 통일준비 차원에서 곧 대규모 감축에 들어갈 것 같은데, 군내 '러시아파'를 보호해야 한다고 생각합니다. 그러나 그동안 접촉해왔던 군고위층들이 침묵모드로 들어가 만남 자체가 어려워지고 있습니다. 앞으로 북한 군부에 대한 압박을 강화해 나가겠습니다."

이바 노반 국방무관은 말은 이렇게 하면서도, 뚜렷한 방안은 없는 듯 얼버무렸다.

"통일이 되면 미국과 일본의 자본이 물밀 듯이 들어올 것인데, 여기에 대한 대책도 미리 강구해야 될 것으로 생각합니다. 지금까지 러시아 정부는 거의 중립적인 입장에서 남북한 통일을 바라보고 있었는데, 이제는 보다 적극적으로 통일을 지지하며 통일 이후의 열매를 수확할 수 있도록 해야 할 것 같습니다."

알렉산도르 졸린스키 이사장은 러시아 정부의 역할 강화를 주문하며 공사를 응시했다.

"이제 무너져 내리는 북한 정권에 무엇을 요구하여 관철시키기는 쉽지 않다고 생각합니다. 따라서 통일의 주도권을 갖고 있는 남한 정부에 우리의 요구사항을 확실히 제시하고 보장을 받는 것이 바람직할 것으로 판단됩니다. 따라서 본국에 그러한 입장을 전달하도록 합시다."

죠셉 푸틴 공사는 대사관의 역할에 한계를 느낀 듯 허탈한 표정을 지었다.

그들은 무너져 내리면서도 한민족의 국익을 챙기고, 권위를 유지하려는 김정은의 노련한 모습에 두려움을 느끼며, 김정은 위원장의 사무실 방향을 응시했다.

(하권에 계속)